Loren D. Estleman

Donner über Detroit

Loren D. Estleman

Donner über Detroit

Ein Amos-Walker-Roman

Aus dem Amerikanischen
von Sibylle Bayer

Ullstein Kriminalroman

Deutsche Erstausgabe

Ullstein Kriminalroman
Ullstein Buch Nr. 10681
im Verlag Ullstein GmbH,
Frankfurt/M – Berlin
Titel der amerikanischen Originalausgabe:
Silent Thunder

Printed in Germany 1991
Gesamtherstellung:
Ebner Ulm
ISBN 3 548 10681 1

April 1991

CIP-Titelaufnahme
der Deutschen Bibliothek

Estleman, Loren D.:
Donner über Detroit: ein Amos-
Walker-Roman / Loren D. Estleman. Aus dem
Amerikan. von Sibylle Bayer. – Dt. Erstausg. –
Frankfurt/M; Berlin, Ullstein, 1991
(Ullstein-Buch; Nr. 10681:
Ullstein-Kriminalroman)
ISBN 3-548-10681-1
NE: GT

Für Irene Estleman
und im Gedenken an
Randolph »Red« Estleman,
meine Tante und meinen Onkel

1

Ernest Krell verabscheute Fenster. In dem Lagerhaus am Detroit River, das er vom Geld seiner Frau in Büros umgewandelt hatte, gab es keine, und das Haus der Krells in Bloomfield, ein großer, zweistöckiger Ziegelbau inmitten von hundert Quadratmetern saftigem Gras und dekorativem Gesträuch, das die Glasscherben auf der Umfassungsmauer kaschierte, war mit diesen sinnigen gelben Paneelen ausgestattet, die Licht einlassen, aber jeglichen Aus- oder Einblick verhindern. Jeder Journalist, der im *Detroit Monthly* und *Guns and Ammo* über ihn geschrieben hatte, hatte seinen Billig-Freud rausgekramt, um diese Phobie zu erklären, aber Krell war schlicht und einfach siebzehn Jahre beim US-Geheimdienst gewesen und hatte es satt, Leute von Fenstern wegzuscheuchen.

Am ersten herzhaften Sommertag stand ich vor seiner Haustür und klingelte. Sie kennen die Nummer: Sie gehen ins Bett, und der Regen klatscht an die Hauswände, und wenn Sie aufstehen, strotzen die Bäume vor grünen Blättern, und der Himmel ist so blau, daß Ihnen die Augen weh tun. Die Vögel sind bestens bei Stimme, ein leichter Wind streichelt Ihre Wange wie der Atem der Liebsten, und sogar in der Stadt mischt sich der Duft von samtigem Asphalt und süßen Abgasen mit dem Aroma von frischgeschnittenem Gras. Das passiert grundsätzlich an Werktagen, wenn Sie zur Arbeit müssen.

Eine mausgesichtige Frau mit kurzem braunen Kraushaar, das am Ansatz grau wurde, machte die Tür auf. Ihr Kleid war ein Kleid, nichts weiter, und die durchsichtigen Stecker in ihren Ohren verhinderten nur, daß die Löcher nicht wieder zuwuchsen. Sie war ungeschminkt.

»Sind Sie Mr. Walker?« Ihr Mund verzog sich zu einem dieser gehetzten Lächeln, die so aussehen, als ob ihre Träger auf den Schlag warten, der sie ihnen vom Gesicht fegt.

Ich sagte, so sei es.

»Ich bin Mrs. Krell. Ernest erwartet Sie. Bitte kommen Sie herein.«

Ich folgte der leicht gebückt gehenden Mrs. Krell über zwei

teppichgeflieste Stufen in einen großen Raum mit einem Steinkamin von den Ausmaßen meiner Garage. Die Wände waren mit naturlasiertem Nußbaumholz getäfelt, und ein Orientteppich zierte einen Teppichboden von der Dicke einer Turnmatte. Über dem Kaminsims hing ein Gemälde mit Barockrahmen, auf dem ein zwanzigjähriger Ernest Krell in der Uniform eines Armeeleutnants zu bewundern war; es mußte etwa zu der Zeit entstanden sein, als er in Korea verwundet worden war. Sein Gesicht war blaß, die tiefschwarzen Haare waren zu kurz geschnitten, und er hatte einen Fuß auf einen ledernen Aktenkoffer gestellt. Seine Augen hätten nicht blauer sein können.

»Sie kommen zu spät. Die Dame wird jeden Moment eintreffen.«

Ich blinzelte, eine normale Reaktion, wenn man von einem Gemälde angesprochen wird. »Bitte um Verzeihung«, sagte ich. »Ich dachte, Sie bevorzugen mich angezogen. Sie haben um zehn vor sieben angerufen.«

Natürlich sprach nicht das Bild. Gegenüber stand, wie eine Erscheinung in einem getrübten Spiegel, das Modell, in allem außer der Haarfarbe um vierzig Jahre gealtert. Die Haare waren etwas länger und nicht mehr so üppig, aber verdächtigerweise genauso schwarz. Das Gesicht war noch immer blaß, aber um die Augen und zwischen Nase und Mund hatten sich Falten eingegraben, die unvermeidlich sind, wenn man siebzehn Jahre lang Scharfschützen auf Dächern ausspäht. Er war ein schwerer Mann – brachte es auf einen Meter neunzig und annähernd zweihundert Pfund –, und er trug einen schwarzen Anzug mit lavendelfarbenem Schwertlilienmuster, das die Strenge mildern sollte, und eine fuchsienrote Krawatte, die von einer stählernen Krawattenklammer gehalten wurde. Man munkelte, er habe sich die Klammer aus dem Schrapnell machen lassen, das sich in Pusan in seine Hüfte gebohrt hatte.

Es entstand ein Schweigemoment, als er darauf wartete, daß ich zu ihm kam, um ihm die Hand zu schütteln, was ich nicht tat. »Gut, setzen Sie sich«, sagte er dann. »Ich möchte Sie kurz informieren, bevor Mrs. Thayer eintrifft.«

Ich ließ mich auf einer weichen Ledercouch von der Farbe grauer Kreide nieder. Mrs. Krell, die verschwunden gewesen war, kehrte zurück, während ich die Beine übereinanderschlug, und plazierte eine Untertasse mit vier Zitronenkeksen auf dem gläsernen Couchtisch. Das war enttäuschend. Ich war letzte Nacht zu spät zum Abendessen nach Hause gekommen und hatte das Frühstück ausgelassen.

»Kaffee, Mr. Walker? Ich fürchte, wir haben nur koffeinfreien. Ernests Doktor –«

»Koffeinfreier ist sehr gut, Esther. Mr. Walker will sicher nicht über meinen Gesundheitszustand informiert werden.«

Als sie gegangen war, fragte ich: »Wer ist Mrs. Thayer?«

»Sofort. Wie lange arbeiten Sie jetzt für Reliance?«

»Unregelmäßig seit acht Jahren. Immer wenn bei mir das Geschäft flau ist.«

»So lange, und man hat Ihnen keine feste Anstellung angeboten?«

»Man hat sie mir angeboten.«

»Oh.« Er ging zu dem Kamin hinüber, wo das Sonnenlicht, das durch eines der Paneele hereindrang, seine schwarzen Haare und die weiße Haut noch künstlicher wirken ließ als auf dem Gemälde, und betrachtete ausdauernd Jung-Leutnant Krell. »Ich habe Reliance aus dem Nichts aufgebaut. Als ich in diese Stadt kam, mußten sich Menschen, die einen Detektiv brauchten, an schmierige kleine Gauner wenden, die von Hinterzimmern in Tätowierstudios aus operierten. Die ließen sich ebenso schnell auf ein Geschäft mit den Leuten ein, die sie beobachten sollten, wie mit den Klienten. Ich habe Ehrlichkeit und Fortschrittlichkeit eingeführt.«

»Das geht wirklich Hand in Hand«, sagte ich. »Wie Hefeteig und Fahrräder.«

Er überhörte die Bemerkung, falls er sie wahrgenommen hatte, was vermutlich der Fall war; es ist immer ein Fehler, Gehabe und Substanz zu verwechseln. »Für Reliance arbeiten mittlerweile zweihundert Angestellte in vier Staaten«, sagte er. »Sie untersuchen alles, vom Computerbetrug bis zur Bedrohung der nationalen Sicherheit. Wir müssen fast nie auf Außenstehende zurückgreifen, um die Bedürfnisse der Klienten zu befriedigen.«

»Ich lebe von ›fast‹. Und Keksen.« Als Mrs. Krell den Kaffee brachte, aß ich einen und spülte ihn mit der kastrierten Flüssigkeit runter. Der Keks schmeckte wie das Etikett von einer Flasche Zitronenlimonade.

»Danke, Esther. Wenn Mrs. Thayer kommt, bitte sie, in der Halle zu warten.«

Sie ging. Anfangs hatte ich gedacht, das Mädchen hätte frei, aber Mr. Krells Bitten, die wie Befehle klangen, und Mrs. Krells wortlose Art, sie auszuführen, sagten mir, daß dieses Anwesen noch nie von bezahltem Personal betreten worden war. Die Ahnungslosen hätten mächtig grübeln müssen, um herauszufinden, wer der pensionierte Beamte war und wer der letzte Überlebende der Fabrikantendynastie, die den Vergaser erfunden hatte. Darwin hätte seine Freude an der Häufigkeit, mit der die Ernests dieser Welt sich die Esthers rauspicken.

»Wer ist Mrs. Thayer?« fragte ich.

Er sah von dem Gemälde zu mir. Entweder war das Blau mit dem Maler durchgegangen, oder Krells Augen waren in vier Jahrzehnten zu einem Zinkgrau verblaßt. »Ich habe mir gestern alle Ihre Akten angesehen, Mr. Walker. Sie haben der Agentur des öfteren geholfen. Ich bedaure natürlich Ihre Arbeitsweise; aber jede große Armee braucht ihren Marschall Ney, der immer wieder die Kanonen ausrichtet, während ihm jedesmal jemand das Pferd unterm Hintern wegschießt.«

»Ich bin sicher, das Pferd wüßte auch was Besseres. Wer ist Mrs. Thayer?«

»Eine Frau, die ihren Mann erschossen hat.«

»Oh. *Diese* Mrs. Thayer.«

»Sie kennen den Fall?«

»Nur was in der Zeitung stand.«

Die *News* und die *Free Press* hatten eine ganze Weile davon gezehrt, und die Gazetten taten es immer noch, obwohl die beteiligten Anwälte dazu aufgerufen hatten, die Angeklagte nicht bereits in den Medien vor Gericht zu stellen. Constance Thayer hatte, nachdem sie eine Nacht lang durch Clubs gezogen war und kräftig Alkohol und Drogen intus hatte, der Sammlung ihres Gatten Doyle Thayer junior eine automatische Pistole entnommen und ihm die Ladung in den Rücken gepumpt, als er nackt und bewußtlos bäuchlings auf dem Bett im Schlafzimmer ihres Heims in Iroquois Heights gelegen hatte. Die Drogen und die Mißhandlung seiner Frau sowie die Tatsache, daß Thayer Erbe von Thayer Industries war, die sich auf die Herstellung der Magnetspule spezialisiert hatten, die in sämtliche Freizeitvehikel der Vereinigten

Staaten eingebaut wurde, hatten die Story wochenlang am Köcheln gehalten, und als sie abkühlte, hatte die Nachricht, daß Constance Thayer vor ihrer Begegnung mit Doyle in zensierten Filmen mitgewirkt hatte, für neuen Brennstoff gesorgt. Je nach Berichterstatter war sie entweder eine mißhandelte Frau, der der Geduldsfaden gerissen war, oder eine geldgeile Schlampe, die sich Millionen unter den Nagel reißen wollte.

»Mrs. Thayers Anwälte haben Reliance beauftragt, die Angelegenheiten ihres verstorbenen Gatten zu untersuchen«, sagte Krell. »Sie sind der Ansicht, daß das Gericht auf berechtigte Tötung oder Notwehr entscheiden wird, wenn bekannt wird, was für ein Mensch er war.«

»Daß er keinen Pyjama trug und also Blei fressen sollte?«

»Daß er ein Widerling war, der mit Vergnügen seine Frau öffentlich und privat demütigte, wenn er nicht gerade damit beschäftigt war, mit Schiebern und Hehlern über gestohlene Waffen zu verhandeln. Daß er sich wahrscheinlich ob kurz oder lang dafür hätte verantworten müssen, seine Frau zu Tode geprügelt zu haben, und wohl wegen des väterlichen Einflusses freigekommen wäre, hätte sie sich nicht heftig genug gewehrt. Ich dachte, Sie betrachten sich als Helfer der Geknechteten.«

»Sie muß ganze Arbeit geleistet haben, wenn sie sich dagegen wehren konnte. Und eine private Waffensammlung macht aus Thayer noch lange keinen Moamar Gaddaffi.«

Krells Augenbrauen – sie waren schwarz – schossen hoch. »Sie wissen das nicht? Ich nehme an, sie halten das unter der Decke. Ist allerdings recht schwierig, die ganzen Kisten wegzuschweigen, die sie aus Thayers Keller rausgeschleppt haben.«

»Kisten?« Ich genehmigte mir einen weiteren Keks.

»Seit gestern – und ich nehme an, sie zählen immer noch – haben Agenten vom FBI und vom Bureau für Alkohol, Tabak und Feuerwaffen aus dieser Villa die größte Menge illegaler Waffen rausgetragen, die je bei einem Privatmann gefunden wurden. Der Bursche hatte alles, vom leichten Sturmgewehr bis zur Haubitze. Es liegt immer noch eine Menge dort rum.«

»Erwartete er Schwierigkeiten?«

»Höchstens mit seiner Versicherung. Es gibt Leute, die können nicht anders, als ihr Geld für absurdes Zeug rauswerfen, wenn sie nicht dafür arbeiten müssen.« Er lehnte sich an den

Kaminsims des Hauses, das er vom Geld seiner Frau gebaut hatte.

Ich sehnte mich nach einer Zigarette, erinnerte mich aber, daß Krell militanter Nichtraucher war. Statt dessen schlug ich die Beine in die andere Richtung übereinander. »Klingt, als hätten die Mannen vom FBI die Sache schon fast erledigt. Was hab ich da zu tun?«

»Ich vergaß. Sie sind ja der Mann, der immer nachfragt.« Er berührte seine Krawattenklammer. »Wenn man groß ist, hat man gewisse Nachteile, wie die Männer von der Regierung, die man für den Fall eingeteilt hat, sicherlich merken. Wenn hundert Leute an etwas arbeiten, weiß jeder davon und taucht ab; aber man braucht hundert Leute, um die Herkunft eines so riesigen Arsenals wie Thayer juniors ausfindig zu machen. Daran bin ich nicht interessiert. Ich will ihn lediglich mit genug Schmutz bewerfen, um meine Klientin dagegen sauber aussehen zu lassen. Wenn bekannt wird, daß Reliance seine Verbindungen untersucht, kann ich mir nicht erlauben, das Gesindel aufzuschrecken, mit dem er sich abgab.«

»Ich verstehe. Sie brauchen einen Spion.«

»Verletzt Sie das?«

»Da wäre ich wohl im falschen Gewerbe. Ich wollte nur, daß Sie es aussprechen.«

»Wir zahlen zweitausend die Woche, die erste Woche im voraus. Können Sie sofort anfangen?«

»Ich habe noch nicht gesagt, daß ich annehme.«

»Und?«

»Ich weiß es noch nicht.«

Er entfernte sich vom Kamin und steckte die Hände in die Taschen. Er hatte kein bißchen Ähnlichkeit mit Lincoln. »Ihre Ansichten über Reliance und meine Arbeitsweise sind wohlbekannt. Ich könnte Sie wissen lassen, was ich von Kleinkunstveranstaltungen wie der Ihren halte, aber das wäre unsinnig. Von Zeit zu Zeit brauchen wir einander.«

»Ganz meine Meinung.«

»Warum sind Sie dann so schüchtern?«

Ich nahm einen Schluck Kaffee statt des dritten Kekses, nach dem mich verlangte, der als Ersatz für die Zigarette gedient hätte, die ich eigentlich haben wollte. Es waren nur zwei Kekse übrig, und ein Gast stand noch aus. »Ich bin so schüchtern wie ein Zuchtbulle, Mr. Krell. Ich möchte die Dame nur kennenlernen, bevor ich mich festlege. Vielleicht hat sie ihren Mann erschossen, weil sie grade keine Axt bei der Hand hatte.«

»Herrje. Wenn die Rechtsanwälte denken würden wie Sie, hätten wir zehnmal mehr Leute in Haft als draußen.«

»Beim Wayne County Jail könnte das jetzt schon hinkommen.« Meine Tasse erwies sich als leer. Da kein Nachschub in Aussicht war, stellte ich sie samt Untertasse auf den Tisch zurück. »Ich besitze nicht viel. Ein Haus, ein paar Anzüge, einen Kredit bei der Bank für einen zwei Jahre alten Chevy. Und eine große, fette Idealvorstellung von mir, die ich ungern verlieren möchte. Ich will die Lady kennenlernen.«

»Ich verstehe«, äußerte er in einem Ton, der das Gegenteil besagte.

Wir schauten einander an, als die Klingel ertönte. Hin und wieder funktioniert so etwas auch im wirklichen Leben, nicht nur im Roman.

2

Auf Krells Weisung geleitete Mrs. Krell sie kurz darauf herein, und sie hätte Lizzie Borden kaum weniger ähneln können. Sie war mittelgroß, wog kaum mehr als hundertzehn Pfund und trug ein maßgeschneidertes rosa Kostüm mit einem Grauschimmer – altrosa nennt man das, glaube ich – und taillierter Jacke zu einer blauen Seidenbluse. Ihr Haar hatte jenen Farbton, der nicht weiß, ob er blond bleiben oder hemmungslos rot werden soll. Sie hatte haselnußbraune Augen – falls man sich im Zeitalter der Kontaktlinsen noch darauf verlassen kann – und einen dezent gebräunten Teint, den sie sich nicht im Knast zugelegt hatte. Sie trug eine zarte Goldkette am Hals und, soweit ich sehen konnte, keinen weiteren Schmuck. Sie hätte Irin sein können.

»Constance Thayer, Amos Walker«, sagte Krell.

Sie überließ mir ihre Hand lange genug, um mich Kühle und einen leichten Druck spüren zu lassen, und nahm sie dann wieder zu sich. Ihr Parfum erinnerte mich an Wiesenblumen auf der anderen Seite des Hügels.

»Mr. Krell sagte mir, daß Sie ein fähiger Detektiv sind«, sagte sie. Ihre Stimme war hell, ohne regionale Färbung. »Sie sehen stark genug aus für den Job.«

»Nicht neben Mr. Krell.«

Krell gab ein kehliges Geräusch von sich, das als Glucksen durchgehen konnte. Schwere Männer schätzen Bemerkungen über ihren Körperumfang. »Setzen wir uns. Kann Esther Ihnen etwas bringen? Kaffee?«

»Ein Bourbon wäre schön.«

»Wasser? Eis? Gemixt?« Falls ihn der Wunsch nach einem Drink um neun Uhr morgens überraschte, ließ er es sich jedenfalls nicht anmerken.

»Ein Glas genügt.« Sie sah mich an, als sie das aussprach, und ich meinte, etwas erhascht zu haben; aber es war früh am Morgen, und ich war völlig kopflos vor Hunger. Die Zitronenkekse hatten es nur verschlimmert.

Ich teilte mir das Sofa mit Constance Thayer, während Krell sich auf der runden Couch gegenüber breitmachte. Sie öffnete ihre Handtasche, ein blaues Etwas ohne Riemen, etwa so groß wie ein Pokerchip. »Darf ich rauchen?«

Krell schwieg keine fünf Minuten. »Wenn Sie müssen.« Er schob eine leere Untertasse in ihre Richtung.

Ich sah ihr zu, wie sie aus einem goldenen Pall-Mall-Päckchen eine Zigarette herauszupfte und sie mit einem schlanken Platinfeuerzeug ansteckte. Als sie den Kopf zurückwarf, um den Rauch einzusaugen, zeigte sie ihren grazilen Hals. Er wies keine Falte auf. Ich zählte im Geist ihre Jahresringe und kam auf dreißig.

»Bevor wir anfangen«, sagte Krell, »und ungeachtet Ihrer Entscheidung, ob Sie in Mrs. Thayers Angelegenheit für Reliance arbeiten werden, benötige ich Ihr Ehrenwort, daß alles, was in diesem Raum gesprochen wird, mit absoluter Vertraulichkeit behandelt wird.«

»Höflichkeit, Tüchtigkeit, Vertraulichkeit«, zitierte ich.

Er zuckte zusammen. »Ich erwäge, diesen Wahlspruch zu ändern. Er klingt altmodisch.«

»Das war er schon immer. Und das Versprechen habe ich gegeben, als ich eingewilligt habe, herzukommen.«

»Da Sie dann genaugenommen für Mrs. Thayers Anwalt arbeiten, ist die Situation rechtskräftig. Sie können natürlich jederzeit achtundvierzig Stunden in der Zelle Daumen drehen und auf das Einverständnis des Richters warten.«

»Das wäre nicht das erste Mal. Ich hab zwei der schnellsten Daumen der Stadt.«

»Der Pirateneid«, sagte Constance Thayer. »Reich die tote Katze rüber. Er hat sich nicht gerührt, wissen Sie.«

Ich sagte: »Nein?«

Sie schüttelte kaum merklich den Kopf und benutzte den Aschenbecher, obwohl noch keine Asche vorhanden war. »Wahrscheinlich habe ich es zu oft im Fernsehen gesehen. Da sieht man es so häufig, daß man denkt, man kennt es. Ich habe erwartet, daß er zuckt oder versucht aufzustehen. Na ja, beim ersten Mal hat er gezuckt, aber das könnte auch das Bett gewesen sein, das schwankte. Es blutete gar nicht schlimm. Die Kugeln haben kleine blaue Löcher gemacht.«

»Ich habe gehört, Sie sollen ziemlich dicht gewesen sein zu der Zeit«, sagte ich.

»Nicht so sehr, daß ich nicht mehr wußte, was ich tat. Darauf bauen wir die Verteidigung nicht auf. Leslie wollte sich darauf beziehen, aber ich wollte es nicht, weil es nicht stimmt.«

»Leslie?«

»Leslie Dorrance«, sprang Krell ein. »Mrs. Thayers Hauptanwalt.«

»Das denke ich mir. Ich hab nur noch nie jemanden gekannt, der ihn Leslie nannte. Nicht übel.«

Sie sah mich an, und da war es wieder. »Mehr haben Sie dazu nicht zu sagen? Die meisten Leute wollen einen Kratzfuß machen, wenn ich ihn erwähne.«

»Er schreibt 'ne Menge Bücher und verkauft 'ne Menge Bücher, und keiner scheint zu merken, daß seine Klienten trotzdem einfahren. Vielleicht weniger lang als bei 'nem anderen Anwalt, deshalb sag ich ja auch, nicht übel. Perry Mason hat meine Generation verdorben für die echte Juristerei.«

»Übrigens will er wirklich ein Buch über diesen Fall schreiben. Ich habe eine Einverständniserklärung unterzeichnet, als er bei mir vorstellig wurde. Was ist so witzig?«

Mein Grinsen war ihr nicht entgangen. »Nichts weiter. Bloß, wenn ich wegen Mord dran wäre, würde ich das nicht als ›diesen Fall‹ bezeichnen.«

»Das kommt davon, wenn man ständig mit Anwälten zusammenhockt. Man fängt schon an zu reden wie die.«

»Wann hat Mr. Thayer Sie zum letzten Mal geschlagen, bevor Sie ihn erschossen?«

»Eine Stunde vorher.«

Ein bißchen mehr Rauch konnte Krell nicht weh tun. Ich zog eine Winston raus und klopfte meine Taschen nach Streichhölzern ab, als Constance Thayer sie mir mit dem Platinfeuerzeug anzündete. Ich sah sie an, aber diesmal war es nicht da. Sie tat nur einem Rauchergenossen einen Gefallen. »Die Gesetze in diesem Bundesstaat sind sehr deutlich, was Notwehr angeht«, sagte ich, als sie das Feuerzeug weggesteckt hatte. »Es muß eine direkte Bedrohung vorliegen.«

»Leslie hofft, einen neuen Präzedenzfall schaffen zu können. Doyle hat mich damals nicht zum ersten Mal verprügelt, aber es war schlimmer denn je. Wenn es so weitergegangen wäre, hätte er mich irgendwann umgebracht. Ich wollte bloß, daß er mich nicht mehr schlägt.« Als sie das sagte, sah ich die Male unter ihrem Make-up. Es war unwichtig, ob sie wirklich da waren. Man konnte sie hören, wenn sie von den Schlägen sprach; ihre Stimme verlor ihr Polster. Mrs. Krell hatte den Bourbon gebracht, während sie sprach, stellte ihn auf den Couchtisch und verschwand, ohne innezuhalten. Ich hatte keinen Schimmer, was Anvermählte über die Gespräche denken, die sie aufschnappen.

»Was die Presse über Ihre Mitwirkung bei Schmuddelfilmen verbreitet«, sagte ich. »Ist das Gerede?«

»Nein, ich habe in meiner Collegezeit in Kalifornien bei zwei solchen Filmen mitgemacht. Man hatte mir beigebracht, daß Sex rein ist, ein wundervoller Akt. Für mich war nichts Schlimmes dabei, damit mein Schulgeld zu verdienen.«

»Warum haben Sie aufgehört?«

»Sie haben nie die Laken gewechselt.«

»Für solche Arbeit muß man zäh sein. Und es erfordert Mumm, sie hinter sich zu lassen. Ich frage mich ernsthaft, wieso jemand, der da heil rauskommt, sich mißhandeln läßt.«

»Am Ende war's ja auch vorbei«, sagte sie. »Aber ich weiß, was Sie meinen. Dazu kann ich nur sagen: Sie kannten Doyle nicht. Wenn er nicht bedröhnt war, war er wunderbar, ein schönes Wesen mit einem empfindsamen Geist.«

»Und etliche Millionen Dollar in Form von Beständen der US Army im Keller schwer.«

»Jeder hat etwas, das ihm wichtig ist. Er war wie ein kleiner Junge, wenn er etwas Neues ergattert hatte. Für ihn waren das nicht wirklich Waffen, eher schillernde Spielsachen. Ich werde nie den Tag vergessen, an dem er die deutsche Acht-acht geliefert bekam.« Sie lächelte bei der Erinnerung.

»Wer war sein Verbindungsmann?«

»Ich habe es nie erfahren. Er bekam einen Anruf, und dann hörte ich ihn verhandeln. Er sprach nie Namen aus.«

»Sie nahmen nie ab, wenn er einen solchen Anruf bekam?«

»Einmal. Doyle riß mir den Hörer aus der Hand, als ich den Mann nach seinem Namen fragte. Ich weiß nur noch, daß er einen Akzent aus dem Süden hatte. Das ist mindestens ein Jahr her.«

»Schwarz?«

»Das kann ich wirklich nicht sagen.«

Ich nahm meinen Block in Betrieb und schrieb mir das auf. »Was war, wenn Doyle Lieferungen bekam? Was für Autos?«

»Jeweils unterschiedliche. Sie kamen an die Kellertür. Die kleineren Sachen wie Pistolen und Gewehre brachten sie in normalen Autos, und einmal in einem alten, klapprigen Pickup. Das schwerere Zeug lieferten sie in einem dieser großen Laster mit Plane, wie man sie bei Konvois der Nationalgarde auf den Expressways sieht. Nein«, fügte sie hinzu, bevor ich fragen konnte. »Ich habe mir nie Nummern gemerkt.«

»Sie haben einen gemeinsamen Sohn, glaube ich. Kann er sich vielleicht an etwas erinnern?«

»Jack ist in seiner Schule, auswärts. Ich habe ihn dorthin geschickt. Er wird mit dieser Sache nichts zu tun haben.«

Die Art, wie sie das sagte und mich dabei durch den Rauch ihrer Zigarette anstarrte, machte diesen Weg ungangbar. »Wie steht Doyle senior zu dem Ganzen?« fragte ich.

»Er schwenkt das Banner für die Wiedereinführung der Todesstrafe in Michigan. Er hatte Doyle fein säuberlich dafür präpariert, in ein paar Jahren seinen Posten als Aufsichtsratsvorsitzender von Thayer Industries zu übernehmen. Jetzt versucht er sich Jack zu sichern. Das wird ihm sehr viel leichter fallen, wenn ich für den Mord an Jacks Vater aus dem Weg geschafft werde.«

Der Rauch und noch etwas anderes hingen dick in der Luft. Krell stand auf und schob eines der Paneele einen Spaltweit auf, um frische Luft hereinzulassen. »Leslie Dorrance hat einen Antrag auf Verlegung des Verhandlungsorts gestellt«, sagte er. »Wenn es in der Region Detroit einen Richter gibt, der noch nicht mit Doyle senior Golf gespielt hat, dann spielt er nicht. Aus der Ecke könnte ziemlicher Druck kommen.«

Ich spürte, wie ich mich entspannte. Krells Begründung, warum er den Fall mir zuwarf, hatte mir keine Ruhe gelassen. Jetzt konnte ich mich auf das Gespräch konzentrieren.

»Wie stehen die Chancen für die Verlegung des Orts?« fragte ich.

Constance Thayer stieß ein kurzes, undamenhaftes Lachen aus. »Diese Entscheidung wird von einem Richter getroffen.«

»Wann ist die Vorverhandlung angesetzt?«

»Einunddreißigster Juli«, sagte Krell. »Wir haben drei Wochen.«

»Knapp.« Ich schaute die Frau an. »Sie machen sich Ihre Feinde mit Stil.«

Ich erntete ein kurzes Lächeln. Sie zog ein letztes Mal an der Pall Mall und drückte sie in der Untertasse aus. »Der Haken, wenn man Geld heiratet, ist der, daß man nie sauber rauskommt, nicht einmal durch einen Mord. Wenn ich als nicht schuldig befunden werde, erbe ich ein Drittel der Aktien von Doyle Industries. Womit ich Partner von Doyles Vater wäre.«

»Sie könnten es ablehnen«, sagte ich.

»Nein. Nein, ich habe es verdient. Und wenn ich pro blauem Auge zehn Dollar berechnen würde, habe ich jeden Pfennig davon verdient. Außerdem möchte ich Jack etwas geben können, was er nicht von seinem Großvater bekommt.«

Krell hatte wieder am Kamin Stellung bezogen. Er warf sich gern mit dem Porträt im Rücken in Pose. »Wie haben Sie sich entschieden, Walker? Wenn negativ, muß ich einige Anrufe machen.«

Ich stieß Rauch aus. »Ich mach den Job.«

Constance Thayer sagte: »Darf ich fragen, warum?«

»Zwei Gründe«, sagte ich. »Eigentlich drei. Ich kann es nicht leiden, wenn jemand Opfer einer Verschwörung wird, vor allem nicht eine Frau, die schon genug rumgestoßen wurde. Und als Ihnen ein Antrag auf verminderte Zurechnungsfähigkeit serviert wurde, haben Sie nicht zugegriffen, weil es nicht stimmte. Jemand, der etwas derart Dummes tut, muß die Wahrheit sagen.«

Sie lächelte wieder. »Und der dritte Grund?«

»Sie wollen nicht nur Genugtuung. Sie wollen Nägel mit Köpfen. Für mich heißt das, daß Sie nicht eine Woche vor der Verhandlung weiche Knie kriegen und auf schuldig plädieren, so daß ich zwei Wochen in den Wind geschossen habe.«

»Das ist wichtig für Sie?«

»Ein Mann denkt gern, daß er was Bedeutsameres tut, als Kalenderblätter abreißen. Eine Frage.«

»Wieso ist Leslie nicht hier?«

Ich nickte. Ihre Neigung zum Gedankenlesen war gewöhnungsbedürftig.

»Er ist zum Mittagessen mit seinem Verleger in New York. Sie haben keinen Verleger, Mr. Walker, oder?«

Ich schüttelte den Kopf und ergänzte: »Ich habe einmal ein Buch gelesen.«

»Cervantes?« Ihr gefiel das Gespräch.

»Blomberg. Das Einmaleins für Privatdetektive. Dritte Auflage.«

»Wann können Sie anfangen?« Krell gefiel das Gespräch überhaupt nicht.

Ich klappte den Block zu, quetschte die Zigarette aus und stand auf. »Ich denke, ich bin schon dabei.«

3

Das Gesundheitsamt hatte die Burgerbude bei meinem Bürohaus dichtgemacht, worauf sich dort ein Nobelimbiß niedergelassen, den Grill gesäubert und alle Sandwiches nach berühmten Detroitern benannt hatte. Meine Lieblingsecke hatten sie rausgerissen und durch drei Tische, so groß wie Golf-Tees, ersetzt. Ich belegte den standfestesten von ihnen, führte mir das »Tommy Hearns« – zwei zu Matsch geschlagene Spiegeleier auf gebratener Leinwand, völlig überteuert – zu Gemüte und begab mich zur Arbeit.

Es ist ein altes Gebäude, aber ich mag alte Gebäude. Man muß sich selten auf Überraschungen gefaßt machen. In meinem kleinen Klo konnte ich eine rauchen, während ich darauf wartete, daß das heiße Wasser die rostigen Ofenrohre hochkeuchte, und wenn ich am Schreibtisch hockte, sagten mir die Töne der alten Dielen im Flur, ob Rosekranz, der Hausmeister, auf sie trat, oder der Bursche, der im Büro neben meinem per Telefon Aluminiumtüren verhökerte, oder der Mann von der Eckwohnung, der nur dreimal wöchentlich auftauchte, um seine Post zu holen.

Doch es war nicht alles beim alten. Der Trupp von der Gebäudereinigung hatte meinem Büro seinen alljährlichen Besuch abgestattet, den Teppich mit Dampf gesäubert und ein Muster freigelegt. Ich war des original Casablanca-Posters gegenüber meinem Schreibtisch überdrüssig geworden – Bogart hatte verächtlicher als sonst in meine Richtung gestarrt – und hatte es an eine andere Wand verbannt und statt dessen einen Druck des Remington-Arms-Gemäldes von Custers letzter Schlacht aufgehängt. Jedesmal wenn ich hinschaute, hoffte ich, das Blatt würde sich zu Custers Gunsten wenden, doch bis jetzt hatte sich nichts getan. Abgesehen davon war alles unverändert, von den Möbeln, die so betagt waren wie die Türen und Fenster, über die Aussicht bis zu den Schmetterlingen auf der Tapete. Mir gefiel es. Mein Name stand an der Tür, und bei meinen Wechselhemden im Safe ruhte ein frischer Mietvertrag für drei Jahre.

Die Post machte Fortschritte. Ich hatte zwei Schecks von Klienten, ein dickes Paket – Inhalt: ein Umkehrtelefonbuch, das mich von meinem Kontakt bei der Feuerwehr unabhängig machte, wenn ich eine Nummer und keinen Namen dazu hatte – und eine Urkunde von einer Fernschule in Kansas City bekommen, die mir eine freie Unterrichtsstunde in Spurentechnik verhieß. Ich legte die Schecks in den Safe, brachte das Telefonbuch in der obersten Schublade unter, zerknüllte die Urkunde aus Kansas City und beförderte sie auf dem Umweg über Custers Stirn in den Metallpapierkorb in der Ecke. Ein Tag, der mit einem Job und ohne Rechnungen anfing, war besser als die meisten anderen.

Der Summer im äußeren Büro trat in Aktion. Ich wartete ab, und als es an der Denkstube klopfte, sagte ich, es sei offen. Herein kam ein ellenlanger schwarzer Bursche in grauen Trainingshosen und einem schwarzen Muscle-Shirt, von dem blutrot und schimmernd die Lettern RETURN OF THE LIVING DEAD tropften. Er hatte einen Brikettharschnitt und einen Goldring in einem Ohr. Mit einem zarten Grunzen schmiß er den Stoß alter Zeitungen, den er bei sich hatte, auf den Tisch. Staub faserte zwischen den Seiten hervor. »Das die, die Sie wollten, Mr. Walker?«

Ich lehnte mich vor, um das Datum zu prüfen. »Die sind's. Zehn geht klar?« Ich erhob mich von meiner Brieftasche und nestelte einen Schein heraus.

Er bedankte sich, faltete ihn längs und quer und stopfte ihn in seinen Hosenbund. Dann startete er zum Abgang.

»Sekunde, Marcus.« Er blieb stehen. »Wie läuft's im Laden?«

»Muß ja.«

»Vermißt du die Young Boys Incorporated?«

Er grinste, ohne Zähne zu zeigen. »Das war eh nich das Pralle, Mr. Walker. Na ja, vielleicht am Anfang, aber als dann die Zeitungen und das Fernsehen den Namen spitzgekriegt und benutzt haben, war die Luft raus. Genauso mit Pony Down. Was'n schon dran, wenn sich 'n Haufen Kids beschissene Namen geben? Nee, ich vermiß das nich. Bloß die Asche.«

»Noch clean?«

Er streckte die Unterarme aus und drehte sie um.

»Das beweist gar nichts, Marcus. Du hast immer in die Kniekehlen gespritzt.«

»Soll ich mich ausziehen?«

»Danke, nein. Ich hab hier schon schlimme Sachen sehen müssen, aber da streikt der Vermieter.«

Er grinste übers ganze Gesicht. »Das würden Sie nicht sagen, wenn Sie meine Knie *gesehen* hätten.«

Ich winkte ab, und er verzog sich. Ich hatte Marcus aus einem Crackhaus an der Sherman rausgeholt, als ich hinter dem Sohn einer Klientin her war, hatte ihn in ein Entzugsprogramm gesteckt, und ihm, als er rauskam, mit einer gelungenen kleinen Erpressung einen Job in einem Partyladen zwei Straßen weiter ergattert, wo er nun Büchsen stapelte. Manchmal beschaffte er mir alte Tageszeitungen aus dem Hinterzimmer und ersparte mir so ein paar Stunden Arbeit in der Detroit Public Library. Alle zehn Jahre oder so tue ich was für jemanden, der kein Klient von mir ist. Es zahlt sich zwar nicht aus, aber über Marcus hatten sie in den Revieren keine Akten mehr. Den Sohn habe ich nie gefunden.

Ich brachte den Morgen damit zu, die Presseberichte über den Thayer-Mord zu studieren und Notizen zu machen. Die *Free Press* verlangte in den üblichen Scharfmacherkommentaren nach härteren Waffengesetzen, die *News* plädierten für eine »Keine-Gnade-bei-Mord«-Haltung im Gerichtssaal, und *USA Today* ließen sich über das klassische schwarze Taftkleid aus, das Constance Thayer zur Anklageerhebung getragen hatte. In dem Bericht tauchte ein Name auf, der mich nicht sonderlich überraschte, und ich wählte eine Nummer im Detroiter Polizeipräsidium.

»Lieutenant Alderdyce, bitte«, sagte ich.

»Sie meinen Inspector Alderdyce?«

Ich nahm die Füße vom Tisch. »Wieso ruft mich keiner an, wenn die Hölle zufriert?«

»Die Beförderung kam letzte Woche. Heute macht er eine Zeugenaussage vor Gericht. Ich bin Detective Deming. Vielleicht kann ich Ihnen helfen.«

Noch ein weiblicher Detective in der Beaubien Nummer 1300. Es mußte allmählich schwül werden bei denen. Laut sagte ich: »Ich bin Amos Walker, ein Freund von John. Er ist einer von den Detroiter Beamten, die bei dem Doyle-Thayer-junior-Mord hinzugezogen wurden. Ich dachte, er könnte mir vielleicht sagen, welcher FBI-Beamte jetzt dort ermittelt.«

»Ich hab schon von Ihnen gehört.« Sie klang etwas weniger professionell herzlich, wenn man den Telefonen im Präsidium

Glauben schenken konnte. »Der Thayer-Mord fand in Iroquois Heights statt. Das ist außerhalb unseres Zuständigkeitsbereichs.«

»Detective Deming, Sie und ich wissen und jeder außer den Wählern in Iroquois Heights weiß, daß die Cops da einen Mord nicht von einem Domspatz unterscheiden können. Wenn Sie's nicht wissen, tut's deren Chef, und deshalb hat er den Ihren angerufen.«

»Selbst wenn das so war, ist es jetzt deren Fall. Und ganz bestimmt hat das FBI nichts damit zu tun. Was ist *Ihr* Anliegen, Mr. Walker?«

Ich malte ein paar Männchen auf meinen Block. »Die städtische Polizei hat nicht zufällig was davon mitgekriegt, daß das FBI mehrere hundert Tonnen Armeewaffen aus einem Privathaus zehn Meilen vor Detroit rausschleppt, nein?«

»Das habe ich nicht gesagt. Aber es würde mich interessieren, wo *Sie* das gehört haben.«

»Sagen Sie's nicht. John Alderdyce hat Ihre Beförderung aus der Zentralen Datenerfassung unterstützt.«

»Straßenverkehr. Auf Wiedersehn, Mr. Walker. Und denken Sie dran, Ihr Freund und Helfer ist immer für Sie da.« Sie hatte eine Art, zierlich aufzulegen, die mich für jeden geschmetterten Volltreffer von schweißigen männlichen Polizistenhänden entschädigte.

Cops. Vor Urzeiten hatte ich mich der Vision hingegeben, daß die Frauen da unten was verändern würden, aber wenn man frisches Wasser auf Salz gießt, kann man's immer noch nicht trinken.

Iroquois Heights wucherte; Unkraut tut selten etwas anderes. Es hatte eine nagelneue Schule vorzuweisen, man hatte mit den Bauarbeiten für ein Verwaltungszentrum begonnen, das erstmalig alle Ämter unter einem Dach beherbergen sollte, und natürlich war die Rede von einem überdachten Stadion, in dem auf Kunstrasen ein Dutzend Sportarten ausgeübt werden könnten. Die Leistungssportler der Zukunft werden durch silbrige Haut und weiße Augen zu erkennen sein und Wasserechsen gleichen, die ihr gesamtes Leben in unterirdischen Seen verbringen und nie das Licht erblicken. Die gutbetuchten ansässigen Bürger, die aus

Detroit geflohen waren, um Schädelspaltern und Taschendieben zu entgehen, würden für dieses Projekt liebend gern jahrelang ihre Taschen umdrehen, ohne daß der Bürgermeister und die Stadtverwaltung auch nur ein Bleirohr zücken mußten.

Das Heim der Thayers war ein ausladendes Ziegelgebäude im Kolonialstil, am Ende einer Sackgasse. Es erstreckte sich auf vier Morgen Land und war von großen Eichen, die in Schlachtreihe gepflanzt waren, und jeder Menge Schatten umgeben. Das war alles, was ich davon erspähen konnte, da ein Siebentonner mit einem rechteckigen silbernen Kühlergrill den Eingang blockierte. Seine Ladefläche nahm die gesamte Straßenbreite ein.

Ich fuhr an den Randstein, stieg aus, lehnte mich an den Chevy und rauchte seelenruhig. Wenn es stimmte, was Krell und Mrs. Thayer mir erzählt hatten und nicht nur ein Nachbar aus- oder einzog, würde ich nicht lange warten müssen. Außerdem war es ein schöner warmer Tag, und ich konnte mir Übleres vorstellen, als hier zu lehnen und einem Eichhorn zu lauschen, das in einem der Bäume hockte und erbost das große Metalltier ankeckerte, das ihm da unten die Aussicht auf die Eicheln verdarb.

Nach ein paar Minuten bewegte sich ein junger Mann in brauner Lederjacke und Jeans auf dem Gehweg vor dem Haus der Thayers in meine Richtung. Sie waren deutlich ansehnlicher geworden seit den alten Tagen der Polyesteranzüge und Fertigschlipse, aber sie hatten den Dreh immer noch nicht raus; die Jacke war taufrisch und die Jeans mit Bügelfalte. Seine Haare waren schwarz und modisch lang, obwohl lang derzeit nicht modisch war. Und nur ein FBIler bringt es fertig, so zu schlendern, als gäbe es kein Ziel und er müßte erst in einer Ewigkeit dort eintreffen.

»Hi«, sagte er, als er in Hörweite war. »Suchen Sie eine bestimmte Adresse?«

»Danke, ich hab sie gefunden.«

Er kratzte sich am Ohr. Es ragte sogar noch unter den Haaren hervor. Wenn er einen der aktuellen Kurzhaarschnitte getragen hätte, hätte er ausgesehen wie Scooter. Er sagte: »Ich denke, es ist die falsche.«

Hinter ihm schaukelte der Lkw, als sei etwas Schweres in den Laderaum befördert worden. Er verriet mit keiner Bewegung, daß er es bemerkt hatte, das mußte man ihm lassen. In Washington nennt man das heute »bevollmächtigt für Eventualsituationen«. Wenn Noah Webster nicht schon tot wäre, würde er sich an einem rostigen Infinitiv erhängen.

»Wer gibt heute den Zampano?«

»Den was?«

»Wer sagt die Show an, heizt den Leuten ein, gibt die Asse aus? Beam mich hoch, Scotty. Ich will mit deinem Boss plaudern.«

»Ich fürchte, Sie haben die falsche Gegend erwischt.«

»Du sagst es, Bruder.« Ich schnippte die Kippe weg und förderte eine meiner Karten zutage. Seine Hand zuckte kurz in Richtung Achsel, als ich sie rauskramte, und als ich nicht mit einer abgesägten Schrotflinte dienen konnte, kratzte er sich an der Schulter. Ich hätte nicht geglaubt, daß heute noch einer diese Unterarmholster trägt; an heißen Tagen ist ein Keuschheitsgürtel eine Wonne dagegen. Ich schrieb einen Namen auf die Rückseite der Karte und hielt sie ihm hin.

Er nahm sie und las beide Seiten. »Und was soll ich damit?«

»Ihrem Chef bringen. Ich warte gern. Kaffee? Nein danke, ich hatte grade Mittag. Zu freundlich von Ihnen.«

Ich betrachtete seine Mimik. Er wollte das Theater weiterspielen. Dann lieber aufhören. Diese jungen Spunde sind so geheimnisvoll wie Revolverblätter. Er drehte sich um und verschwand hinter dem Laster.

Zurück kam er in Begleitung eines Burschen aus den alten Zeiten. Er war gedrungen, trug ein Sakko mit schmalen Aufschlägen, eine schmale schwarze Krawatte auf einem weißen Hemd, durch das man den Ausschnitt seines Unterhemds erkennen konnte, und einen Fedora, der schon bessere Tage gesehen hatte. Der saß hinten auf einem großen, mit grauem Kraushaar bedeckten Schädel, zu dem ein Tomatengesicht gehörte, das sicher häufig gerieben wurde. Er hatte eine Wampe, die ihn wenig zu bekümmern schien, und lächelte leicht, ohne die Zähne zu zeigen. Er war zu spät auf die Welt gekommen, um von Wallace Beery verkörpert zu werden, was ein Jammer war. Er hatte meine Karte in der Hand.

»Kennen Sie den Mann gut?« fragte er ohne Vorrede und wedelte damit.

»Nicht besonders. Ich hab vor ein paar Jahren einen Auftrag für ihn erledigt.«

»Offiziell?«

»Privat.«

»Ich wüßte gern, was das war.«

»Wenn Sie's nicht wüßten, ständen Sie nicht hoch im Kurs.«

Er wartete, nicht allzu lange. Dann streckte er mir eine große, weiche Pfote hin, die ich ergriff. »Horace Livingood. ATF. Wollen Sie meinen Ausweis sehen?«

»Nee. Sie meinen?«

»Wozu? In dieser Stadt stanzen sie einem einen Bronzestern, während man hinten im Solarium liegt. Was können wir Ihnen antun, Walker?«

»Ich arbeite für Mrs. Thayers Anwalt. Ich würde mir gerne anschauen, was Sie da aus dem Keller davontragen. Ich weiß schon einiges darüber.«

»Das ist unter Verschluß«, ließ der Jüngere verlauten.

»Verzeihen Sie meine schlechten Manieren. Das ist Agent Pardo. Er ist neu und meint, Geheimnisse sollten geheim bleiben. Ich bin mir nicht sicher, ob er so falschliegt.«

»Wenn Sie so denken«, sagte ich, »sollten Sie den Laster tarnen. Rammen Sie ein paar Strommasten, sprühen Sie Graffitis drauf und stopfen Sie ihn mit Farbfernsehern und Stereoanlagen voll. Dann denken die, Sie sind bloß von den hiesigen Cops.«

»Von denen hab ich ein paar getroffen. Tja, wenn dieser Bursche meint, Sie sind okay, wär ich ein Arsch, wenn ich's nicht auch täte.«

Ich schwieg.

»Sie könnten natürlich auch lügen.«

»Ich lüge ziemlich viel«, pflichtete ich ihm bei.

»Ich könnte anrufen und es überprüfen.« Er rieb sich mit einer Hand das Gesicht, was meine Annahme bestätigte. Dann schüttelte er ein Zigarillo aus einer stilvollen Packung und steckte es mit einem Zippo an. »Das sollen die machen, die noch keine dreißig Jährchen auf dem Buckel haben. Die Zentralen in Washington sind ein Sauhaufen.«

Pardo sagte: »Mr. Livingood, das muß ich melden.«

»Tun Sie das, Victor. Also, schauen Sie sich die Schatzkammer an. Sie werden glauben, Sie sind tot und nach Fort Knox geraten.«

Er spazierte zur Kehrseite des Lkw. Agent Pardo und ich folgten ihm. Einfach so.

4

Das Haus hatte weder Mauer noch Zaun, um Eindringlinge fernzuhalten, was in diesem Teil von Iroquois Heights eine Seltenheit war. Es war auch nicht nötig. Als wir uns dem offenen Laderaum des Lastwagens näherten, kamen zwei Männer in regierungseigenen blauen Windjacken aus dem Keller. Sie schleppten eine Bretterkiste, auf der in Englisch, Französisch und Spanisch C4 SPRENGSTOFF stand. Ein weiteres Dutzend war in dem Lkw gestapelt. Auf dem Rasen harrte ein Maschinengewehr, Kaliber .50, mit perforierter Ummantelung, samt zerlegtem Dreibein seiner Verladung.

Jemand hatte aus dem Deckel der Kiste zwei Bretter herausgestemmt. Als sie vorbeischaukelte, griff Agent Livingood hinein und legte etwas über seinem Unterarm an. Es sah aus wie eine Spritzpistole.

»So was schon mal gesehen?«

»Westentaschen-Bazooka«, sagte ich. »Hab ich in Nam gehabt.«

»So was nicht. Fang.« Er schmiß es mir rüber.

Als ich danach griff, schlug ich es beinahe übers Dach. Es wog weniger als eine Spielzeugpistole.

»Kein Gramm Metall drin«, sagte er. »Sogar die Ladung ist Plastiksprengstoff, da können Sie diese Hälfte der Straße mit hochjagen, wenn die scharf ist. Und wenn Sie noch irgendwo alte Bazookas rumliegen haben, können Sie die dem Museum vermachen. Die hier können Sie in der Manteltasche auf jeden Linienflug der Welt mitnehmen. Sie marschieren einfach durch diese Detektoren, die sonst bei jeder Zahnspange anschlagen, und nichts piept.«

»Ein echter Fortschritt. Demnächst werden wir nackt abgefertigt.« Ich gab ihm die Waffe zurück. Sie sah nicht bedrohlicher aus als eine Silvesterrakete.

Er streichelte sie. »Was meinen Sie, was ein reiches Bürschchen mit einem Schmuckstück wie dem hier will?«

»Wenn man mit einem Alten gesegnet ist, der schon alles gebaut hat, bevor man auf die Welt kommt, bleibt einem vielleicht nichts andres übrig, als es wieder einzureißen. Könnten Sie dieses Kraut ausmachen?« Ein Stück Asche von seinem Zigarillo war auf die Spitze der Rakete gefallen.

»Keine Panik. Das Zeug hier ist stabiler als die Währung.« Aber er spuckte die kleine Zigarre aus und zertrat sie.

»Was ist noch drinnen?«

»Mr. Livingood.« Pardo klang wie der stellvertretende Schulmeister.

Der Ältere ignorierte ihn. »Nicht viel. Bloß das gesamte albanische Waffenarsenal und ein gepanzertes Halbkettenfahrzeug vom Afrika-Korps. Sie arbeiten für die Frau, sagten Sie?«

»Ihren Anwalt.«

»Diese Pfeife.«

»Sie kennen ihn?«

»Er wollte mich über das Unternehmen hier ausquetschen, aber ich sollte Mrs. Thayer keine Fragen über das nette Arsenal ihres Gatten stellen. Wie man sich denken kann, hab ich ihm zu was Bestimmtem geraten. Wahrscheinlich meldet sich Washington jeden Moment dazu. Jeder hat Freunde in Washington, außer mir. Ist das nicht komisch?«

»Zum Kaputtlachen.«

»Ich mein nicht das, ich meine, all das Geschütz hier, und dann kriegt's der reiche kleine Scheißkerl auf die altmodische, von seiner Frau.«

»Ich schätze, er hat die Haubitze nicht die Treppe hochbekommen.«

»Oh, Sie wissen von der Haubitze?« Die Augen in dem Tomatengesicht wurden lebhaft.

»Ich kenn kein Geheimnis, in dem 'ne Haubitze vorkommt.«

»Yeah.« Er verlor das Interesse wieder. Es war unterhaltsam, ihm zuzuschauen. »Dieser Waffenkontrollsermon ist ein Hohn. Sie sollten alles legalisieren, wenn man beweisen kann, daß man in der Lage ist, es zu reinigen, ohne sich zu viele Zehen abzuschießen.«

»Wie viele sind zu viele?«

»Drei.« Er schaute auf seine Füße.

»Wo hatte Thayer das alles her?«

»Das sag ich Ihnen, wenn wir mit der Bestandsaufnahme fertig sind und die Seriennummern prüfen.«

»Und wann ist das?«

»Herrgott, da werd ich schon zwei Jahre auf Rente sein. Und dieses Arschloch rechts von mir ist dann Chef von dem Laden.«

Pardo sagte nichts.

»Drücken Sie ein Auge zu«, sagte ich. »Sie sehen nicht aus wie einer, der die Vorschriften unterm Kopfkissen hat.«

»Was für Vorschriften?« Er grinste sein schlaffes Grinsen. Dann fuhr er sich übers Gesicht. »Vic und ich sind nicht sehr oft einer Meinung. Wir sind nie einer Meinung. Aber wir sitzen den hiesigen großen Waffendealern seit zwei Jahren auf der Pelle, und ich bin so kurz vor der Pensionierung, daß ich's nicht verhunzen will. Sorry.«

Ich trat auf etwas, das sich anfühlte wie ein Kiefernzapfen, und nahm den Fuß hoch. Es war eine Handgranate, eines der alten Eier, mit denen wir geübt hatten. Livingood bemerkte sie, hob sie mit einem Grunzen auf und schmiß sie mitsamt dem tragbaren Raketenwerfer auf die Ladefläche.

»Mrs. Thayer hat mir gesagt, einmal ist ein alter klappriger Pickup hiergewesen«, sagte ich, nachdem meine Nackenhaare wieder anlagen. »Was haben Sie vom Shooter gehört?«

»Der gute alte Shooter. Ich hab gehört, er hat 'ne reiche geschiedene Frau geehelicht und sich zurückgezogen.«

»Das glauben Sie?«

»Der steigt aus, wenn sie ihn in Grund und Boden schießen. Das hier ist allerdings etliche Nummern zu groß für ihn. Das wildeste Ding, was er sich je geleistet hat, war die MAC 10, die er mir verkauft hat, bevor ich ihn letztesmal hab hochgehen lassen.«

»Er wollte mir mal 'ne Thompson verkaufen.«

»Haben Sie sie zu Gesicht gekriegt?«

»Das falsche Ende. Der Typ, von dem er sie kaufen wollte, hat sich's anders überlegt und versucht, damit ein paar Cops umzupusten.«

»Hat ihn mächtig gebeutelt, schätze ich. Die alten Klapperkisten sind zu schwer und haben 'nen gemeinen Rückschlag. Und sie klemmen. Jeder Grünschnabel mit 'nem lausigen 38er Dienst-eisen kann dich wegblasen, während du noch am Schlitten rumhebelst.« Sein Blick ging über meine Schulter. »Hier kommen die Ordnungshüter von Iroquois Heights.«

Ich hatte den großen Pontiac überhört, der im Leerlauf vor dem

Laster zum Halten gekommen war. Er war himmelblau und trug das Stadtwappen in Gold an der Tür und den Wahlspruch des Departments in passenden Lettern an der hinteren Stoßstange.

»Der Gemeinschaft zum Schutz und zu Diensten«, las Livingood. »Ob die Burschen, die sich mit Redlichkeit in der Werbung befassen, davon wissen?«

Ein junger Beamter in einer Uniform, die er mit dem Schuhlöffel angelegt hatte – in derselben Farbe wie sein Auto, inklusive Goldstreifen –, stieg aus und stolzierte in unsere Richtung, wobei er ein Walkie-talkie in eine Halterung an seinem Gürtel steckte. Er trug keinen Hut, dafür aber sein Haar kurz geschoren und die Schläfen frei und über dem Mund einen dreieckigen Schnauzer, der mit Nagelschere und Lineal bearbeitet worden sein mußte. Zur Krönung saß ihm eine Ray-Ban mit Goldrahmen und violetten Gläsern im Gesicht. Seine Ausrüstung hatte er in diversen Laschen und Taschen an Gürtel und Uniform verstaut, und sie bestand aus einem Lederschlagstock, einem Totschläger, einem Paar Jerseyhandschuhe mit Knöchelpolstern, zwei glitzernden, randvollen Patronenhaltern und einem 357er Colt Magnum mit Fingerrillen. Sein Bauch war so flach wie eine Streckbank.

»Guten Tag, Officer Pollard«, sagte der ältere der Agenten. »Womit können wir Ihnen heute dienen, und was soll's kosten?«

Officer Pollard blieb vor uns stehen und deutete mit einem manikürten Zeigefinger auf ihn. »Das ist Mißachtung eines Polizeibeamten in Ausübung seines Dienstes. Ich könnte Ihnen dafür einen Strafzettel geben.«

»Und wer zeigt Ihnen, wie man so was schreibt?«

Pollard unterließ es, darauf zu antworten. Aus der Nähe betrachtet sah er weniger jung aus, seine stoppeligen Haare wurden an den Schläfen grau, und auch die dunkle Brille konnte die Falten um die Augen nicht verbergen. »Der Chief hat mich gebeten, von Zeit zu Zeit vorbeizuschauen und zu sehen, ob Sie was brauchen.«

»Ich weiß, was er wissen will.«

Pardo meldete sich zu Wort. »Vielen Dank, Officer. Wenn wir etwas brauchen, lassen wir es den Chief wissen.«

»Wer ist denn zur Zeit Chief?« fragte ich.

Die violetten Gläser wandten sich geringfügig mir zu. »Und wer sind Sie?«

Ich zeigte ihm meinen Ausweis. Es war schwer zu sagen, ob er ihn las. Seine Lippen bewegten sich jedenfalls nicht.

»Finanziert Onkel Sam jetzt Privatlinge?« wollte er wissen, als ich meinen Ausweis verstaute.

»Hab nur nach dem Weg gefragt.«

»Dachte, Sie wären neu, sonst wüßten Sie wohl, daß der Chief Proust heißt.«

»Stellvertretender Chief«, korrigierte ich. »Und das auch nur Ex.«

»Er ist Chief, bis der Chief wieder gesund wird, was nicht mehr passiert. Und er ist nicht Ex.«

»Unmöglich. Er steht unter Anklage.«

»Das heißt nicht, daß er's getan hat. Unschuldig bis zum Beweis der Schuld, Mister, so halten wir's in den verrückten Vereinigten Staaten.«

»Seit wann gehört Iroquois Heights zu den USA?«

Er zeigte schnittig mit einem Daumen über die Schulter, wie sie es ihnen in der Polizeischule beibringen. »Sie sagten, Sie wollten den Weg wissen, Mister. Da lang.«

Er begab sich zurück zu seiner Karosse, wendete und raspelte etwas Gummi von den Reifen, als er sich auf den Rückweg machte. Livingood spuckte auf den Boden. »Ich dachte, die wollten die Bude entlausen«, sagte er.

Ich sagte: »Geht schlecht mit 'nem dreckigen Besen. Wir waren grade bei Shooter.«

»Waren wir?« Er grinste. »Ja, stimmt wohl. Als ich das letztemal nachgesehen habe, zog er seine Geschäfte am selben alten Standort durch. Sie können's nachprüfen. Was den Zaster angeht, hat sich nichts groß getan bei ihm.«

»Was ist mit Ma Chaney?«

»Sie kennen sich ja gut aus.« Er zeigte wieder Interesse.

Diesmal grinste ich. »Eindrucksvoll, diese müder Beamte-Nummer. Wieviel Zeit bleibt Ihnen wirklich bis zur Pensionierung?«

»Ich glaube nicht, daß ich so lange lebe. Sie kennen Ma?«

»Ich hab mal ein Geschäft mit ihr gemacht, draußen bei der Scheune.«

»Sie ist umgezogen. Nicht mit der Scheune, aber mit allem, was drin war. Wir wissen noch nicht, wohin. Wir kriegen keinen Undercover-Mann zu ihr durch. Wenn ihre Jungs nur halb so schlau wären wie sie, säßen sie nicht von hier bis Miami überall im Knast.«

»Mehr können Sie mir nicht bieten?«

»Wenn schon Weihnachten ist, wo ist dann der Schnee?«

Ich überließ ihn Pardos eindringlichen Worten, wartete, bis die zwei Männer in Windjacken mit einem chinesischen Leichenmacher vorbei waren, und stieg in meinen Wagen, in der Hoffnung, kein Funke vom Verteiler würde aus dem gesamten Viertel einen Park machen.

Das blieb aus, und ich fuhr unter einem Himmel, der so blau war wie ein nuklearer Sprengkopf, zurück zum Büro. Ich boxte mich zwischen den unsichtbaren Klienten in meinem überfüllten Warteraum durch, holte mein kleines grünes Dynamitbuch aus der obersten Schublade des Aktenschranks und wählte eine Nummer, die ich unter einem pfiffigen Geheimwort aus einem Marvel-Comic aufgelistet hatte. Während ich auf eine Reaktion wartete, beobachtete ich Custer. Es schien mir, als würde er standhalten.

Beim zwölften Läuten hatte ich einen Mississippi-Akzent dran. »Kannst reden.«

»Amos Walker«, sagte ich. »Wir waren schon im Geschäft.«

»Wo?«

»Parkplatz an der West Lafayette, vor circa einem Jahr.«

»Ich wollt nich wissen, wann. Wie heiß ich?«

»Sonnyboy.«

Er lachte nicht.

»Shooter«, sagte ich.

»Und warum nennt man mich so?«

»Bestimmt nicht, weil du immer den Vogel abschießt.«

»Sie nennen mich so, weil ich nich aus dem Hinterhalt schieß. Wie steht's mit dir?«

»Wenn du nur so ehrliche Kunden hättest, würden wir uns an 'nem Glastresen in 'nem hell erleuchteten Laden mit Schaufenster unterhalten.«

»Bist du 'n Kunde?«

»Schon möglich, wenn du hast, was ich will.«

»Wenn du's willst, hab ich's. Hab ich's nicht, kann ich's besorgen. Wenn ich's nich besorgen kann, willst du's nich. Was willst du?«

»'n Traumdeuter.«

Stille.

»Schutz«, sagte ich.

»Kauf dir 'n Hund.«

»Ich brauch mehr Schutz.«

»Kauf zwei Hunde. Soll das heißen, du willst 'ne Knarre, Mann?«

»Ich hab Knarren. Ich will einen Kasten voller Plastikraketenwerfer und ein Maschinengewehr, Kaliber .50.«

»Willste Rehe jagen?«

Ich blickte wieder zu Custer. Er schien Boden zu verlieren. »Du hast, was ich will, oder war das vorher nur 'ne Finte? Wenn das nämlich so ist, kann ich dich David Horowitz empfehlen.«

»Sag ihm, er soll sich anstellen. Ich meld mich.« Die Leitung war tot.

Schlaue Sprüche. Das statische Rauschen der Gaunerwelt. Ich hängte ein und konsultierte das Rechteck aus Sonnenlicht an der Wand gegenüber vom Fenster. Es schien hoch genug zu stehen. Ich entnahm der hohen Schublade des Schreibtischs meine Geburtstagsflasche und überschwemmte den Staub in einem Glas. Dann schlug ich Ma Chaneys Nummer in meinem grünen Buch nach.

»Ja bitte?«

Gute alte Ma. Allmählich meldete sich kaum mehr einer auf die herkömmliche Art. Ich nahm einen Schluck Gegengift und brachte meinen Namen zur Geltung. »Wir haben uns bei dieser Virgil-Boyd-Sache kennengelernt.«

»Ich erinnere mich.« Ihre Stimme war ein Raucherrasseln ohne jede Regung.

»Wenn Sie nichts zu tun haben, hätte ich ein paar Fragen.«

»Ma hat nie zu tun. Fragen Sie nur.«

»Nicht am Telefon. Wo können wir uns treffen?«

»Mein Haus steht, wo es immer stand.«

»Wie wär's mit fünf Uhr?«

»Bringen Sie Geld mit.«

Ich hatte grade die Hand vom Hörer, als es klingelte. Es war Shooter.

»Kennste das Viertel mit den Lagerschuppen?« fragte er.

»Du meinst Rivertown?«

»Scheiß auf Rivertown. Das is 'ne Architektenzeichnung. Ich mein das Viertel mit den Lagerschuppen, den Gleisen und den großen ekligen Häusern mit Ratten.«

»Wo dort?«

»Spielt keine Rolle, Mann. Seit der Bürgermeister die Goldschaufel hat, is es zu klein zum Reinpissen. Fünf Uhr.«

»Schaff ich nicht. Wie wär's mit vier?«

»Vier geht klar. Ich bin um fünf da.« Er tat es wieder.

Ich rief Ma zurück. »Mir ist was dazwischen gekommen. Geht auch vier Uhr?«

»Um vier macht Ma ein Schläfchen«, sagte die Besitzerin der rasselnden Stimme.

»Dann um sechs.«

»Um sechs geh ich ins Krankenhaus.«

»Ich dachte, Sie gehen nie weg.«

»Ma hat 'nen Jungen im Krankenhaus.«

»Wie steht's mit heut abend nach sieben?«

Das Rasseln verwandelte sich in ein kurzes Lachen, das in einem Raucherhusten endete. »Abends arbeitet Ma.«

»Hab ich vergessen. Wann dann?«

»Du kommst morgen zu Ma, egal um welche Zeit.«

»Okay.«

»Außer sechs«, fügte sie hinzu.

Ich sagte noch mal okay und notierte die Verabredung in meinem vollen Terminkalender, genau zwischen Shooter und meinem freien Tag, an dem ich zu Hause die Socken schleudere.

5

Für jeden Fall braucht man einen Ansatzpunkt, einen Faden, an dem man ziehen, oder ein Stück Klebeband, unter das man seinen Nagel klemmen kann. Vom örtlichen Kleinschieber, bei dem man sich mit Freizeitkanonen eindeckt, bis zu den Figuren, die mit Plastikwaffen handeln, von denen die Flugsicherheit noch keinen Schimmer hat, ist es ein weiter Marsch, aber bei Constance Thayers knappen Gerichtsterminen blieb mir keine Zeit für eine Anzeige in *Soldier of Fortune*. Um vier fuhr ich nach Hause, rasierte mich zum zweiten Mal an diesem Tag und zog meinen guten blauen Anzug an, dazu ein frisch aus Seidenpapier und Folie gepelltes weißes Hemd samt aufrechter roter Krawatte; diese tadellose und subtil nationalistische Aufmachung, die der Welt verrät, daß man auf dem Weg ist, die Russen aus *National Geographic* rauszuballern. Ich schraubte eine Flasche Brut auf, hielt inne und erwog, ob das nicht zu weit ging. Dann klatschte ich es drauf. In der Szene, der ich mich näherte, verstand man sich nicht auf Feinsinn.

Wer nach dem alten Detroit Ausschau hält, der Stadt der röhrenden Trompeten und zudringlichen Huren und des geschmuggelten kanadischen Whiskys, der kann es noch finden; in Gegenden, die von den Bauhaien des Bürgermeisters verschont blieben. Zur Zeit zerlegten sie am Fluß die Ziegellagerhäuser aus der Jahrhundertwende und zogen statt dessen Hotels und Bürohäuser hoch, die aussahen wie Colaflaschen, aber sie waren noch nicht fertig damit. Ein handtuchgroßes Viertel an der Jefferson beherbergte noch immer auf zerplatztem Asphalt verrußte kastenförmige Gebilde mit zugemalten Fenstern. Nutzlose Gleise wanden sich zwischen Schutthaufen und alten Holzplatten hindurch, an einem der letzten Flecken der Stadt, der nicht nach Bauplanung stank. Wo sollen die entwurzelten Leute hin, wenn das Häßliche verbannt wird?

Ich hielt bei einem Ladedock und wartete bei offenen Fenstern. Mein Gefährt war das einzige in der Gegend, und ich war das einzige Lebewesen, das ich sichtete. Die Luft roch nach Zementstaub und wurmzerfressenem Eichenholz und Strömen von Schweiß.

Böen vom Fluß schälten die oberste Staubschicht von der Szenerie und versahen meine Sitze mit einem grauen Überzug. Rechts von mir, am Ende einer schmalen Gasse zwischen zwei Reihen schmutzstarrender Häuser, präsentierte sich der glatte blaue Sockel des Renaissance Centers wie ein Topmodel zwischen Leprakranken.

Schlag fünf Uhr tuckerte ein grüner Dodge-Pickup die Straße entlang und blieb in hundert Metern Entfernung stehen, wo er sofort in seiner eigenen Wolke aus Staub und verbranntem Öl abtauchte. Die Hupe quäkte. Ich stieg aus und schlenderte rüber.

Der Mann am Steuer des Pickup kurbelte sein Fenster runter und betrachtete mich mit halbgeschlossenen Augen, die sich in einem Gesicht von der Farbe blauer Kohle befanden. Kalte Luft und laute Musik drangen aus dem Wagen.

»Du der Typ?« Am Abend kam der Mississippi mächtig durch.

»Ich der Typ«, sagte ich.

»Ich vergeß Gesichter, bloß Knarren nich. Steig ein.« Er schloß das Fenster und entriegelte die Tür auf der Beifahrerseite.

Innen war es mindestens zehn Grad kühler. Die Plüschsitze waren kastanienbraun, und das ledergepolsterte Armaturenbrett protzte mit mehr Anzeigern und Skalen als das Cockpit einer DC 10. Sein Soundsystem war im Himmel produziert und in Tokio montiert worden und spie Fleetwood Mac in einer Lautstärke aus, die Jimmy Hoffa hätte erwecken können. Ich entdeckte den Einschaltknopf und haute drauf. Die Stille war wie ein Schlag mit der Bratpfanne.

»Magste Musik nich?« sagte er.

»Nicht genug, um die Füllungen in meinen Backenzähnen zu sprengen.«

Er zeigte mir seine eigenen Backenzähne. Shooter war eine lange Latte von Kerl. Er trug ein Muscle-Shirt, das den Ausblick auf Haut und Knochen freigab, gestreifte Hosen und Slipper aus Krokoleder am nackten Fuß. Er hatte mir mal anvertraut, daß er gegen Leder und Tuch allergisch war. »Was schleppste mit?«

Ich präsentierte ihm das unbewaffnete Innere meines Sakkos. Er klemmte die Ausgabe der *Shotgun News*, die auf seinen Beinen gelegen hatte, hinter die Sonnenblende, und legte die Neunmillimeter-Beretta, die darin versteckt gewesen war, auf das Armaturenbrett.

»Bei der Arbeit muß man auf sein Arsch aufpassen«, führte er aus. »Letzte Woche haben sie 'n alten Partner von mir entdeckt, wie er vor 'nem Pier am Detroit Yacht Club rumgeplätschert is.«

»Haben sie ihn aufgenommen?«

»Bloß die obere Hälfte. Mehr haben sie nich gefunden. Sag mal, wieso willst 'n überhaupt mit so 'nem schweren alten wassergekühlten Maschinengewehr rummurksen? Ich kann dir für sechzehn fuffzig 'n russisches Sturmgewehr ranschaffen. Wiegt 'n Zehntel davon und is tausendmal genauer.«

»Wo gibt's denn so was, in Afghanistan?«

Ich bekam wieder seine Backenzähne zu sehen. »Mann, ich handel nich mit seltenen Büchern. Du mußt nich wissen, wo sie herkommen.«

»Was ist mit dem großen Maschinengewehr?«

»Oh, kann ich besorgen. Die Plastikraketenwerfer, weiß nich; hab ich noch nie einen zu Gesicht gekriegt.«

»Wer dann?«

»Was bin ich denn, 'n Versandhaus? Mach deine Einkäufe allein. Willste jetzt das MG oder nich? Kostet dich zwei Riesen.«

Ich hielt eine Hundert-Dollar-Note hoch.

Er fing an zu schwitzen und leckte sich die Lippen. Er zitterte und japste und ging auf seiner Seite die Wand hoch, an der Decke entlang und bei mir wieder runter, wo er sich auf meinen Schoß setzte und bettelte. Hauptsächlich blieb er jedoch auf seinem Platz hinterm Steuer sitzen und rührte sich nicht. »Brauchste Kleingeld?«

»Nee. Antworten.«

»Streck die Hand aus.«

»Warum?«

»Ich leg schon kein Scheißhaufen rein. Mach schon.«

Ich streckte ihm die Hand ohne den Schein hin. Er grunzte ungeduldig und drehte die Handfläche nach oben. Er zog zwei Ringe von seiner linken Hand und legte sie drauf. Dasselbe tat er mit den drei Ringen an seiner Rechten, dann nahm er die goldene Halskette ab und legte sie dazu. Zu guter Letzt schraubte er einen Diamanten, den ich nicht bemerkt hatte, von seinem linken Ohrläppchen ab und krönte damit den Haufen. Mir wurde die Hand schwer.

»Hier liegen fuffzehntausend«, sagte er. »Ich hab heut nich viel angelegt, weil's heiß ist. Mit Hundertern wisch ich mir den Arsch ab.«

»Da würd ich mir demnächst mal 'ne Rolle zweilagiges gönnen.« Ich winkte mit dem Schein.

»Du verstehst mich nich, Mann. Schau her.«

Er zog das Shirt hoch. In seinem Nabel steckte kein Rubin, was ich enttäuschend fand. Statt dessen zog sich dort eine gezackte Narbe von seinem Hosenbund bis zur untersten Rippe hoch. Sie stach madig weiß von seiner blauschwarzen Haut ab, und am Rand, wo man die Fäden gezogen hatte, war sie ausgefranst.

Ich sagte: »Hast du das selber verbrochen?«

»In gewisser Weise ja. Als ich neu war, hab ich 'n Fehler gemacht. Ich hab einem 'ne Knarre verkauft, und als er wissen wollte, wo sie her is, hab ich's ihm gesagt. Stellte sich raus, daß der Bursche 'n Bulle war. Mir haben sie sechsundzwanzig Monate in Cassidy Lake wegen unerlaubtem Waffenbesitz und versuchtem Verkauf von Diebesgut verpaßt, aber der Kerl, bei dem ich eingekauft hab, mußte fünf bis fuffzehn Jahre in Milan wegen Einbruch im Waffenlager der National Guard einstecken. 'n Freund von ihm hat dann auf 'm Handballplatz in Cassidy 'n bißchen mit mir geplaudert. Hat gern mit 'nem Teppichmesser geredet.«

»Das klingt böse.«

»Am Anfang hat's gar nich weh getan. Zwei Typen haben mich festgehalten, und er hat einfach meine Bauchdecke aufgeschlitzt. Die Haut is weggeklappt wie 'n verschissener Theatervorhang, und ich konnt zugucken, wie die Eingeweide rausquellen. Der Pfuscher in der Notaufnahme hat mich hängen lassen und statt dessen 'n Dutzend Stockfischvergiftungen behandelt; fand wohl, ich wär nich so wichtig. Später hat's dann weh getan, aber am besten erinner ich mich, wie die Haut aufging und die blauen Eingeweide rausgeplumpst sind.« Er zog das Shirt runter und nahm seine Preziosen wieder an sich.

»Also was ist mit den hundert?« fragte ich.

Nachdem er mit dem Schmuckanlegen fertig war, haute er auf den Power-Knopf, lehnte sich zurück und schloß die Augen. Die Lautstärke war beträchtlich. Ich spürte, wie der alte Schlitten bebte. Ich betätigte den Stille-Knopf.

»Ich will nicht wissen, wo du das Zeug her hast, das du verdealst. Ich will nur wissen, wer in der Gegend mit Militärwaffen handelt. Ist mir egal, ob er Neutronenbomben an Minderjährige verscheuert. Das ist Sache des FBI. Ich hab einen Klienten.«

»Nich für 'n Hunni.«

»Wieviel?«

»Wieviel sind dir deine Innereien wert?« fragte er.

»Spiel nicht die Heilige Johanna, Shooter. Du hast die falschen Klamotten dafür an.«

»Für zwei Riesen würd ich rankommen.«

Ich ließ die Musik dröhnen, hielt eine Hand hoch und wandte mich Richtung Tür. Diesmal sorgte er für Ruhe.

»Okay, achtzehn. Neunhundert für 'n Anfang.«

»Fünf«, sagte ich. »Die ersten hundert jetzt. Aber es muß was dabei rauskommen.«

»Fünfzehn. In zwei Teilen. Ohne Garantie, Mann.«

»Vierhundert.«

»So *läuft's* nich«, greinte er.

Ich griff mir die Beretta, bevor er sich rühren konnte, und ließ das Magazin rausspringen. Dann stieß ich es wieder rein und entsicherte die Waffe. »Leer.« Ich warf sie ihm in den Schoß. Er japste.

»Sieh dich vor, Mann! Vor geladenen Wummen hab ich echt Schiß.« Er legte sie auf den Sitz. »Ein Riese.«

Ich kramte meine Brieftasche raus und beraubte sie ihres Inhalts. »Ich hab bloß zweihundert dabei.«

»Geht klar.« Er riß mir die zweihundert und den ersten Hunderter aus der Hand. »Ich ruf an, wenn ich soweit bin. Wir gehen zusammen zu dem Mann. Bring für den auch was mit.«

»Meine Privatnummer hast du.«

»Kannste wetten. Setz dich ruhig neben dein altes Telefon und wart, bis Shooter Laut gibt.«

Ich grapschte mir seine Goldkette und preßte sie zusammen. Er sagte: »Grrrk!«

»Vierundzwanzig Stunden«, sagte ich. »Dann komm ich und schau nach, ob deine Eingeweide wirklich blau sind.«

Er nickte.

Ich ließ ihn los und haute auf besagten Knopf. Eine Band, die sich vermutlich Ätzender Analinfekt nannte, versuchte mir kreischend weiszumachen, wie wunderbar sich eine mit Nägeln durchbohrte Zunge anfühlte.

»Tu dir was Gutes, Shooter. Kauf dir von dem Geld 'n anständiges Hörgerät.«

»Was?«

Ich brüllte einen Abschiedsgruß.

Feierabend. Das geplante Abendessen entfiel, da ich blank war und meine sämtlichen Kreditkarten sowie das Harvard-Zeugnis und den Schlüssel zum Millionärs-Club in meiner anderen Hose gelassen hatte. Statt dessen wich ich einigen Polizistendamen aus, die eifrig Knoten in die Kreuzungen machten, und schlug mich durch den Berufsverkehr nach Hause durch. Rauchen war überflüssig; ich kurbelte einfach das Fenster runter und atmete Busabgase ein. Als ich es zu meiner Auffahrt geschafft hatte, war das weiße Hemd durchgeschwitzt, und der rote Schlips hing mir um die Knöchel.

Ich brachte ihn indessen wieder am Hals an, denn vor meiner Garage parkte ein weinroter BMW. Bevor ich ausstieg, ließ ich das Handschuhfach aufspringen, beförderte eine Patrone in die Kammer meiner nicht angemeldeten Luger und steckte sie in meinen Gürtel. Ich hatte schon länger nicht mehr an irgendwelchen Wettbewerben teilgenommen.

6

Das Sonnenlicht spiegelte sich in den Fensterscheiben, so daß ich nicht hineinsehen konnte. Ich marschierte zur Fahrerseite, wo ich die Sonne im Rücken hatte, und stellte fest, daß jemand am Steuer saß. Die Gestalt rührte sich nicht, als ich näher kam. Ich zog die Luger und klopfte mit dem Griff an die Scheibe. Mit Kanone neige ich zum Dramatischen.

Der Auftritt zog. Der Mann, der gedöst hatte, schlug die Augen auf, sah die Automatik und ging jeglicher Gesichtsfarbe verlustig. Er hatte eine Visage, mit der er bei jeder Stute gut angekommen wäre, und die von Tagesstoppeln, die meine in den Schatten stellten, und kommaförmigen schwarzen Brauen geziert wurde. Gekrönt wurde das Ganze von einer vorangeschrittenen Glatze, die bei ihrem Raubzug ein Fleckchen Haar in der Mitte der Stirn hinterlassen hatte.

Ich brachte die effektvolle Wirbelnummer, der Griff landete in meiner Hand, und mit der anderen deutete ich kurbeln an. Er mußte den Motor starten, um das Automatikfenster runterzulassen.

»Mr. Walker?«

Ich atmete aus, sicherte die Luger und steckte sie in den Gürtel zurück. »Nichts für ungut. Die Gegend ist nicht mehr die beste. In netten Autos sitzen nicht immer nette Leute.«

»Sie kennen mich?«

»Ich hab Sie in Talk-Shows gesehen, Mr. Dorrance. Ich dachte, berühmte Anwälte fahren ihr Auto nicht selber.«

»Ich habe dieses hier in der Gegend gemietet. Am Steuer kommen mir die besten Gedanken.« Er hatte sich schnell gefaßt, das lernt man im Gerichtssaal. »Ich war vor einer Weile bei Ihnen im Büro, aber Sie waren nicht da. Ich dachte, Sie wären nach Hause gefahren. Ich hatte keine Ahnung, daß es hier so heiß wird im Sommer.«

»Ändert sich in drei Monaten.«

»Andrerseits kann es in Boston sehr viel heißer werden, als die meisten Menschen annehmen. Kennen Sie Boston?«

»Ich hab dort mal im Winter einen Kautionshüpfer aufgespürt.

Da kann's auch kalt werden.« Ich klebte mir eine Kippe an die Unterlippe. »Gehen wir rein. Da müssen wir nicht über Heimatkunde und das Wetter reden.«

»Haben Sie eine Klimaanlage?«

»Ich nenn so was Fenster.«

Ich machte die Tür für ihn auf. Er war kleiner, als er im Fernsehen wirkte, aber nicht klein, und er hatte die Ärmel hochgekrempelt und die Krawatte gelockert. Es waren teure Ärmel, zu zerknautscht, um nicht aus Baumwolle zu sein, und die schieferfarbene Krawatte mit dem klassischen Dessin war nicht unter fünfundsiebzig zu haben. Er trug weiche schwarze Slipper mit Troddeln und dicken Sohlen, kreiert für Männer, die in ihnen stundenlang mitreißende Reden vor den Geschworenen halten. Der braunrote lederne Aktenkoffer, ohne den ein Topjurist wie Dorrance nicht auskam, lag vorne auf dem Beifahrersitz.

Er äußerte sich nicht zu meinem Wohnzimmer, aber seinen kaffeebraunen Augen entging nichts, von der nicht eben antiken Uhr über meinen einzigen passablen Sessel bis zu den anderen Möbelstücken, die meine Ehe überlebt hatten. Bis auf die Uhr könnte ich das ganze Zeug jederzeit problemlos zurücklassen. Ich öffnete das besagte Fenster und bot ihm einen Drink an.

»Danke, für mich nicht. Wenn Sie ein Glas Wasser hätten.«

Ich wanderte in die Küche, hackte Eis klein, hielt ein bernsteinfarbenes Glas unter den Hahn, damit man nicht ganz Detroit drin schwimmen sah, und mixte für mich Ten High mit Vernor's. Als ich wiederkam, begutachtete er meine Mini-Bibliothek auf dem Regal über dem Fernseher.

»Gute Bücher«, sagte er und nahm das Glas. »Und, dem Aussehen nach zu schließen, gelesen. Ich arbeite häufig mit Privatdetektiven. Die wenigsten lesen.«

»Ich bin kein normaler Ermittler. Ich wurde als Kind von Wölfen verlassen und von meinem Vater aufgezogen.«

»Ich nehme an, er war nicht gebildet. Die Gebildeten denken immer, ihre Kinder seien es automatisch auch.«

Ich ließ das unbeantwortet und wies auf den Sessel. Ich wollte mich schon auf der Couch niederlassen, hielt inne, zog die Luger aus dem Hosenbund, legte sie auf den Beistelltisch und plazierte mich dann sorgfältig neben die lockere Sprungfeder. Dann machte ich meinen Highball einen Kopf kürzer. »Wollen wir nicht mit den Geplänkel aufhören und ernsthaft loslegen, Mr. Dorrance?«

Er zupfte ausgiebig seine Bügelfalte zurecht, bevor er die Beine überschlug. »Kennen Sie Mrs. Thayer?«

»Erst seit heute morgen, als ich den Job angenommen habe.«

»Mein Pokerface taugt wohl nicht viel.«

»Sie dürfen jederzeit für mich Poker spielen, Mr. Dorrance. Sie sind nicht der einzige Anwalt, der mit Ermittlern arbeitet. Ich wußte, daß wir diese Unterhaltung haben würden, als ich noch bei Krell saß.«

»Tatsächlich. Ich nicht.«

»Weil Sie nicht wußten, was er plante. Sie sind nicht dumm. Nur weil Sie mit viel Zeitaufwand an Ihrem Image herumbasteln, haben Sie nicht vergessen, wodurch Sie diese Position erreicht haben. Das hier ist ein großer Fall, der Schlagzeilen macht. Sie hätten unter allen Umständen an einem solchen Treffen teilnehmen wollen, wenn Sie davon gewußt hätten. Krell ist einen Schritt zu weit gegangen, als er sich ohne Ihre Zustimmung jemanden von außen holte. Er selber ist kein Detektiv und versteht nicht, daß es bei diesen Dingen Regeln gibt.«

»Wenn Sie das schon ahnten, warum haben Sie dann den Fall angenommen?«

»Warum erzählen Sie mir nicht erst mal, warum Sie mich da raushaben wollen.«

Er stellte das Glas ab, ohne das Wasser angerührt zu haben. Er hatte keinen Moment beabsichtigt, es zu trinken; aber es anzunehmen gehörte zu besagten Regeln.

»Ich erarbeite mit Hilfe der Medien ein bestimmtes Bild«, sagte er. »Die Öffentlichkeit soll Constance aus einem bestimmten Blickwinkel sehen. So ein Vorhaben läßt sich nur im Team verwirklichen. Ich kann es nicht brauchen, daß ein unabhängiger Faktor herumläuft und Staub aufwirbelt. Es trübt das Bild.«

»Klingt, als ob Sie sich ein Geschworenengericht nach Ihrem Geschmack ranziehen wollen«, sagte ich. »Ist es nicht Ihr Job, dafür zu sorgen, daß der Fall nicht über die Vorverhandlung rauskommt?«

»Jeder, der mal Perry Mason gesehen hat, meint, er wüßte, wie ich meine Arbeit zu tun habe. Sagen wir, es spielt sich besser, wenn man einen Bogen mit zwei Saiten hat.«

»Mumpitz. Ich bin nicht das Klatsch- und Tratsch-Kränzchen von Bloomfield Hills.«

»Das hatte ich mir gedacht. Ich werde mich deutlicher ausdrükken.« Er zog eine flache Lederbrieftasche aus seiner Hemdtasche und nahm ein blaßgrünes, rechteckiges Stück Papier heraus. »Dies hier ist ein Barscheck über zwölfhundert Dollar. Ich denke, das ist eine angemessene Entschädigung für Ihre Zeit.«

»Ich habe zweitausend Dollar die Woche vereinbart. Ich hab den Fall erst einen halben Tag.«

»Betrachten Sie's als Treueprämie. Könnte sein, daß ich Sie eines Tages brauchen kann.«

»Strecken Sie die Hand aus, Mr. Dorrance.«

»Wie bitte?«

Ich nahm meine Armbanduhr ab und hielt sie ihm hin. Er zögerte, dann nahm er sie. Bevor er die Hand zurückziehen konnte, holte ich meine Brieftasche raus und klatschte sie auf die Uhr. Dann lehnte ich mich zurück.

»Ich verstehe nicht.« Er starrte auf die Sachen.

»Die Uhr hat fünfundzwanzig Eier gekostet, als ich sie vor zwei Jahren gekauft habe«, sagte ich. »Letzten Monat hab ich die Batterie ausgewechselt. Die Brieftasche ist leer, aber ich hab sie erst seit ein paar Wochen, und Sie könnten wahrscheinlich bei 'nem Trödler einen Rubel dafür kriegen. Den Anzug hier hab ich für 'n Hunderter erstanden. Der Schlips hat fünfundvierzig gekostet, Dollars und Cents. Wenn Sie alles hier im Zimmer dazu rechnen, kommen Sie auf achthundert Steine. Das Haus ist dreißigtausend wert, obwohl ich froh sein kann, wenn ich zwanzig dafür kriege, wegen der Gegend. Sechshundert hab ich auf der Bank, und der schulde ich noch fünf Raten für den Wagen. Alles in allem belaufe ich mich auf etwa fünfundzwanzig Riesen, wenn ich sterbe, doppelt so viel wegen meiner G.I.-Versicherung, die meine Ex-Frau einsackt, weil ich's nie geschafft hab, ihren Namen von der Police zu streichen. Finden Sie wirklich, daß ein paar Stunden von meiner Zeit zwölfhundert Dollar wert sind?«

»Ach so. Sehr eindrucksvoll.«

»Nicht mal originell. Hab ich grade heute bei einem Waffendealer abgeguckt.« Ich nahm Uhr und Brieftasche wieder an mich. »Wollen Sie nun den Scheck oder nicht?«

»Mr. Dorrance, Sie haben nicht zugehört.«

Er steckte ihn weg. »Bezahlt oder nicht, Sie sind raus aus dem Fall. Ich habe Krell bezahlt, als er Sie angestellt hat.«

»Wer wird denn streiten?« Ich genehmigte mir noch etwas Whisky und Ginger Ale. »Welche Strategie verfolgen Sie bei Gericht?«

Das Lächeln auf seinem Pferdegesicht wirkte gefroren. »Es wäre nicht sehr verantwortungsbewußt, wenn ich Ihnen das sagen würde, nachdem Sie nun nicht mehr bei der Verteidigung sind. Klug auch nicht.«

»Liege ich richtig mit der Annahme, daß sie eine Untersuchung von Doyle Thayer juniors Beschäftigung mit dem Waffenhandel außer acht läßt?«

»Pardon.«

»Sie erwähnten eine Entschädigung. Wenn Sie diese Frage beantworten, würde ich sagen, wir sind quitt.«

»Warum ist das so wichtig?«

»Ganz zufällig bin ich Detektiv, Mr. Dorrance. Wenn Sie bei dieser Arbeit nicht ganz übel abschneiden wollen, müssen Sie eine krankhafte Neugier haben. Sie können nicht erwarten, daß ich mich heiß machen lasse und dann ohne Lockerungsübungen abziehe. Für Frauen, die so was machen, gibt's ein ganz bestimmtes Wort.«

»Ich bin keine Frau«, schnarrte er.

Einen Moment lang blieb dieser überraschende Brocken Bitterkeit in der Luft hängen. Dann lösten sich seine Gesichtszüge.

»Pardon. Das kommt davon, wenn man mit einem Namen wie Leslie aufwächst. Ich werde Ihre Frage beantworten. Nein, ich werde mich mit dem Waffenaspekt nicht befassen. Wir haben reichlich Beweise, daß Thayer seine Frau mißhandelt hat, und damit kriegt man heute die Gefühle. Sechzig Prozent der Einwohner von Detroit besitzen Waffen. Ich will nicht riskieren, daß er zum Helden wird: das Recht auf Bewaffnung und dieses Zeug.«

»Da müssen Sie aber viel übersehen.«

»Ein Gericht ist Rechtsprechung in einem Leerraum, Mr. Walker. Innerhalb dieser Marmorwände ist alles einfacher; antiseptisch. Man nimmt vieles auf sich, damit das so bleibt. Dazu gehört auch, daß man die Geschworenen mit diesen lästigen kleinen Wahrheiten verschont, die sie nur verwirren würden. Der Durchschnittstyp in der letzten Reihe, der sich die Fernsehnachrichten anschaut, weiß mehr über den jeweiligen Fall als die Geschworenen. Das ist kein Zufall.«

»Eine weitere Frage. Ohne Indiskretionen.«

»Schießen Sie los.« Sein Blick huschte zu der Luger auf dem Couchtisch, und er lachte befangen.

»Meinen Sie, Sie werden hier gewinnen?«

Er lachte wieder, nicht befangen. »Gewonnen wird nur noch im Sport. Nun ja, der Gelegenheitslottospieler kann es mit einer Chance von eins zu zehn Millionen schaffen, aber da geht es nur um Glück, und er gewinnt bloß das Vergnügen, bis ans Ende seiner Tage oder seiner Glückssträhne sagenhafte Verwandtschaft abzuschütteln. Sogar bei unseren Kriegen erklären sich am Ende beide Seiten zu Siegern. Ein moderner Anwalt kann sich nur wünschen, es auf ein oder zwei juristische Sonderpunkte zu bringen und seinen Namen im großen goldenen Buch der Präzedenzfälle zu lesen. Wenn Sie mich fragen, ob ich das erwarte, ist die Antwort ja. Unter meinesgleichen heißt das siegen.«

»Für Sie. Worauf kann sich Ihre Klientin freuen?«

»Auf Revisionen. Sehen Sie, es funktioniert wie beim Kartenspiel: Ansagen, Erhöhen, Ansagen, und der Gewinner ist der, der den Topf kauft.« Er blickte mich prüfend an. »Sind Sie schokkiert?«

»Es bestärkt mich. Ich dachte nie, daß ein Anwalt das schaffen könnte. Danke, daß Sie so offen waren.«

»Danke, daß Sie mich nicht rausgeworfen haben.« Er stand auf und hielt mir die Hand hin.

Ich erhob mich und nahm sie. »Wer spielt Sie in der Fernsehfassung?«

»Ich wäre für diesen Chamberlain. Er sieht mir nicht im mindesten ähnlich. Also, auf Wiedersehen.«

Ich brachte ihn raus und rangierte den Wagen von der Auffahrt, damit er wegfahren konnte. Dann saß ich da und starrte dem BMW nach, bis mir eine Hupe hinter mir bedeutete, daß ich nicht allein war auf dem Planeten.

Nachdem ich den Wagen in die Garage gefahren hatte, taute ich ein Roastbeef-Dinner auf, verputzte es mit kaltem Bier dazu und sah mir dabei die letzte Folge einer Serie mit einer einstigen Filmdiva in der Hauptrolle an, die alle ihre Skandale überlebt und jetzt diverse Ehrenauszeichnungen eingeheimst hatte. Sie spielte keinen Deut besser als früher. Ich schaute sowieso nicht richtig hin. Der Auftrag war hinüber, es war an der Zeit, sich dem nächsten zuzuwenden. Ich war aus dem Alter raus, in dem man kalten Kaffee wieder aufwärmt oder sich irgendwo reindrängt, wo man so viel Anklang findet wie ein Burger King in Kalkutta. An einem abgewürgten Fall dranzubleiben war ein Verlustgeschäft; rauszuspringen würde dabei lediglich eine Vorladung wegen Mißachtung des Gerichts und ein langer unbezahlter Urlaub, wenn sie meine Lizenz einzogen. Nur ein Blödmann würde an so was denken.

Ich legte mich schlafen, bevor der Film zu Ende war. Ich wollte fit sein, wenn ich Ma Chaney fragte, wieviel sie über Doyle Thayer junior wußte.

7

Nachts kriegten wir etwas Regen, einen zehnminütigen Schauer, der so abrupt einsetzte und endete, als hätte jemand die Ventile geöffnet. Als ich mich nach dem Frühstück in Bewegung setzte, glänzte der Asphalt noch, und der Himmel war verhangen und kündigte einen jener in schmutzigfeuchte Tücher gehüllten Tage an, an denen einem der Schweiß ausbricht, während man reglos im Schatten steht. Für einen Ausflug aufs Land war dieser Tag so gut wie jeder andere.

Emma Chaney lebte im ländlichen Macomb County, in einem betagten weißen Holzhaus, das sicher jenem sehr ähnlich sah, in dem sie um den Ersten Weltkrieg herum an der Grenze von Kentucky zu Tennessee zur Welt gekommen war. Ihr Vater war Büchsenmacher gewesen und ohne Söhne geblieben, und es hieß, Emma habe im Alter von zehn Jahren ein Browning-Automatik-Gewehr zerlegen und wieder zusammenbauen können, ohne hinzusehen. Falls das eine Übertreibung war, hatte sie sich jedenfalls seither alles verfügbare Wissen über Perkussionswaffen angeeignet. Mit dreizehn heiratete sie einen schwerknochigen Farmer, dessen Lebensgrundlage die Sandstürme von 1933 in die Luft bliesen, worauf er einen Fließbandjob bei Ford in River Rouge annahm und mit seiner Frau und dem ersten von vier Söhnen nach Norden zog. Als zwanzig Jahre später ein defekter Propanbehälter hochflog und Calvin Chaney über die morgendliche Produktion von 1953er Ford Fairlanes verteilte, trug Ma seine Überreste zu Grabe, bezahlte mit der außergerichtlichen Abfindung das Haus und stieg ins Waffengeschäft ein, damit sie was zu beißen hatten.

Ihre Söhne, mittlerweile ausgewachsen, hatten sich fürs aktivere Ende derselben Branche entschieden. Jesse, dem ältesten, pustete eine Schrotflinte beim Fluchtversuch nach einem verpatzten Bankraub in Houston den Kopf von den Schultern. Floyd sah in Florida seiner Hinrichtung wegen dreifachen Mordes entgegen. Wilson bewohnte ein Einzelzimmer in der psychiatrischen Anstalt in Ypsilanti, und Mason, das Nesthäkchen, durfte sich aufgrund diverser bewaffneter Raubüberfälle auf Autos seit drei

Jahren zur Gilde der zehn vom FBI meistgesuchten Verbrecher zählen; dabei war jedem außer den FBIlern hinlänglich bekannt, daß er seiner Mutter regelmäßige Besuche abstattete.

Dafür wußten sie aber – wie alle anderen, die sich dafür interessierten –, daß man bei Ma Chaney für alles, vom Vorderlader bis zur Wasserpistole, an der richtigen Adresse war. Sie war elfmal verhaftet und nur einmal verurteilt worden, als sie ihre Versicherung nicht darüber informiert hatte, daß sie in einem Schrank im Obergeschoß sechs Kisten mit rauchschwachem Pulver lagerte. Man hatte sie mit einer Geldstrafe laufenlassen. Seither war eine Dose Schweinefleisch mit Bohnen das Brisanteste, was bei Hausdurchsuchungen zum Vorschein gekommen war.

Den verbrannten Rasen schmückten Kiesklumpen und die Auffahrt verdorrte Grasbüschel, aber vielleicht war es auch umgekehrt. Als ich ausstieg, wurde ich von einer festgebundenen Ziege mit hervorstehenden Hüftknochen und schmalen braunen Augen gemustert, die hernach fortfuhr, die Farbe von einem Eckpfosten der Veranda abzuknabbern. Vor der Fliegengittertür zupfte ich mein Hemd vom Rücken weg, zog mein kariertes Sommersakko über und klopfte. Der Geruch von gebratenen Zwiebeln lag in der Luft.

»Sie kenne ich. Ma vergißt kein Gesicht.«

Die Frau hakte die Tür auf und gab ihr einen Stoß. Sie war kaum größer als eins sechzig, aber genauso breit, und in einen kanariengelben Nylonkimono mit grellorangem Granatapfelmuster verpackt. Ihre Haare leuchteten passend zu den Granatäpfeln hennarot und waren mit einer altertümlichen Lockenschere in mädchenhafte Löckchen gelegt worden, die sich um ihr breites Gesicht ringelten. Sie hatte eine zentimeterdicke Schicht Puder aufgelegt und nicht mit Rouge und Eyeliner gespart, so daß sie aussah wie das Opfer einer amoklaufenden Schönheitsfee. Ihre Augen waren rund, schwarz und glanzlos, und an ihrer Unterlippe schwelte eine Zigarette.

»Na, kommen Sie schon rein«, bellte sie. »Gegen Sie hab ich nix, aber gegen die Fliegen.«

Ich rührte mich. Ich sah Ma beileibe nicht zum ersten Mal, aber bei ihrem Anblick versagte mir immer wieder die Motorik.

»Hab Sie nich vorm Essen erwartet. Katastrophe hier.« Sie ließ die Fliegengittertür zufallen und schlurfte in Häschenpuschen hinter mir her ins Wohnzimmer, wo sie die letzte Abendausgabe der *News* von einem Sofa mit Zierdeckchen auf den Lehnen und eingestickten Paradiesvögeln auf den Kissen entfernte. Etwas Kleineres verschwand in einer ihrer Kimonotaschen, bevor ich es erkennen konnte. Das Wohnzimmer war strikt nach der Möbelwerbung aus dem Charlie-Chan-Nachmittagsprogramm eingerichtet. Es war alles vorhanden, von der blinkenden Lagerfeuertischlampe bis zu den phosphoreszierenden Stierkämpfern auf schwarzem Samt im falschen Goldrahmen auf der gemusterten Tapete. Überall stand Nippes herum, aber außer der Zeitung waren kein unaufgeräumter Kram und kein Staubkörnchen zu entdecken. Eine Katastrophe war das Zimmer trotzdem.

Ma stopfte die Zeitung in einen Lackpapierkorb mit aufgemaltem Pfau und ließ sich in einem ausladenden gepolsterten Schaukelstuhl nieder, in dem sie die Füße baumeln lassen mußte. »Setz dich, mein Junge. Nur nich so gemütlich, daß deine Brieftasche feststeckt.« Sie lachte und fing an zu husten. Die Zigarette hüpfte.

»Es dauert nicht lange.« Ich entschied mich für einen Stuhl aus Ahorn, die einzige Sitzgelegenheit im Raum, die mich nicht zu verschlingen drohte. »Ich muß wissen, ob Sie Geschäfte mit einem Mann namens Thayer gemacht haben, oder jemand kennen, der mit ihm Geschäfte gemacht hat. Ich will niemandem was anhängen. Mein Klient läßt sich das was kosten.«

Sie hörte auf zu husten. »Wieviel?«

»Kommt drauf an, wieviel Sie mir erzählen können.«

»Ich sag nix, bevor Sie zahlen, und Sie zahlen nich, bevor ich rede. Ich hoff, Sie haben was zum Essen dabei.«

Das war's fürs erste. Ich saß, sie schaukelte, ein altertümlicher Ventilator, der am Fensterbrett festgeschraubt war, schwang vor und zurück. Ich wartete auf den nächsten Luftzug im Nacken.

»Fünfhundert«, sagte ich. »Falls Sie mir was über Thayer sagen können, was ich nicht weiß, oder mir jemand nennen, der das kann.«

Sie schaukelte etwas heftiger. »Und wer sagt mir, daß Sie nich behaupten, Sie hätten's schon gewußt, wenn ich es erzähl? Falls ich was erzähl.«

»Ich löhne korrekt. Sonst würden wir nicht hier sitzen.«

»Die Leute ändern sich.«

»Den Teufel tun sie.«

Sie schaukelte. Dann: »Also, ich feilsch nich. Entweder stimmt der Preis, oder nich, und Ma ist zu alt, um hier in der Hitze zu hocken wie 'n Pferdehändler.«

Ich steckte mir eine Zigarette an und wartete.

»Hubert!« grölte sie.

Ich sagte: »Wer ist Hubert?«

»Einer meiner Darlings.«

Ich sann noch darüber nach, als die Gittertür klappte und ein großer Bursche mit fettigen blonden Haaren hereinkam, der geräuschvoll Kaugummi kaute. Er hatte ein blasses, pockennarbiges Gesicht, helle blaue Augen und ein Hörgerät im rechten Ohr. Er war mir natürlich ein Begriff. Sogar der Anzug kam mir bekannt vor.

»Was issn, Ma.« Er stutzte, als er mich sah, schien mich aber nicht zu erkennen, sondern wirkte nur unbestimmt mißtrauisch, was bei seinem Georgia-Akzent nicht verwunderlich war.

»Hubert Darling, das da ist Amos Walker. Hubert macht sich hier nützlich, seit die Jungs weg sind. Er wird schauen, ob Sie ein Mikro tragen. Sie haben doch nix dagegen.«

Ich sagte: »Und wie macht er das?«

Sie hüpfte von dem Stuhl herunter; für eine Frau ihres Alters und Umfangs war sie erstaunlich wendig. »Ist jetzt Zeit, daß Ma hochgeht und sich anzieht. Dies Leben hier im Norden macht sie ganz faul. Gib schön acht, Hubert. Man kann's an vielen Stellen verstecken, nich bloß an der Brust.« Sie schlurfte hinaus.

Huberts blaue Augen sahen aus wie bemalter Zinn. »Steh auf und zieh sie aus«, sagte er.

Ich erhob mich. Wenn ich stand, war ich zwei Zentimeter größer. Seine Größe war nur Gehabe. »Du erinnerst dich nicht, wie?«

»Warum sollte ich?«

»Du hast mich mal festgehalten, während dein Bruder Jerry mich mit 'nem Schlagring bearbeitet hat. War in 'nem Wohnwagencamp nicht weit von hier.«

»Jerry is in Jackson. Kommt erst im Dezember raus.«

»Wann haben sie denn dich rausgelassen?«

»Zieh sie aus«, knurrte er. »Die Schuhe und die Socken auch.«

»Du kennst mich immer noch nicht.«

»Mister, wenn ich für jedes Camp und jedesmal, wo ich für

Jerry einen festgehalten hab, 'n Nickel gekriegt hätte, wär ich reich.« Sein Atem roch nach Juicyfruit. »Soll ich sie dir ausziehen oder was?«

»Vielleicht so.« Ich schlug mit hundertachtundfünfzig Pfund zu.

Er war schwer. Er schwang auf den Hacken nach hinten, ohne umzukippen. Aber er war zu verdattert, um schnell zu reagieren, und ich ließ einen zweiten Schlag derselben Klasse folgen. Er stolperte nach hinten und verlor das Gleichgewicht. Ich griff über ihn hinweg und schnappte die Lagerfeuerlampe, bevor sie nach vorne fiel. Er war erledigt, aber sein Körper hatte es noch nicht mitgekriegt. Er rollte auf den Bauch und versuchte sich hochzustemmen. Ich knallte ihm die Lampe auf den Kopf. Leuchtende gelborange Lagerfeuerstückchen schwirrten herum. Er stöhnte und klatschte aufs Gesicht.

»Hubert?« Mas röchelnde Stimme drang kaum bis nach unten.

Ich ließ die Reste der Lampe fallen, stieg über Hubert weg und zog die Zeitung aus dem Lackpapierkorb. Ich wollte wissen, was die Zeitung von gestern in einem ansonsten aufgeräumten Wohnzimmer zu suchen hatte.

Die Antwort fand sich auf der Titelseite oder war vielmehr von dort verschwunden. Jemand hatte rechts unten ein L-förmiges Stück herausgeschnitten. Ich glaubte zu wissen, wo sich das Stück befand.

»Hubert?« Von der Treppe waren schlurfende Schritte zu hören.

Ich steckte die Zeitung dahin, wo ich sie gefunden hatte. Mas Beistand war mir wichtiger. In Detroit kommt man an alte Zeitungen so leicht ran wie an Muskelmänner.

8

Sie betrat die Bildfläche in einer Latzhose mit einem karierten Männerflanellhemd drunter und mit Sneakers an ihren Quadratlatschen. Zusammen mit den orangen Haaren und der ganzen Schminke und dem Puder im Gesicht sah sie aus wie einer dieser aufblasbaren Clowns, die wieder hochwippen, wenn man ihnen eine verpaßt. Sie blickte auf Hubert Darling nieder, stupste dann die Überreste der Lampe mit dem Fuß an. »Die war von meinem Calvin.«

»Tut mir leid. Sein Kopf war härter, als er aussah.«

»Ist er tot?«

»Nur oberhalb vom Hals«, sagte ich. »Wird kaum auffallen.«

»Tja, wenn sie was im Kopf hätten, könnt Ma sie sich nich leisten.« Sie trat ihm in die Rippen, fest genug, um eine zu lädieren. »Wach auf, Schwachkopf.«

»Lassen Sie ihn dösen. Sein Kopf wird sich anfühlen wie 'n Fußballplatz.«

»Also eins ist mal klar. Wenn einer ein Kabel hat, haut er nich so fest zu.«

»Sie würden sich wundern.« Ich hatte unterwegs bei der Bank halt gemacht. Ich entnahm meiner Brieftasche fünf Fünfzig-Dollar-Scheine, stellte den umgestürzten Tisch wieder auf und legte sie drauf. Die Ecken flatterten leicht im Luftzug des Ventilators. »Bei dem zweiten Teil müssen Sie mir vertrauen. Ich hab 'ne Autorate ausstehen.«

»Was ist mit Ihrem Klienten?«

»Das liegt etwas kompliziert.«

»Wie kompliziert?«

»Wie wär's mit Thayer?« fragte ich.

Sie trat Hubert wieder. »Sicher, daß er nich tot ist?«

»Ich könnte rausgehen, meine Kanone holen, wiederkommen und ihm 'ne Kugel verabreichen, wenn Sie wollen. Ginge schneller, als ihn totzutreten.«

»Das mein ich nich. Ich will hier bloß keine Leichen rumliegen haben wie damals in der Scheune. Ich wohn hier. Also.« Sie steckte sich eine Zigarette an, indem sie an ihrem dicken Daumennagel ein Schwefelholz anstrich, wie ich es nie hingekriegt hätte, hustete rasselnd und schluckte.

»War im Januar«, sagte sie. »Vielleicht Februar. Einer von den kalten Monaten, wo ich überleg, ob ich zu meinem Floyd nach Florida fahren soll. Er ist da unten eingebuchtet worden, zu Unrecht. Er hat mir selber gesagt, daß er in Arkansas war, als die Jungs den Kerl in Fort Lauderdale abgeschossen haben. Meine Jungs klauen, aber sie lügen nich.«

»Januar oder Februar«, half ich nach.

»Er brachte 'n Brief mit. Hier ist er.« Sie zog ein zusammengefaltetes grobes Stück Papier aus der Seitentasche der Latzhose und gab es mir.

Mas Klaue hatte auf dem Zettel Männchen und Zahlenreihen hinterlassen, dann war er in einer Schublade vergilbt. Die Nachricht war unbeholfen auf einer Maschine getippt worden, deren Os und As aussahen wie fette Punkte.

Ma

ja wie zum Deibel geht's dir wohl bin sicher du hast dein alten Fräund Sturdy nich vergessen. Das hier is Junior er is OK

Die schwachsinnige Unterschrift am Ende hätte »Sturdy«, genausogut aber John Hancock oder Pontius Pilatus heißen können. Ich sagte: »Das ist wohl Waldo Stoudenmire, der Hehler von Iroquois Heights?«

»Kann sein.«

Ich gab ihr den Brief zurück. »Ich wußte nicht, daß Sturdy Waffen verdealt.«

»Sturdy würd die Zähne seiner Oma verhökern, wenn was dabei rausspringt.« Sie faltete den Zettel wieder zusammen und verstaute ihn in der Tasche. »Aber er weiß, was gut für ihn ist, und er würd keinem grünes Licht geben, der's nich wert wär.«

»Beschreiben Sie Thayer.«

Sie blinzelte durch den Qualm ihrer Zigarette zu mir hoch. »Dreißig. Ihre Figur, aber weich am Bauch. Wird bald fett werden. Brille, glaub ich.«

»Paßt zu den Fotos. Was wollte er?«

»Komm mit den zweifuffzig wieder, und Ma sagt's dir. Und mit noch dreißig für die Lampe. Ich hab die Lampe vergessen.«

»Ich könnte Sturdy selbst fragen.«
»Ich hab gehört, daß Sturdy tot ist.«
»Ich nicht.«
»Kommt schon noch.«
Ich kratzte mich am Kinn. »So läuft's wohl, wie?«
»Ma nich. Ma macht keinen tot. Sie spitzt bloß die Ohren. Ihr jungen Burschen vergeßt immer, daß wir Alten noch da sind.«
»Haben Sie ihm was verkauft?«
»Mach ich Geschäfte oder nich?«
»Für wieviel?«
»Zehn.«
»Tausend?«
Sie hustete. »Nee, Cadillacs. Natürlich zehntausend.«
»Bar?«
»Scheck.«
»Scheck?« Aus irgendeinem Grund verblüffte mich das mehr als der Teil über Sturdys Dahinscheiden. »Seit wann gibt's bei Ihnen was für die Bücher?«
»In den Büchern steht, daß ich ihm den Laster verkauft hab, mit dem ich die Lieferung gemacht hab«, sagte sie. »Oder hätte.«
»Haben Sie nicht geliefert?«
»Die Bank wollte den Scheck nich einlösen.«
»Gesperrt?«
»Sein Vater hat den Hahn abgedreht, nich er. Sagt die Bank.«
»Wie kann Doyle Thayer senior einen Scheck sperren lassen, den sein Sohn ausgeschrieben hat?«
»Kann er, wenn er auf sein Konto ausgestellt ist.« Sie faltete die Scheine und steckte sie in ihre Brusttasche. »Das war zweifuffzig wert, würd ich sagen. Den Rest gibt's beim zweiten Teil.«
Ich seufzte, griff zu meiner Brieftasche und überreichte ihr den Rest der fünfhundert. »Die Lampe bin ich noch schuldig.«
Sie gluckste; zu mehr reichte es nicht. Sie zählte die Scheine und ließ sie den anderen folgen. »Spielen Sie bloß nie Poker mit 'ner Lady aus Logan County.«
»Was hat Junior erstanden?«
»Na also, wenn ich mit Knarren und so handeln würd, und Junior einer wär, der was kaufen wollte, dann hätt ich ihm 'ne Polaris-Rakete anbieten können.«
»Für zehntausend?«

»Bloß das Gehäuse. Ma murkst nich mit diesem Atomzeug rum.«

»Wo haben Sie 'ne Polaris-Rakete hergekriegt?«

»Hab ich ja nich. Ich hab's Ihnen bloß erzählt, so was mach ich nich, und wenn ich's machen würd, würd ich's für fünfhundert bestimmt nich erzählen.«

Ich schaute zu Hubert Darling runter, der anfing zu stöhnen, sich aber nicht rührte. Raffte meine Fachausdrücke zusammen. »Wo würde jemand hingehen, der an eine Polaris rankommen will, Gehäuse oder sonst was?«

»Reden Sie mit dem Colonel.«

»Colonel wer?«

Ihr Gesicht war maskenstarr, aber das war es ohnehin. »Wenn du nich weißt, wer der Colonel ist, will er nich, daß du's weißt. Ma muß das Essen auf den Tisch bringen.« Sie schob sich an mir vorbei, in Richtung des Zwiebelgeruchs.

»Wenn's für Hubert sein soll, machen Sie am besten Suppe«, schlug ich vor. »Der wird 'ne ganze Weile nichts kauen.«

»Ich hab vergessen zu fragen, warum Sie ihn verprügelt haben.« Sie klapperte in der Küche mit Töpfen und Pfannen herum.

»Um der alten Zeiten willen.« Mein Abgang wurde vom Knirschen der Lampensplitter untermalt.

Nach dem Zwiebelduft hatte ich einen Bärenhunger. Zum Lunch kehrte ich in einen Würstchenpalast einen Kilometer weiter ein. Es war ein Betonklotz, den man mit Walmdach und roter Aluverschalung als Scheune ausstaffiert und mit fetten, in rosa Uniformen geschnürten Kellnerinnen bevölkert hatte. Mit dem Tran auf meinem Teller hätte man eine ganze Flotte Chevies schmieren können. Ich schaufelte es mit beiden Händen rein.

Danach rauchte ich und dachte nach. Ich fragte mich, wer der Colonel war und welcher Armee er angehörte. Ich fragte mich, was ein verzogenes Bürschchen mit zuviel Geld mit einer Atomwaffe wollte, die nicht zu gebrauchen war. Ich fragte mich, worum es in dem Artikel ging, den Ma aus der Zeitung von gestern ausgeschnitten und in die Tasche ihres irrwitzigen Kimonos gesteckt hatte. Ich fragte mich, während ich das Mittagessen verdaute, wer wohl das Abendessen bezahlen würde.

Meine Kellnerin – dreihundert Pfund schwer, gelbe Haare zu einem Dutt gesteckt, in einer Kittelschürze mit aufgesticktem *Dora* – brachte mir die Rechnung. »Möchten Sie noch was?«

»Nur die *News* von gestern, wenn Sie eine in der Küche haben«, sagte ich.

»Ich hab gedacht, die wär in der Suppe gewesen.« Sie legte die Rechnung auf den Tisch, entfernte sich aber nicht. »Sie sehen aus, als hätten Sie Probleme.«

»Ich bin arbeitslos.«

»Schicken Sie Ihre Frau arbeiten. Hat mein Mann auch gemacht.«

»Ich hab keine Frau.«

»Ich wünschte, ich hätte keinen Mann.«

Ich beglich die Rechnung, wozu ich zum zweiten Mal innerhalb von zwei Tagen meine Brieftasche plündern mußte. »Wie würden Sie einen Mann nennen, der gefeuert wird und denselben Job ohne Geld weitermacht?«

»Arbeitet er für 'ne Frau?«

»So ist es.«

Sie zählte ihr Trinkgeld und steckte es in ihre Schürze. »Ich würde sagen, das ist ein Romantiker. Aber bloß, wenn er zwanzig Prozent Trinkgeld gibt.«

In der Stadt beschaffte ich mir etwas Kleingeld und genehmigte mir in einer Eckbar ein kaltes Bier und eine Portion gekühlte Luft. Während der Bartender das Bier zapfte, rief ich von dem Fernsprecher bei den Klos meinen Telefondienst an. Bevor das Mädchen rangehen konnte, ließ ich die Würstchen aufstoßen.

»Ja, Mr. Walker, ein Mr. Scooter hat um zehn Uhr angerufen. Er bittet um einen Rückruf. Er sagt, Sie wüßten die Nummer.«

»Shooter«, verbesserte ich. »Sonst noch was?«

»Vor ein paar Minuten rief eine Frau an, aber sie hat keinen Namen hinterlassen.«

»Vielleicht war's Dora.«

»Wie bitte?«

»Nichts. Ich brauchte bloß einen Rat.« Ich bedankte mich und hängte ein.

Bei Shooter war besetzt. Ich rief im Polizeipräsidium an und verlangte Inspector Alderdyce.

»Alderdyce.«

»Meine Glückwünsche, John«, sagte ich. »Meine Einladung zur Beförderungsparty ist nicht angekommen.«

»Ich werd 'ne Party geben, wenn ich aus dem Job hier rauskomm. Ich hab vier Morde und eine Serie von Einbrüchen zwischen Grosse Pointe und Flatrock geerbt. Wie geht's dir, Walker?«

»Hab so was wie Arbeit. Ich hab mich gefragt, ob dir wohl schon 'ne Leiche namens Waldo Stoudenmire über den Schreibtisch geflattert ist.«

Er sprang sofort drauf an. »Waldo ist tot?«

»Man hört's in der Szene, wie sie im Fernsehen sagen. Frag mich bloß, wo die Szene ist.«

»In Hollywood. Wenn du noch mehr hörst, laß es mich wissen. Mit Sturdy wollte ich über die Einbrüche reden. Die müssen das Zeug ja irgendwo absetzen.«

»Ich werd dich nicht vergessen. Du bist mein erster freundlicher Inspector.«

»Was du nicht sagst.« Er schaltete eine Stufe weicher. »Erinnerst du dich an Proust?«

»Ich hab gehofft, den könnt ich vergessen, als er im Präsidium aufhörte. Dann wurde er oben in Heights angeklagt, und ich dachte, das wär's gewesen. Er sitzt immer noch auf seinem Posten.«

»Bis der 'nen Gerichtssaal von innen sieht, ist er im Ruhestand. In Heights pflücken sie die Verbrecher von der Straße und stecken sie ins Rathaus, damit sie sie besser im Auge haben.«

Ich rülpste in die Faust. »Was weißt du über einen Kerl, der sich ›der Colonel‹ nennt?«

»Daß er 'nen weißen Knebelbart hat und eimerweise Hühnchen verkauft.«

»Ich hatte wirklich einen witzigen Inspector nötig«, sagte ich. »Das war genau das, was dem Tag noch fehlte.«

»Stets zu Diensten.«

Wir sagten uns auf Wiedersehen. Ich drückte auf die Gabel und wählte wieder.

»Schwer zu erreichen, Mann«, sagte Shooter.

»Hast du was für mich?«

»Elf heute nacht, gleicher Ort. Keine Wumme. Der Mann kann Wummen nich ausstehen, außer er kauft und verkauft sie.«

»Wie heißt der Mann?«

Er lachte und unterbrach die Verbindung.

Drei Leute warteten auf das Telefon. Ich hängte ein und ging an die Bar, um mein Bier zu trinken, was inzwischen höchstens kühl war. Ich trank es trotzdem. Wenn man blank ist, ehrt man auch kleine Investitionen.

Vor meinem Bürohaus wühlte ich mich durch den Abfallkorb an der Ecke. An jedem anderen Tag wären vier oder fünf alte Ausgaben der *Detroit News* drin gewesen, heute waren es nur die *Free Press* und sechzehn nicht ganz leere Schachteln vom Schnellchinesen einen Block weiter. Ich steckte es.

Oben in meinem Empfangsraum blickte Constance Thayer von einer alten Illustrierten auf und teilte mir mit, daß ich ein Stück Mandarine auf dem Kragen hätte.

9

Ich entfernte das vergammelte Stück Obst von meiner Jacke und ließ es in den Standascher fallen. Detektivarbeit ist eben allzeit glamourös.

Ich schloß die Tür zum inneren Büro auf und hielt sie ihr auf. Ihr Kostüm war heute karamel, die Bluse golden und am Hals mit einer alten, goldenen Jadebrosche festgesteckt. Sie trug eine braune Lederhandtasche ins Büro und lehnte sie an einen Fuß des Klientenstuhls, als sie sich setzte. Bei einigen Frauen werden Sachen einfach zur Staffage. Ihr Haar schimmerte rot im Sonnenlicht.

Während ich ihr folgte, hob ich die Post unterm Türschlitz auf, dann ließ ich mich hinterm Schreibtisch nieder und blätterte sie durch. Heute gab es keine Schecks, nur Rechnungen und einen Brief mit der stilisierten Eule in einer Ecke, die Reliance Investigations als Logo benutzte. Ich wußte, was drinstand, aber da sie noch nicht in Plauderlaune zu sein schien, öffnete ich ihn. Er war mit Computer geschrieben, auf festem, stahlgrauem Papier, das zum Umschlag und Krells Schrapnellklammer paßte. Blau hätte eher dem Inhalt entsprochen. Ich las ihn ein zweites Mal langsamer, als wäre ich allein, dann legte ich ihn zur Seite und faltete die Hände auf der Schreibunterlage wie Barry Fitzgerald.

»Gab's gestern morgen einen speziellen Anlaß, oder ist Ihnen ein Drink jederzeit lieber als ein linker Haken?« fragte ich.

»Ich – ich hätte sehr gern einen Drink.«

Ich förderte die Flasche und zwei Gläser zutage. Den Gläsern traute ich nicht über den Weg, also trug ich sie in mein kleines Klo, spülte sie aus und füllte sie mit einem Fingerbreit Wasser, nachdem ich es eine Weile hatte laufen lassen. Am Tisch kolorierte ich es und reichte ihr eins der Gläser. Das andere hob ich.

»Möge Karthago fallen.«

Sie lachte flüchtig, und wir stießen an. Sie sah aus wie eine Nipperin, hatte aber einen Zug wie ein Kranführer. Ein oranger Hauch färbte ihre Wangen unter der Sonnenbräune.

»Haben Sie das immer in der Schublade?« fragte sie. »Wie ein echter Schnüffler?«

»Ich hab mal für einen Schreiner einen Job gemacht, der mir anbot, mir eine dieser Schummelbars hinter der Wandtäfelung einzubauen. Aber da hätte ich nüchtern quer durchs Büro gehen müssen.«

»Als ich Doyle kennenlernte, habe ich weder Alkohol noch was anderes angerührt, nicht mal, als ich diese Filme machte. Er hat mich auf Irish Coffee gebracht. Das war vor dem Kokain.«

»Immer noch drauf?«

Sie schüttelte den Kopf. »Ich bin allergisch gegen den Geruch von Hundert-Dollar-Scheinen.«

»Ich auch.«

Sie lächelte höflich. Ich nahm noch einen Schluck und stellte mein Glas ab. »Haben Sie mit Dorrance geredet?«

»Ja. Er war sehr wütend auf Mr. Krell, weil er Sie angestellt hat, ohne ihn zu fragen.«

»Krell hat ein paar altmodische Ansichten. Er meint, er kann seinen Betrieb auf seine Art führen.«

»Das hört sich an, als würden Sie ihn mögen. Gestern dachte ich –«

»Stimmt auch. Aber er ist sein eigener Herr, sogar mit dem Geld seiner Frau, und er heuert nur die Besten. Solange sie mit ihm klarkommen, was meistens nicht lange ist.« Ich faltete wieder die Hände. Körpersprache. »Aber Sie sind nicht hier, um ein Buch über Ernest Krell zu schreiben.«

»Ich bin hier, um den Auftrag zu erneuern.«

»Weiß Dorrance davon?«

»Er glaubt, ich bin zu Hause. Ich habe vorhin versucht, Sie anzurufen, aber Ihr Service sagte, Sie seien nicht da. Also hab ich's hier probiert.«

»Wo sind Sie zur Zeit zu Hause?«

»Ich wohne bei meiner Schwester in Redford.« Sie sah mich prüfend an. »Sie halten mich für einen Feigling, nicht?«

»Eine Frau, die ihren Mann erschießt, weil er sie prügelt, kann kein Feigling sein.«

Sie wischte das mit einer fahrigen, ungeduldigen Handbewegung vom Tisch. Kokaingestik hält sich lange. »Ich habe Vertrauen zu Ihnen, Mr. Walker. Ich bin mir darüber im klaren, daß meine Menschenkenntnis angesichts meiner Ehe nicht überzeugend wirkt, aber es hat mir gefallen, wie Sie Mr. Krell gestern kontra gegeben haben. Leslie war auch ziemlich beeindruckt nach dem Treffen mit Ihnen gestern abend. Ich glaube, Sie würden einen Fall nicht so schnell aufgeben.«

»Langsamer, als Sie denken.«

»Ich schätze, ich bin wohl wirklich feige. Sonst würde ich Leslie feuern und nur Ihnen vertrauen. Aber –«

»Aber die Verhandlung ist in knapp drei Wochen, und ein Oberster Richter im Ruhestand könnte in der Zeit nicht genug Hausaufgaben machen, um so weit zu kommen, wie Dorrance jetzt ist. Sie könnten Aufschub beantragen, aber Sie würden ihn nicht kriegen, nicht in Iroquois Heights, und nicht im Wahljahr, und nicht mit Doyle Thayer senior als Vater des Ermordeten. Sie sind mir keine Erklärungen schuldig, Mrs. Thayer. Mir zu allerletzt.«

Sie nahm ihre Handtasche hoch, öffnete sie und legte eine Zahlungsanweisung auf den Tisch. Sie belief sich auf 3000 Dollar und war für A. Walker Ermittlungen bestimmt. Die Tasche war also nicht nur Staffage.

Man erhöhte den Einsatz.

»Natürlich«, sagte sie, »hat das Gericht unsere gemeinsamen Konten, Doyles und meine, gesperrt. Aber wie Sie sehen, habe ich meine eigenen Quellen.«

Ich rührte die Zahlungsanweisung nicht an. Ich schraubte den Verschluß von der Flasche und goß uns nach. Sagte keinen Ton.

Sie sagte: »Ich verkaufe schon seit einigen Monaten den Schmuck, den Doyle mir geschenkt hat, und zahle das Geld auf ein geheimes Konto ein. Ich habe Straßkopien anfertigen lassen, damit er die Stücke nicht vermißt. Die Quelle gibt noch viel mehr her.«

»Weiß Dorrance das?«

»Er ist mein Anwalt, nicht mein Beichtvater.«

»Sagen Sie's ihm.«

»Warum? Das geht ihn nichts an.«

»Da Sie 'ne Mordanklage am Hals haben, geht das jeden was an. Er muß davon wissen, für den Fall, daß der Staatsanwalt Ihnen das als Motiv unterstellt.«

»Doyle hat mir den Schmuck *geschenkt*. Ich hatte das Recht, ihn zu verkaufen, und ich habe das Recht, das Geld zu benutzen, wenn ich es für richtig halte.«

»So sehen Sie es. Die Gegenseite wird behaupten, daß Sie Doyle schon monatelang betrogen haben und Angst hatten, erwischt zu werden. Dann werden sie die Mißhandlungen gegen Sie verwenden. Sie könnten sogar sagen, daß Sie planten, ihn zu ermorden, daß Sie vorhatten abzuhauen. Zwischen den letzten Schlägen und dem Mord ist zuviel Zeit vergangen; wenn Sie sich auf Notwehr berufen wollen, können Sie sich keine Anklagen dieser Art leisten.«

»Sie werden es nicht erfahren. Außer, Sie sagen's ihnen.«

Ich kritzelte vier Namen auf meinen Telefonblock, riß das Blatt ab und schob es ihr rüber. »Ist der Juwelier dabei, dem Sie das Zeug verkauft haben?«

Sie schaute auf das Blatt. Ihr Gesichtsausdruck sprach Bände.

»Das war kein sonderlich neuer Einfall«, sagte ich. »Diese vier haben sich darauf verlegt, von Hausfrauen aus Grosse Pointe, Bloomfield Hills und den Heights Schmuck anzukaufen, gute Kopien herzustellen und die echten Stücke in anderen Bundesstaaten abzusetzen. Wobei es besonders auf den letzten Part ankommt. Ihre Quellen riskieren ungern, daß der Diamanthalsreif, den Sie letzte Weihnachten von Schatzi bekommen haben, zum Valentinstag in den örtlichen Läden ausliegt.« Ich deutete auf die Zahlungsanweisung. »Das Ihr Mädchenname?« Sie zögerte, nickte dann.

»Wenn Cecil Fish, der Ankläger von Iroquois Heights, noch nicht jede Bank in der Gegend auf der Suche nach einem geheimen Konto mit Ihrem jetzigen und Ihrem Mädchennamen gefüttert hat, ist er blöder als bei unserem letzten Treffen. Der weiß längst von dem Geld, ist drauf gekommen, daß zwei und zwei nicht drei ist, und pirscht sich an die vier Namen ran. Unehrliche Politiker sind nicht immer blöde. Nicht mal zwangsläufig.«

Die Rede hatte angeschlagen. Ihre Hände zitterten leicht, als sie ihre Pall Malls aus der Handtasche nahm und sich eine zwischen die Lippen steckte.

»Das kommt davon, wenn man grundsätzlich ehrlich ist.« Ich gab ihr Feuer. »Wenn man mal verschlagen sein will, fehlt einem die Übung.«

Sie pustete Rauch in Richtung der Zahlungsanweisung. »Glauben Sie auch, daß ich abhauen wollte?«

»Es ist schnuppe, was ich glaube. Die Leute fragen sowieso.«

»Nun, ich wollte es wirklich. Ich hatte vor abzuhauen. Wenn wir uns hätten scheiden lassen, hätten sie mir meinen Sohn weggenommen; dafür hätte Doyle senior gesorgt. Und ohne mich als Sandsack wäre es nur eine Frage der Zeit gewesen, bis Doyle in Rage Jack geschlagen hätte. Mit dem Geld hätten wir verschwinden und unter anderem Namen irgendwo leben können, bis ich einen Job gefunden hätte.«

»Was für 'nen Job?«

Es mußte anders geklungen haben als beabsichtigt. Ihre Haselnußaugen wurden hart.

»Ich hätte auch wieder Filme gemacht, wenn ich nichts gefunden hätte. Man tut, was man muß, zum Überleben. Mit einem Kind an der Seite tut man mehr.«

»Warum sind Sie nicht abgehauen?«

»Ich hätt's tun sollen. Ich habe den Absprung nicht gekriegt.« Sie machte Gebrauch von meinem Ascher. »Ich sagte mir, ich wäre noch nicht soweit, wir bräuchten noch mehr Geld, um wirklich abgesichert zu sein. Wenn man sich dran gewöhnt hat, in einem großen Haus zu leben und keine Rechnung selbst zu bezahlen, sitzt man in der Falle. Ich wär wahrscheinlich immer noch da, würde die gute Gattin spielen und am Wochenende Perlen verkaufen, wenn er mich nicht in dieser einen Nacht so geschlagen hätte, daß ich immer noch Blut ausscheide. Nein, ich bin nicht feige, Mr. Walker. Nicht mehr als die anderen. Mutig bin ich auch nicht. Zumindest war ich's bis zu dieser Nacht nicht.«

Ich blickte auf die Zahlungsanweisung. Ich hatte sie immer noch nicht angerührt. »Haben Sie bemerkt, ob Ihnen jemand hierher gefolgt ist?«

»Mir ist keiner gefolgt.«

»Aber sicher. Sie haben einen Schatten, seit Sie die Kaution bezahlt haben. So läuft das immer. Da Ihre Konten kein Geheimnis mehr sind, wissen die auch von diesem Papier hier und erfahren nichts Neues. Erzählen Sie Dorrance von dem Geheimkonto. Und lassen Sie ihn wissen, daß ich wieder mitmische.«

»Tun Sie das denn?«

Ich nahm das Papier und legte es in die obere Schreibtischschublade. »Das ist mehr als mein üblicher Vorschuß, aber ich habe hier auch hohe Ausgaben. Wenn nach der Geschichte noch was übrig ist, kriegen Sie den Rest abzüglich meines Tageshonorars zurück.«

»Können Sie gleich anfangen?«

»Ich hatte nicht aufgehört.«

Dieser bestimmte Blick trat wieder in ihre Augen. Ich bremste ihn aus.

»Bloß keine Dankestränen, Mrs. Thayer. Ich hatte zufällig heute morgen nichts Besseres zu tun und keine offenen Rechnungen. Ich bin nicht im Heldengeschäft.«

»Das hatte ich nicht gemeint.« Sie legte ihre Hand auf meine. Sie war so kühl und trocken wie zuvor. »Danke.«

»Wo kann ich Sie erreichen?«

Sie schrieb mit dem herumliegenden Bleistift eine Adresse und Telefonnummer in Redford auf den Block. Dann stand sie auf. »Ich hoffe, Leslie steigt nicht aus, wenn ich ihm das erzähle.«

»Der würde aus diesem Fall nicht mal aussteigen, wenn Sie ihm sagen würden, Sie hätten *Donahue* umgelegt.« Ich stand auf, um sie zur Tür zu bringen.

Als sich die äußere Tür hinter ihr schloß, ging ich zum Schreibtisch zurück und leerte mein Glas. Dann füllte ich pur nach und studierte die Zahlungsanweisung. Sie wies soviele Nullen auf wie der Fall bisher. Nach geraumer Zeit steckte ich sie in meine Brieftasche und trug sie zur Bank, wo mich das Mädchen am Schalter zum ersten Mal seit zwei Tagen eines Lächelns würdigte.

Eine Straße weiter arbeitete Marcus in seinem Party-Shop. Ich schaute ihm im Lagerraum dabei zu, wie er Kisten mit Flaschen stapelte, wischte mir mit einem Taschentuch den Nacken trocken und harrte des Moments, in dem er Zeit fand, mir eine *News* von gestern abend aus einem Berg Zeitungen zu fischen. Ich gab ihm zwei Piepen.

»Wissen Sie, Mr. Walker, die können Sie vorne umsonst kriegen, wenn Sie fragen.« Heute zierte ihn ein gelbes T-Shirt mit dunklen Schweißflecken und einem Monster-Truck-Wappen vorne drauf.

»Yeah, aber dann käm ich nicht mehr dazu, hier hinten deine Klamotten zu studieren.«

»Sind Sie hinter 'nem Mörder her?«

»Sagen wir, ich arbeite für einen.«

Vor dem Laden schlug ich die Zeitung auf und schaute in die untere rechte Ecke. Der Artikel, den Ma Chaney aus ihrer Ausgabe rausgeschnitten und in die Tasche gesteckt hatte, war anderthalb Spalten breit und mit doppelter Schlagzeile überschrieben:

EINBRUCH IN FIFTH AREA
Eindringlinge bedrohen Ehepaar mit Automatik-Waffen

10

Der Bürgersteig war nicht eben der richtige Ort für eine ausgiebige Lektüre des Artikels, aber mir war noch nicht nach Büro zumute. Ich faltete die Zeitung zusammen und trug sie zu dem kleinen Parkplatz, wo mein Wagen stand. Dort saß ich dann, bei offenen Fenstern schwitzend, und las ihn.

> Die Polizei sieht einen Zusammenhang zwischen dem bewaffneten Einbruch in ein Haus des 1600er Blocks in Pembroke gestern nacht und vier Raubüberfällen, die sich in der Stadt Detroit innerhalb der vergangenen zwei Wochen ereigneten.
>
> Gestern kurz nach 20.00 Uhr, berichtete die Polizei, seien vier mit leichten Automatikgewehren bewaffnete und mit Skimasken vermummte Männer durch die Eingangstür des Hauses von Dr. Anton Juracik und seiner Frau Marian eingedrungen und hätten gedroht, das Paar umzubringen, wenn sie ihnen nicht sämtliches im Haus vorhandene Bargeld sowie sämtliche Drogen überließen. Als Dr. Juracik sich weigerte, schlug einer der Einbrecher ihn mit dem Griff seiner Waffe ins Gesicht bewußtlos, meldete die Polizei.
>
> Weiter verlautete, daß Mrs. Juracik dann eine unbekannte Menge Bargeld übergab, woraufhin sie mit einem stumpfen Gegenstand einen Schlag auf die Schläfe erhielt. Die Polizei nimmt an, daß es sich bei dem Gegenstand um den Lauf oder den Kolben eines Automatikgewehrs handelte. Ferner berichtete sie, daß die Banditen nachfolgend das Haus durchwühlten und mit einem Videorecorder, zwei Farbfernsehern, einer Anzahl von Stereoelementen und Schmuck im Wert von ca. 18 500 Dollar verschwanden.
>
> Dr. Juracik mußte sich wegen eines Nasenbeinbruchs einer Behandlung im Detroit Receiving Hospital unterziehen und wurde im Verlauf des Abends entlassen. Mrs. Juracik erlitt eine Schädelverletzung und

eine schwere Gehirnerschütterung. Ihr Zustand ist immer noch bedenklich.
»Dieser Raubüberfall hängt zweifellos mit ähnlichen Vorfällen zusammen, die sich während der letzten zwei Wochen in Detroit, Grosse Pointe, Iroquois Heights und Flatrock ereigneten«, sagte Inspector John Alderdyce vom Detroit Police Department, der mit der Untersuchung des Falls betraut wurde. »Die Polizei der vier Gemeinden arbeitet in dieser Angelegenheit zusammen, und wir haben bereits eine ganze Anzahl brauchbarer Hinweise.«

Der Artikel ging auf der zweiten Seite weiter und befaßte sich mit den vorangegangen vier Überfällen, wobei er auf eine Gesamtsumme von sechs verletzten Hauseigentümern und einer geschätzten Beutesumme von 110000 Dollar kam.

Alderdyces Äußerung war halb Lüge und halb Unterlassungssünde. Die Polizei von vier benachbarten Gemeinden konnte nicht im selben Rettungsboot zusammenarbeiten, und bei den »brauchbaren Hinweisen« handelte es sich wahrscheinlich um etwa zehntausend. Ich las den Artikel ein zweites Mal, dann faltete ich die Zeitung zusammen und warf sie auf den Rücksitz.

Obwohl ihr Geschmack in puncto Kleidung, Make-up, Mobiliar und Personal nicht danach aussah, war Ma Chaney penibel. Sie würde einen Artikel nicht aufheben, weil er ihr grade ins Auge gesprungen war, sondern weil sie vielleicht eine Akte führte. Die fünf Einbruchsobjekte, alle in gehobenen Wohngegenden und Eigentum berufstätiger Paare um die Vierzig, waren nicht willkürlich ausgesucht worden. Sogar die Waffen waren in die sorgfältige Planung mit einbezogen worden, Automatikgewehre statt der üblichen billigen Revolver und Flinten. Sturmgewehre aus Militärbeständen kauft man nicht hinter einem Imbiß auf der Sherman. Dafür fährt man ins Macomb County.

Ich erwog noch die Vor- und Nachteile einer Rückkehr dorthin, als die Tür auf der Beifahrerseite aufging und ein Mann sich neben mir niederließ. Er war schlank und trug ein streifenloses taubenblaues Sakko und weiße Segeltuchhosen, in denen er trotz der Hitze kühl wirkte, und einen kakaofarbenen Strohhut mit einer schmalen, vorne heruntergeklappten Krempe. Er hatte ein schlankes café-au-lait-farbenes Gesicht mit einem mehligen Teint und nannte einen jener bleistiftdünnen Schnurrbärte sein eigen, die, wie der ganze Mann, besser zu einem weißen Drillichanzug und einem Krug Margaritas auf eine Veranda gepaßt hätten, von der aus man gute Aussicht auf ein Exekutionskommando hatte.

»Amos Walker, nicht wahr.« Er hatte einen leichten, fast zu leichten Akzent. Er war hart bearbeitet worden und hatte dann wieder Auslauf bekommen, vielleicht dank eines neuerworbenen ethnischen Selbstbewußtseins.

»War das 'ne Frage?«

»Ich bin Lieutenant Philip Romero. Mein Chef würde gern mit Ihnen sprechen.«

»Um welchen Chef handelt sich's denn?«

Er knöpfte seine Jacke auf und ließ mich einen 38er mit Knochengriff im Holster sehen, an dem das kunstvolle altmodische Iroquois-Heights-Siegel befestigt war.

»Oh«, sagte ich. »Dieser Chef.«

11

Lieutenant Romero zeigte auf einen Mann in Uniform, der unweit vom Wagen auf meiner Seite stand. »Das ist Officer Pollard. Er fährt unsern Wagen zurück, wenn ich mich Ihnen anschließe. Es sei denn, Sie möchten Ihren hier lassen.«

Ich wußte auch ohne hinzuschauen, daß Pollard einen Igelschnitt hatte und Ray-Bans trug. »Ich hatte gestern das Vergnügen«, sagte ich. »Wie lautet die Anklage?«

»Keine Anklage. Das ist keine Verhaftung. Es wäre nur viel problemloser, wenn Sie uns begleiten würden.«

»Wenn das 'ne Drohung war, ist sie sehr hübsch geraten.«

»Wenn ich jemandem drohe, braucht keiner nachzufragen.« Er wartete auf eine Reaktion.

»Ich fahre selbst.«

Er zuckte die Achseln, beredt selbstverständlich. Wo er herkam, war Achselzucken eine Kunstform.

Pollard stieg in einen Pontiac ohne Kennzeichen, der in der nächsten Reihe geparkt war, und ich ließ den Chevy an. Romero kurbelte auf seiner Seite das Fenster runter.

»Keine Air Condition, bedaure«, sagte ich.

»Kein Bedarf. Nehmen Sie die I 75.«

Wir fegten die Grand River entlang, den Pontiac hinter uns. »Puerto Rico, stimmt's?«

»Für euch Anglos sind wir doch alle Puertoricaner. Ich bin mit einem der Schiffe rübergekommen.«

»Ist ein weiter Weg von Mariel zu 'ner Goldplakette in Iroquois Heights.«

»Wir sind nicht alle Knackis. Ein paar von uns sind auch Baseballspieler.«

»Ich hatte mir schon gedacht, Sie sehen aus wie ein Shortstop.«

»Catcher. Die Tigers hatten mich angeworben.« Er klang stolz. »Aber was soll's, mit 'nem Kleinjungentraum kann man keine Mäuler stopfen.«

»Wenig Superschläge, was.«

»Vor allem in Toledo.«

Auf der Schnellstraße redeten wir kaum. Es war Freitagnachmittag, und sämtliche Spuren waren mit Kombis und Booten auf Anhängern verstopft, die nach Norden zogen. Ich verlor den Pontiac aus den Augen.

»Nehmen Sie die nächste Ausfahrt«, sagte Romero.

»Da geht's aber nicht nach Downtown.«

»Das weiß ich.«

Er dirigierte mich auf eine schmale Asphaltstraße westlich von Iroquois Heights, auf der wir an ein paar Shopping-Centern und hie und da einem Haus vorbeikamen. Nach einer Weile wurden die Häuser rar, und Asphalt gab es gar keinen mehr. Von da an fuhren wir durch dichten Wald, dem man gelegentlich Raum für eine Farm abgerungen hatte. Wabernde Hitzewellen ließen auf den Hügeln vor uns trügerische Seen glitzern. Der Pontiac tauchte in den Staubwolken hinter uns wieder auf.

»Biegen Sie hier ab.«

Wir waren eine Dreiviertelstunde gefahren. Ich schwenkte an einem staubigen namenlosen Briefkasten ein und folgte zwei Furchen durch eine Gruppe Pinien mit nahezu wagenbreiten Stämmen auf einen Hügel und auf eine Lichtung, wo auf zehn Morgen Grasfläche ein weißes Haus mit flaschengrünen Fensterläden stand. Dahinter erhob sich eine große rote Scheune, und zwischen den Gebäuden grasten Pferde innerhalb eines strahlend weißen Gatters.

Wir hielten vor dem Haus. Pollard bremste hinter uns, und unsere vereinten Staubwolken trieben nach vorne und wurden vom Gras verschluckt. Als wir ausstiegen, öffnete ein Reiter, der auf einem großen Fuchs langsam um einen der Zäune galoppiert war, das Tor und näherte sich dem Chevy. Es handelte sich um Mark Proust, den stellvertretenden Polizeipräsidenten von Iroquois Heights.

»Schwierigkeiten?« fragte er Romero.

»Nein.«

»Wir treffen uns drin.«

Die Zügel locker in der Hand, sah Proust zum ersten Mal zu mir herunter. Er wirkte um einiges älter als bei unserem letzten Treffen, seine Haare waren weißer, sein Gesicht speckiger, aber ich kannte ihn auch nur im Anzug. Er schien zugelegt zu haben, paßte aber gut in sein offenstehendes Hemd, die Whipcordbreeches und kniehohe Stiefel. Er ließ das Pferd drehen und galoppierte ohne ein Wort an meine Adresse zurück zum Gatter. Lieutenant Romero und ich sahen ihm dabei zu.

»Was glauben Sie, wie lange er da im Sattel gehockt und auf uns gewartet hat?« fragte ich.

»Horas.« Der Lieutenant gab ein heiseres Geräusch von sich. »Seit Stunden.«

Im Haus geleitete uns ein Latino-Hausmädchen in einer gestärkten weißen Bluse und einem orangefarbenen Rock in ein sonnendurchflutetes, mit rustikalen Möbeln ausgestattetes Wohnzimmer, tauschte einige Artigkeiten auf spanisch mit Romero und verließ uns wieder.

»Seit wann hat er den Ranchfimmel?« fragte ich.

»Fing etwa an, als seine erste Enkelin mit der High School fertig war.«

Pollard sagte nichts. Seine Uniform knarrte, als er das Gewicht verlagerte. Ich betrachtete ein nicht allzu altes Gemälde von Proust in Reitmontur, das über dem Kamin hing.

»Glauben Sie, Ernest Krell und er kennen sich?«

»Que?«

Ich drehte mich um. »Wir haben's plötzlich schwer mit der alten Heimat. Hab ich im Auto nichts davon gemerkt.«

»Sorry. An Orten wie diesen kommt der *peón* zum Vorschein.«

»Sie waren nie ein *peón*.«

Er zuckte wieder die Achseln. »Mein Vater hat in 'nem Straßenladen in Havanna Zigarren gerollt.«

»Falls ich mal 'nen Kubaner treffen sollte, dessen Vater nicht in 'nem Straßenladen Zigarren gerollt hat, geb ich ihm einen aus.«

Er lächelte kurz. Er hatte sehr weiße Zähne, die sein Gesicht verwandelten.

Ich hatte noch Zeit für eine Zigarette, bevor Proust von hinten hereingeschlendert kam und seine Reithandschuhe abstreifte. Er roch nach Schweiß und Leder.

»Unser Gast verspätet sich«, sagte er zu Romero. »Haben Sie schon was gegessen heute? Pollard?« Das Duo nickte.

Ich sagte: »Ich hätte nichts gegen ein Sandwich.«

Proust richtete seinen wäßrigen Blick auf mich. »Immer noch der verdammte Klugschwätzer, was?«

»Ich schließe messerscharf: kein Sandwich.«

»Was haben Sie mit der Thayer zu schaffen?«

»Nie von ihr gehört.«

»Romero und Pollard sind ihr zu Ihrem Büro gefolgt.«

»Ich habe gelogen.«

Er öffnete einen Wandschrank mit Griffen aus Geweihstangen, spritzte Soda in ein Glas und goß Bourbon drauf. Seine Handschuhe hielt er immer noch in einer Hand.

»Als sie anriefen, um Bericht zu erstatten, sagte ich, sie sollen Sie herbringen.« Er nahm einen großen Schluck. »Jemand möchte Sie kennenlernen.«

»Warum hat Thayer mich nicht selbst holen lassen?«

Er stellte donnernd das Glas ab, so daß Whiskey herausspritzte, und fuhr zu Romero herum. »Wer von euch hat's ihm gesagt?«

»Wir haben nichts gesagt.«

Die schlichte Würde dieser Aussage ließ Proust stutzen. »Woher wissen Sie's?« fragte er mich.

»Detektivstunden gibt's nicht für lau.«

Er befingerte seine Handschuhe. Er hätte mich gern damit geschlagen. Er schluckte den Drang zusammen mit dem Rest des Bourbon runter.

»Es gehört nicht zu Doyle Thayers Gewohnheiten, sich während seiner Arbeitszeit außerhalb seines Büros mit billigen kleinen Privatdetektiven zu treffen. Wie kamen Sie drauf, daß er es ist?«

»Auf Ihrer Oberlippe stehen immer kleine Schweißperlen, wenn's um Geld geht«, sagte ich. »Was die Politiker nicht aufgespürt haben, stapelt Thayer bei sich in Iroquois Heights. Da wir grade von Arbeitszeit reden, wieso sind Sie nicht im Büro?«

»Ich habe Urlaub.«

»Sie sind beurlaubt, meinen Sie wohl. Wann ist Ihre Vorverhandlung?«

»Erster September. Das ganze Ding ist ein Witz.«

»Ich finde elf Anklagepunkte auch sehr lustig«, sagte ich. »Viel Zeit. Zahlen. Constance Thayer ist in drei Wochen dran. Aber nur wegen Mord.«

»Also arbeiten Sie wirklich für Sie.« Sein Atem roch nach Portwein. Und Bourbon.

»Ganz recht, ich arbeite für sie. Das wollten Sie doch rauskriegen. Kann ich jetzt gehen?«

»Was tun Sie für sie?«

Ich sah Romero an. »Sie haben unrecht. Er will nicht mit mir sprechen.«

»Das passiert mir oft«, sagte er.

Ich wies mit dem Daumen auf Pollard. »Was ist mit dem? Ich weiß, daß er reden kann, weil ich's gestern gehört habe.«

Pollard knarrte mit seiner Uniform. »Du wirst mich noch zu hören kriegen, Mistkerl.«

»Lassen Sie uns allein, ja?« sagte Proust. Romero zögerte. »Verdammt, ich leg ihn nicht um.«

Das Duo zog ab.

Proust klatschte sich mit den Handschuhen eine Weile ans Bein. Dann warf er sie auf das Schränkchen. »Setzen Sie sich.«

Ich ließ mich in einem Lehnstuhl mit Rindslederpolster nieder. Er fühlte sich an wie ein Trampolin.

»Drink?«

»Ich trinke niemals vor sechs.«

»Blödsinn.« Er goß sich nach. Die Sodaflasche blieb unberührt. »Reden wir nicht um den Brei rum. Wir haben uns gefressen, und das war noch nie anders.«

»Wer redet um den Brei rum?«

»Wir haben's hier mit 'ner Schlampe zu tun, die sich mit Schnaps und Drogen die Birne zugedröhnt und dann ihren Alten mit Blei vollgepumpt hat. Keine große Sache heutzutage, bloß ist der Vater des Gatten zufällig Doyle Thayer senior, der die halbe Stadt, für die ich arbeite, mit Arbeit versorgt und für die andere Hälfte die Steuern zahlt. Ziemlich schlechter Auftritt für die Polizei; kann nicht mal für die Sicherheit eines ihrer reichsten Bürger sorgen.«

»Die Polizei *ist* schlecht.«

Er ging drüber weg. »Und als ob das nicht genug wäre, schnüffeln FBIler in dem Haus rum, wo der Mord passiert ist, und sagen uns nicht, warum. Daß wir's wissen, macht's auch nicht besser. Und dann noch diese Kleinigkeit: Wo sind die örtlichen Sicherheitskräfte, als ein Privatmann emsig das größte Waffenlager westlich von Fort Dix in seinem Keller zusammensammelt?«

»Gehen reiten?«

»Gehen pissen, verknacken Säufer, weil sie 'nem Cop auf die Schuhe gekotzt haben, weiß der Arsch.« Er fuhr die Kraftausdrücke auf, was nichts Gutes verhieß. »Im November ist Wahl, und es hängt der Geruch von Veränderungen in der Luft. Die frömmlerischen kleinen Scheißer lecken Blut. Als ob irgendwas anders wär, wenn die sechs Monate im Amt waren.«

»'ne neue Garnitur dreckige Unterwäsche ist immerhin was Neues«, sagte ich.

Das traf ihn. »Du wirst uns noch anwinseln, du miese Kreatur. Wer will schon 'nem billigen Schnüffler, dem man überall die Tür vor der Nase zuknallt, 'nen Job geben?«

»Ich glaube, ich nehme doch einen Drink.«

Er rührte sich nicht. Ich stand auf, marschierte hin und mixte mir unter Einsatz des Sodaspritzers selbst einen. »Meine Nase kennt jede Tür von hier bis Port Huron«, sagte ich. »Und ich fühle mich wohler, wenn man mich die Hintertreppe vom Detroiter Polizeipräsidium runterschmeißt, als wenn ich ins Rathaus von Iroquois Heights eingeladen werde. Das ist 'n feiner Whiskey.«

»Hätte Lust, Sie selbst mal ein paar Stufen runterzukicken.«

»Hübsche Hütte hier. Bezahlt?«

»Es war ein Geschenk. Von den dankbaren Bürgern von Iroquois Heights.«

»Mit anderen Worten, Doyle Thayer.«

»Er ist einer der Bürger.«

»Gratuliere. Bei Cecil Fish hat's nur zu 'nem Boot gelangt, hab ich gehört. Wie steht's mit Ihrem Boss, dem Präsidenten, oder spielt der nicht mit? Ist schon lange krank.«

»Wir sind alle Freunde hier«, sagte er. »Klar bin ich gekauft. Sie werden keinen auf einem öffentlichen Posten finden, der es nicht ist, wenn nicht für Geld, dann für Macht. Trotzdem wird eine Menge wichtige Arbeit getan. Bloß weil ich nicht Ihrer Vorstellung von einem Beamten entspreche, bin ich noch lange kein Versager in meinem Job. Zumindest bezahlt mich keiner, um einen Mörder auf freien Fuß zu setzen.«

»Aber Ihnen bezahlt einer 'ne Menge, damit das nicht passiert.«

»Wem schadet das, wenn dabei Recht geschieht?«

»Ihr politischen Bullen quatscht immer von Recht, wenn ihr die Justiz meint«, sagte ich. »Bei jeder Wahl stellt ihr Plakatwände auf, die gleiches Recht für alle verheißen, als ob's ein anderes gäbe. Dem Recht kann man nicht dienen, und man kann's erst recht nicht versilbern. Wenn man das versucht, verkehrt es sich. Entweder es ist da, oder es ist nicht da. In Iroquois Heights ist es nicht da.«

Er richtete sich zu seiner vollen Größe auf. Das straffte seinen Wanst etwas. Das Pferd fehlte. »Sie sollten ein bißchen dankbarer sein. Sie saßen mal bei mir in 'ner Zelle. Man hat schon von Insassen gehört, die sich in ihrer Zelle aufgehängt haben.«

»Soll ich jetzt Dankeschön sagen, weil mir nicht danach war?«

»Das könnte immer noch passieren.«

»Romero sagte, ich wäre nicht verhaftet. Wo ist der Pferdefuß, dann kann ich schon mal mein Seil kommen lassen.«

»Ich meine nicht gleich. Im Moment haben Sie freies Geleit, weil das in meinem eigenen Interesse ist. Ich meine, ein andermal. Die Anklagepunkte gegen mich sind nur Pipifax.«

»An Ihrer Stelle würd ich mir um den eigenen Hals Sorgen machen. Ein paar Leutchen, die Ihnen Geld für Ihre exzellente Polizeiarbeit zugesteckt haben, möchten vielleicht nicht so gern vor Gericht landen.«

Darauf war er noch nicht gekommen. Er stierte in sein Glas, aber die Zukunft, die er dort sah, gefiel ihm nicht. Er leerte es und stellte es hin.

»Was hatten Sie gestern bei Doyle juniors Haus zu schaffen?« fragte er.

»Ich hab zuvorderst versucht, nicht bis nach Lansing gepustet zu werden. Sie sollten an der Versteigerung teilnehmen. Das Department könnte bestimmt gut noch 'n 50er Maschinengewehr brauchen. Für Kreuzverhöre.«

»Gott im Himmel. Hören Sie nie auf?«

»Nicht, bevor der Job aufhört.«

»Ich sorge dafür, daß sie das auf Ihren Grabstein schreiben.« An der Haustür klingelte es. »Das ist Thayer senior. Sind Sie ihm mal begegnet?«

»Nie.«

»Er ist ein Prachtbursche.«

Das Mädchen kam herein und kündigte den Prachtburschen an.

12

Er betrat den Raum langsam, aber zielstrebig; er konnte sich seit über fünfzig Jahren sicher sein, daß er überall willkommen geheißen wurde. Obwohl er nicht besonders groß war, hinterließen sein stattlicher Körperbau und seine bestimmte Art, sich zu halten, einen Eindruck von beachtlicher Größe. Auf den ersten Blick schien er kahl zu sein, aber bei näherer Betrachtung entdeckte man farblose, sehr kurz geschnittene Haare auf seinem Imperatorenschädel. Er hatte eine hohe, runde Stirn, eine scharf geschnittene, gebogene Nase und dunkle, tief liegende Augen. Der Anzug war nebensächlich; Farbe und Stoff stimmten, und er wußte, bei welcher Adresse man arbeiten ließ. Er zog den rechten Fuß leicht nach. Ich hatte irgendwo gelesen, daß er vor etwa einem Jahr einen Schlaganfall gehabt hatte. Es gelang ihm, das Hinken wie eine lästige Lappalie wirken zu lassen.

»Gerade zur rechten Zeit, Mr. Thayer«, äußerte Proust und schüttelte dem alten Mann die Hand.

»Ich komme zu spät. Draußen sind zwei von Ihren Leuten. Ich dachte, es handelt sich um ein inoffizielles Treffen.«

Seine Stimme war ausdruckslos. Bei Männern, die sie selten erheben müssen, kommt das häufig vor.

»Das ist es auch. Ich habe Lieutenant Romero und Officer Pollard gebeten, Walker herzubegleiten. Ich kann sie jederzeit zurückschicken.«

»Fragen Sie mich um Erlaubnis?«

»Ich schicke sie zurück.« Er wußte, daß er lahm klang, und stellte uns hastig vor.

Thayer wartete, daß ich mich zu ihm bewegte; je weniger er ging, desto weniger stellte er das Hinken zur Schau. Sein Händedruck war so leicht wie der einer Prinzipalin. Sein Kopf zitterte, obwohl er die seitlichen Halsmuskeln anspannte, um die Lähmung unter Kontrolle zu halten.

»Können wir uns irgendwo zurückziehen?« fragte er Proust.

»Mein Arbeitszimmer ist dort hinten.«

Wir gingen einen kurzen, sonnendurchfluteten Flur entlang, an dessen Wänden gerahmte Fotografien von Vollblütern hingen. Am Ende öffnete Proust eine Tür aus Nußbaumholz und trat zur Seite, um uns einzulassen. Der Raum war klein und holzgetäfelt und enthielt einen olivgrünen Läufer, einen großen, rechteckigen glänzenden Tisch mit leerer Fläche und Bücherregale, auf denen Pokale mit Messingplättchen standen. Keine Bücher. Ein einziges Fenster mit Ausblick auf die Weidegatter. Proust ging an uns vorbei und zog die Vorhänge zu.

»Ich will eine private Unterredung«, sagte Thayer. »Nur Mr. Walker und ich.«

Als Proust zögerte, hoben sich seine Augenbrauen.

»Er befürchtet, daß ich Sie mit dem Tisch niederschlage, durchs Fenster auf ein Pferd springe und davongaloppiere«, sagte ich.

Sein Gesicht zeigte keine Erheiterung. »Wurden Sie mit Gewalt hierher gebracht?«

»Immerhin formvollendet.«

Proust äußerte: »Sie kennen Walker nicht so gut wie ich, Mr. Thayer. Manchmal –«

»Erwarten Sie uns bitte draußen.«

Proust machte sich davon. Er dienerte beinahe.

Thayer begab sich hinter den Schreibtisch, seine gewohnte Route. Seine Umrisse zeichneten sich vor dem Vorhang ab. Sein Gesicht war noch blasser als die Haare, beinahe durchscheinend blau, was allerdings nichts mit seinem Blut zu tun hatte. Er war Sproß eines Polsterers und hatte sich vom Maschinenraum zur Chefetage einer Werkzeugfabrik hochgearbeitet, die keine Werkzeuge mehr herstellte, sie dann gekauft und zum Flaggschiff eines Industriezweigs gemacht, der vorwiegend Zahlen an der New Yorker Börse produzierte. Danach hatte er sich örtliche Sportclubs, eine Fast-food-Kette in Kalifornien und ein spanisches Schloß angeschafft, was er zerlegen und über den Atlantik zu einem Dock nach Brooklyn hatte schippern lassen, wo es in numerierten Kisten seines Abtransports zu Thayers zwölf Morgen umspannendem Anwesen auf Mackinac Island harrte. Keiner hatte seinen Aktivitäten besondere Beachtung geschenkt, und daran hätte sich wohl nichts geändert, hätte nicht der gewaltsame Tod seines Sohnes ihn wie einen Kometen ins Blickfeld der Öffentlichkeit katapultiert.

In einem Jahr, vielleicht zweien, würde der langsame Abstieg beginnen, würde er in sich zusammensinken wie ein altes Mammutgebäude, dessen Fundament nicht mehr standhielt, aber in diesem Sommer thronte er über dieser Ansammlung von Lehnsgütern, aus denen die Wirtschaftswelt von Detroit bestand, und man sah es ihm an.

»Ich habe Reliance in verschiedenen Angelegenheiten beschäftigt«, sagte er. »Ich nehme an, daß Krell sich deshalb in diesem Fall außerhalb engagiert hat.«

Ich sagte nichts. Auf diese Möglichkeit war ich noch nicht gekommen.

»Mein Sohn und ich hatten nichts außer unserem Namen gemeinsam«, fuhr er fort. »Meine Schuld. Man kann nicht einen erfolgreichen Betrieb aufbauen und sich gleichzeitig um eine Familie kümmern. Eins von beiden nimmt Schaden, und wer sich für Familie entscheidet, kommt nicht aufs Cover von *Forbes*. Nach dem dritten Selbstmordversuch meiner Frau brachte ich sie in eine Privatklinik und schickte Doyle junior auf ein Internat. Als sie ihn dort rauswarfen, schickte ich ihn auf ein anderes. Als man ihn wegen Autodiebstahls festnahm, arrangierte ich seine Entlassung und ließ den Vorfall aus den Akten tilgen. Heute denke ich, er hätte vielleicht selber die Konsequenzen für sein Handeln tragen müssen, aber es läßt sich immer leicht objektiv sein, wenn's nicht mehr drauf ankommt.

In seinen ersten einundzwanzig Jahren hatte Doyle an nichts Interesse, außer seinen Vater zu verstimmen. Als er sich dann schließlich für Waffen zu begeistern begann, habe ich ihm eine Stelle in einer Waffenfabrik in Colorado angeboten, an der ich Anteile besitze; aber das wollte er nicht, und er wollte überhaupt nichts außer Geld. Was ich ihm gegeben habe. Schuld vielleicht. Ich kann nicht leugnen, daß ich, von diesem Jobangebot abgesehen, nur ein einziges Mal versucht habe, ihn von seinem gewählten Lebensweg abzubringen, und zwar, als ich versuchte, ihm die Heirat mit der Frau auszureden, die ihn dann umbrachte.«

Sein Kopf wackelte. Er gewann die Kontrolle darüber, indem er sich mit den Fingern an der Tischkante festklammerte. Er atmete tief ein und aus. »Ich habe ihr natürlich Geld angeboten. Sie hat es abgelehnt. Natürlich. Später gab es ja so viel mehr zu holen.«

»Haben Sie gedroht, Ihren Sohn zu enterben?« Meine Stimme klang merkwürdig in dem Raum.

»Ich spreche keine Drohungen aus, die ich nicht wahrmachen

werde, obwohl ich mit dem Gedanken gespielt habe. Sie hat das sofort durchschaut. Frauen ihrer Art kann man nicht täuschen. Ich will mein Vermögen nicht einer übersatten Regierung in den Rachen werfen, und ich habe nicht viel übrig für die Leute, die es für mich verwalten. Sie spürte das. Was Doyle auch damit angerichtet hätte, ich wollte unter allen Umständen, daß Thayer Industries in den Händen der Thayer-Familie bleibt. Das will ich noch immer«, fügte er hinzu.

»Ihr Enkel.«

»Mein Enkel. Mir bleibt nicht mehr viel Zeit, aber ich werde dem Jungen meinen Stempel aufdrücken, wie ich es bei seinem Vater nie vermocht habe. Wie ich schon sagte, fürs Geschäft war immer Zeit. All die Jahre und die Tragödie um meinen Sohn waren notwendig, damit ich begriff, daß in diesem Fall die Familie das Geschäft *ist.* Seine Mutter wird ihn nicht bekommen. Nicht, solange in diesen Adern hier Blut fließt.«

»Sogar, wenn man ihr dafür einen Mord anhängt?«

Sein Kinn hob sich einen weiteren Zentimeter. »Wieso anhängen? Sie hat zugegeben, daß sie ihn umgebracht hat.«

»Sie hat es gestanden«, sagte ich. »Ob es Mord war oder nicht, wird vor Gericht entschieden.«

»In den Gesetzen von Michigan ist eindeutig festgelegt, was als Notwehr anerkannt wird.«

»Freut mich, wenn es für Sie eindeutig ist, Mr. Thayer. Für mich und für die örtlichen Behörden war es das noch nie. Deshalb würden sich die Regale in diesem Zimmer unter Büchern biegen, falls Deputy Chief Proust welche anrühren würde.«

»Wie dem auch sei. Verstehen Sie bitte, mein Motiv ist nicht Rache. Für mich war Doyle lange tot, bevor er seinen letzten Atemzug tat. Ich will nur ganz einfach verhindern, daß mein Erbe an Fremde verschleudert wird. Ich will die Vormundschaft für meinen Enkel.«

»Das liegt nicht bei mir.«

»Allerdings, falls Sie ihre Freisprechung bewirken. Deshalb arbeiten Sie doch für Reliance.«

»Ich arbeite nicht für Reliance.«

Hier geriet er zum ersten Mal aus dem Tritt. »Nach meinen Informationen –«

»War das korrekt bis gestern abend«, beendete ich den Satz.

»Mrs. Thayers Anwalt hat mir den Laufpaß gegeben: Heute habe ich die offizielle Mitteilung von Ernest Krell bekommen.«

»Wollen Sie damit sagen, wir vergeuden hier unsere Zeit?«

»In meiner Branche hat man für jede Erfahrung Verwendung, außer, man wacht mit 'ner Beule auf dem Schädel oder gar nicht mehr auf. Von Ihrer Branche versteh ich nicht genug.«

»Warum hat Proust nichts davon gesagt?« Sein Kopf fing wieder an zu wackeln.

»Ich hab es schon vor Urzeiten aufgegeben, mich in Leute wie Proust reinzuversetzen.«

»Er hat sich zu sehr an meine Unterstützung gewöhnt.« Er faltete die Hände hinter dem Rücken, sortierte Proust in eine neue Schublade. »Tut mir sehr leid, daß ich so viel von Ihrer Zeit in Anspruch genommen habe. Sie können selbstverständlich gehen. Ganz wie zuvor.«

Ich blieb, wo ich war. »Da wir nun schon beide hier sind, fände ich es nützlich, wenn Sie mir bei ein paar Sachen weiterhelfen könnten, die mich brennend interessieren.«

»Ich?«

»Eine Frau namens Chaney sagte mir, Sie hätten einen Scheck über zehntausend Dollar sperren lassen, den sie von Ihrem Sohn bekommen hatte. Es hatte was mit dem Kauf einer Polaris-Rakete zu tun, die in den Büchern als Pritschenwagen lief. Ich kann mir denken, warum Sie nicht zahlen wollten, aber ich wüßte gern, weshalb er einen Scheck auf Sie ausgestellt hat.«

»Warum wollen Sie das jetzt noch wissen?«

»Sie schauen gern zu, wie an der Börse die Zahlen klettern; ich schätze, das hat was mit Ihrem Erfolg zu tun. Ich habe eine Schwäche für Antworten. Wenn eine Frage unbeantwortet bleibt, muß sich mein Hirn hungrig schlafen legen. Ich bin selbst ziemlich gut bei meiner Arbeit, und das ist wohl einer der Gründe dafür.«

»Vielleicht haben Sie's verdient«, sagte er. »Es schadet jedenfalls nichts, wenn ich es Ihnen erzähle. Doyle junior fälschte auf meinen Namen Schecks. Meine Unterstützung war offenbar für sein albernes Hobby nicht ausreichend. Solange ich oder das Geschäft davon unberührt blieben, war es mir egal, wofür er es ausgab, aber ich lasse mich nicht von meinem eigenen Sohn zum Narren machen. Ein Bankangestellter wurde mißtrauisch, rief mich an und fragte, ob ich den Scheck autorisiert hätte. Ich ließ ihn sofort sperren, was ich auch mit den anderen gemacht hätte, wenn ich davon gewußt hätte.«

»Andere?«

»Alles in allem waren es vier, auf die er Geld bekommen hatte. Die drei über kleinere Summen, unter zehntausend, blieben unbemerkt und tauchten in meinem monatlichen Auszug auf. Der Auszug traf zu dem Zeitpunkt ein, als ich von dem letzten erfuhr. Bevor ich meinen Sohn zur Rede stellen konnte, wurde er getötet.«

»In der Presse war nicht die Rede davon.«

»Natürlich nicht. Ich sagte schon, daß ich mich nicht öffentlich zum Narren machen lasse. Aber es hatte nichts mit diesem Ereignis zu tun.« Er hatte einen Einfall. »Es sei denn, Sie werfen mir vor, daß ich meinen eigenen Nachkommen wegen Geld hätte ermorden lassen.«

Ich zuckte die Achseln, nicht ganz so gelungen wie Lieutenant Romero. »Sie haben dem Bankangestellten Geld gegeben, damit er den Mund hielt?«

»Er ist jetzt zweiter Rechnungsprüfer in meiner Fabrik in Iroquois Heights.«

»Reizend.« Ich rollte eine Zigarette zwischen den Fingern.

Die Frage war unumgänglich. »Gäbe es auch einen Job für mich, wenn ich aus dem Thayer-Fall aussteigen würde?«

»Chef des Sicherheitsdienstes. Aber nur, wenn ich bei diesem Gespräch einen guten Eindruck gehabt hätte. Mein neuer Rechnungsprüfer hat sich bewährt, indem er den Betrug bemerkt hat. Wenn ich jedem einen Job anbieten würde, der mir einen Gefallen getan hat, könnte ich Weihnachten Konkurs anmelden. Ich versichere Ihnen, Sie hätten Ihre Bezüge verdient.«

»Ich dachte mir, daß Sie die Karotte sein würden. Den Stock hab ich schon von Proust genossen.«

»Sie sagten, einige Dinge würden Sie interessieren«, sagte er. »Was ist das andere?«

»Nur ein Probeschuß. Ist Ihnen eine Person von hier namens ›der Colonel‹ ein Begriff?«

»Ich kenne einige Colonels. Thayer Industries produziert Magnetspulen für die Armee. Sie müssen schon genauer sein.«

»Dieser handelt mit Waffen. Ich glaube nicht, daß er zur Armee gehört, aber man kann nie wissen. Ich dachte, Ihr Sohn hätte ihn vielleicht mal erwähnt.«

»Bis auf dieses eine Mal führten wir keine Gespräche über sein Hobby. Und in diesem tauchten eine Menge Gehässigkeiten auf, aber keine Colonels.«

»Danke für Ihre Hilfe, Mr. Thayer.«

»Sie meinen, dafür, daß ich Ihre müßige Neugierde befriedigt habe.« Die dunklen Augen glitzerten.

Ich war einen Moment lang still. Mir war ein Fehler unterlaufen, den andere sicher schon bitter bereut hatten: Ich hatte statt Doyle Thayer einen kranken alten Mann gesehen.

»Yeah«, sagte ich.

Nach einer ganzen Weile schüttelte er mir die Hand. Das Zittern hatte er jetzt unter Kontrolle. Vielleicht war es von Anfang an nur gespielt gewesen. »Bitte schicken Sie Mr. Proust herein.«

Ich tat das und machte mich aus dem Staub, bevor die beiden ihren Wissensstand vergleichen konnten.

Lieutenant Romero lehnte im Schatten eines großen Ahornbaums an seinem Pontiac und rauchte eine lange, schlanke Zigarre. Pollard saß am Steuer. Sogar hier war es heiß, aber der Kubaner hatte keinen Tropfen Schweiß auf der Haut. Ich fragte nach einem Streichholz. Er warf mir ein Metallfeuerzeug zu.

Ich machte Gebrauch davon und warf es zurück. »Warum arbeitet ein Typ wie Sie für jemanden wie Proust?«

»Sie wissen nicht, was für ein Typ ich bin.«

»Sagen wir, ich hab 'ne Ahnung.«

»Ich war bei der Polizei in Havanna, bevor ich Ärger mit der Regierung kriegte. Es ist Arbeit, mit der ich mich auskenne. Man marschiert nicht direkt vom Boot runter zum New Yorker Polizeipräsidium. Nicht mal dem in Miami. Schon gar nicht Detroit. Obwohl ich das Wetter hier mag, ich meine, im Winter. Wo ich herkomme, ist es immer so wie jetzt.«

»Wie bleiben Sie sauber?«

»Indem ich sehr gute Arbeit mache. Und weiß, wann ich aus dem Fenster schauen muß.«

»Wie halten Sie das aus?«

»Ich denke an meine Frau und meine Kinder in Kuba.«

»Verstehe.«

»Haben Sie Kinder?«

»Nein.«
»Dann verstehen Sie's nicht.«
Ich rauchte schweigend meine Zigarette zu Ende und schnippte die Kippe weg. »Danke fürs Feuer.«
»*De nada*«, sagte er. »Das heißt –«
»Ich weiß, was es heißt.«
Er zuckte die Achseln.

13

Ich ging nicht zurück ins Büro und meldete mich nicht bei meinem Telefondienst. Mir war klar, daß irgendwo eine Nachricht von Proust oder Thayer lauerte. Statt dessen kaufte ich die neueste Ausgabe der *News* und zerpflückte sie bei Kaffee und Sandwich an einem Imbiß, aber es gab nichts Neues über die Einbrüche, und niemand erwähnte Sturdy Stoudenmire oder eine herrenlose Leiche, die Ähnlichkeit mit ihm hatte. Ich ließ die Zeitung liegen und begab mich nach Hause, wo ich das Telefon ausstöpselte. Es sah aus, als hätte es geklingelt.

Um elf hatte ich mein Rendezvous mit Shooter. Ich zog mich aus, stellte den Wecker auf halb neun und legte mich aufs Bett, aber von Schlaf konnte keine Rede sein. Es war ein schwüler Abend, und der Ventilator mühte sich mit der klebrigen Luft ab, aber daran lag es nicht.

Einen alten Mann anzulügen, der gerade seinen Sohn verloren hatte, war dem Seelenfrieden nicht förderlich. Ihn in die Richtung zu lenken, in der man ihn haben wollte, um ohne die kleinste Lüge an Informationen zu kommen, war kein Stück besser. Auch wenn es sich um einen alten Kerl handelte, der seinen Sohn und nun seinen Enkel nur als Verwalter des familieneigenen Betriebs sehen konnte. Manchmal nimmt man Abkürzungen in seiner Arbeit und verbringt dann die eingesparte Zeit damit, sich zu fragen, ob man nicht von Anfang an den normalen Weg hätte gehen sollen. Während man darüber nachdenkt, schläft man ein und träumt genau das, und alles ist in Butter, und alle sind froh, bis man aufwacht. Bei dieser Art von Aufwachen fühlt man sich dann meistens alt und einsam und fragt sich, warum zum Teufel man überhaupt aufgewacht ist. Oder man fühlt sich kein bißchen anders als all die anderen Male; das ist am übelsten, weil man möglicherweise schlicht tot ist.

Zum Glück wachte ich auf und fühlte mich hundemies.

Nach Sonnenuntergang war es kühler geworden. Ein leichter Bodennebel wälzte sich über den glänzenden Asphalt und verdichtete sich in den Mulden zwischen den Hügeln zu dicken Watteschichten. Der Chevy wagte sich tapfer hinein, die Scheiben beschlugen, das Licht prallte ab und spiegelte ein müdes, galliges Gesicht in der Windschutzscheibe. Das Gallige kam vom gelben Licht.

Ich traf nach Zeitplan bei den Lagerhallen ein. Ich schaltete Licht und Motor aus und lauschte dem Triebwerk, das knackend abkühlte, und dem Fluß, der auf der anderen Seite der Gleise an den Deich klatschte. Dann griff ich hoch und lockerte die Birne im Deckenlicht, damit es nicht anging, wenn ich ausstieg.

Draußen strich die Nachtluft über meinen Nacken wie eine Sense. Der Himmel war noch immer bewölkt und ließ Mond und Sternen keine Chance, aber der Fluß hatte sein eigenes Leuchten, das aus reflektiertem Neonlicht, winzigen glimmenden Organismen und chemischen Wirkstoffen bestand und die häßlichen Gebäude und die Schutthaufen in ein mattes blaugrünes Licht tauchte. Alle paar Sekunden schoß auf der Jefferson Avenue zischend und klickend ein Wagen vorbei. Es war Freitagnacht, und bis auf dieses kleine, leblose Fleckchen bebte die Stadt.

Über einen Stapel alter Palletten kletterte ich auf ein wurmzerfressenes Dock hinauf und verkroch mich in der Dunkelheit, bis mein Rücken an klamme Ziegel stieß. Von hier aus hatte ich eine gute Aussicht auf meinen Wagen, zumindest auf die Teile, die in dem geisterhaften Licht vom Fluß schimmerten. Der Griff des 38er Smith & Wesson, der einzigen registrierten Waffe in meinem Zwei-Stück-Arsenal, hinterließ eine solide Delle in meiner rechten Niere. Eins lernt man bei dieser Arbeit: daß man bis an die Zähne bewaffnet antreten sollte, wenn sie einem sagen, man soll unbewaffnet kommen. Hier, unberührt von den Scheinwerfern der Autos auf der Straße, die durch die Nebelschleier strichen, richtete ich mich aufs Warten ein. Die Luft lag auf meiner Haut wie Metall.

Irgendwo auf der kanadischen Seite des Flusses schlug eine Turmuhr elf. Die Töne schwebten mit einer müden Traurigkeit durch die Luft, wie ein einsames Flugzeug, das am leeren Himmel seine Runden dreht. Der letzte Schlag verhallte, als Shooters Rassel-Pickup mit abgeschaltetem Licht zwischen zwei Lagerhäusern durchrollte und mit quietschenden Bremsen außer Sichtweite meines Wagens zum Halten kam. Ich rührte mich nicht von der Stelle. Ich war nahe genug, um den warmen Metallgeruch seines Kühlers zu wittern.

Als sich nach zwei Minuten nichts getan hatte, setzte ich an, aus dem Schatten herauszutreten. Dann besann ich mich eines Besseren. Zwischen den zwei Lagerhäusern tauchte ein Pkw älteren Baujahrs mit gleichfalls abgeschaltetem Licht auf und bremste knirschend so dicht hinter dem Pickup, daß er fast dessen Stoßstange berührte. Sämtliche Türen gingen auf – keine Dekkenbeleuchtung –, und vier Männer in dunkler Kleidung mit Marinestrickkappen auf dem Kopf und einem Gegenstand im Arm traten in Erscheinung. Ihre Gesichter blieben dunkel, und als sie fünf Meter vor mir und einen Meter unter mir vorbeischlichen, sah ich die schwarze Farbe auf ihren Gesichtern. Und der scharfe Geruch von Waffenöl stieg mir in die Nase.

In geräuschlosem Laufschritt auf Gummisohlen schwärmten sie aus, zwei auf jeder Seite des Chevy, blieben stehen, hoben die Kanonen, hielten kurz inne und fingen gleichzeitig an zu feuern. Die Gewehre knatterten, spien Rauch und Feuer und Messinghülsen, die blinkend in hohem Bogen zu Boden fielen, während der Wagen, vor allem der Vordersitz, von hinten bis vorne mit Kugeln durchsiebt wurde. Glas splitterte, Metall klackte, mit einem Knall, der die Schüsse übertönte, platzte ein Reifen, und der Wagen sank an einer Seite ein. Dampf schoß aus dem Kühler und trieb in einer großen Wolke Richtung Jefferson.

Dann, so plötzlich wie sie eingesetzt hatten, verstummten die Gewehre. Mit einem leisen Klirren fiel ein Stück Glas zu Boden. Die vier rannten zurück zu dem Wagen. Die Türen standen noch offen, als mit einem Aufheulen Motor und Licht angingen, Kies spritzte, der Wagen in einem engen Halbkreis herumschoß und auf der ihm bekannten Route verschwand.

Ich blieb auch nicht untätig. Ohne es zu merken, hatte ich den Smith & Wesson gezogen, und jetzt sprang ich von dem Ladedock auf einen Haufen alter Gleise, fing mich, kraxelte drüber und trat auf eine Plattform aus bröselndem Zement. Ich stand jetzt direkt über Shooters Pickup. Als er losfuhr, sprang ich auf die Ladefläche.

Falls Shooter das zusätzliche Gewicht spürte, ließ er es sich jedenfalls nicht anmerken. Er schaltete das Licht ein, lenkte in Richtung des gleislosen Wegstücks und raste mit einem Satz, der mich fast von den Füßen holte, los zu einer der Seitenstraßen, die auf die Jefferson führten. In der Ferne hicksten Martinshörner.

Der Motor des Pickup war so verblüffend wie sein Soundsystem. Wir hatten etwa achtzig Sachen drauf, als wir auf die Avenue einbogen und Richtung Osten rasten, wobei Shooter ein Stück Gehsteig absäbelte und mich unverhofft zum Sitzen brachte, diesmal mit dem Rücken zur Ladeklappe. Ich klammerte mich an meine Kanone und kroch auf der Ladefläche, wo er mich im Rückspiegel nicht sehen konnte, zum Fahrerhaus vor. Die Mühle schürfte die Reifen ab und wippte, aber die Pneus behielten Straßenkontakt. Das Ding war eine Rostschüssel auf einem nagelneuen Rahmen mit einem im Himmel oder zumindest in Indianapolis produzierten Motor.

Er fuhr erst langsamer, als wir den Fluß weit hinter uns gelassen hatten, durch Wohnsiedlungen kamen und die Martinshörner kaum noch zu hören waren. Hier entschloß er sich zu einer vorschriftsmäßigen Geschwindigkeit und beachtete Stoppschilder und Ampeln. Ich wartete, bis er an einer anhielt, dann schwang ich ein Bein über die Rampe, griff nach unten und packte den Griff an der Beifahrertür. Sie war nicht verschlossen.

14

»Grüß dich, Shooter.«

Seine Reaktion, als ich die Tür aufriß und mich mit der Kanone in der Hand auf den Sitz neben ihm schwang, war klassisch. Er stierte mich mit aufgerissenen Augen und offenem Mund an und versuchte mehrere Dinge gleichzeitig zu tun: sich die Beretta von der Ablage zu krallen, das Gaspedal durchzudrücken, auf seiner Seite zur Tür rauszuhüpfen. Ich zog ihm den Lauf des Smith & Wesson über die Stirn, entwand ihm die Pistole – die, dem Gewicht nach zu schließen, diesmal geladen war –, schmiß sie über die Schulter zur Tür raus und packte das Lenkrad. Wir rasten über eine unbelebte Kreuzung auf einen Strommasten an der Ecke zu. Ich legte eine Schleuderbremsung hin und schlug noch mal zu. Er stöhnte und sank an mich. Ich schob ihn zurück und hielt ihn aufrecht.

»Ich würde dir gerne noch eins überbraten, aber ich will den Lauf nicht verbiegen, und ich brauch dich wach«, sagte ich leicht keuchend. »Kannst du fahren?«

»Mann, ich kann nicht mal was sehen.«

»Wenn du quatschen kannst, kannst du auch fahren. Und du machst jetzt gleich beides.«

»Was is mit meiner Knarre?«

»Die liegt im Graben bei den ganzen andren heißen Eisen. Dreh den Zündschlüssel.« Der Motor hatte sich verabschiedet.

»Wo fahrn wir hin?«

»Wir schauen mal beim Colonel rein.«

Er schielte mich von der Seite an. Sein rechtes Auge war fast zugeschwollen. »Was für'n Colonel?«

»Das ist mein Text. Mit dem wolltest du mich doch heute abend zusammenbringen, hab ich recht? Dem Mann, der einem zu 'nem Maschinengewehr Kaliber Fünfzig oder zu 'ner Polaris verhilft? Der lästige kleine Privatdetektive abserviert, während du wartest?«

»Mann, du mußt echt *wüst* zugeschlagen haben. Ich versteh kein Wort.«

Ich grapschte mir eine Handvoll Hemd – wieder ein Muscle-

Shirt – und rammte ihm den Lauf unters Kinn. »Nicht so wüst, wie wenn ich den hier nach Gebrauchsanweisung einsetze. Fahr los.«

Er startete den Motor. Ich ließ ihn los, zog meine Tür zu und lehnte mich mit dem Revolver auf dem Knie dagegen, während er den Pickup wieder auf die Straße brachte.

Ich sagte: »Das war ein militärischer Einsatz. Militärische Einsätze gibt's nicht ohne Befehlshaber. Was hast du ihm erzählt, daß er seine Hunde auf mich gehetzt hat?«

»Abmurksen is nich mein Ding, Mann. Die Sache da war für mich auch 'ne Überraschung.«

»Das sollte sie auch sein. Was hast du ihm geflüstert?«

»Was du mir gesagt hast. Du bist 'n Kunde, der was Großes haben will.«

»Wenn der so Geschäfte macht, hat er schnell keine Kunden mehr. Was hast du ihm noch gesagt?«

»Nix.«

»Shooter . . .«

»Okay, okay. Er ist einer, der gern 'n bißchen was wissen will. Ich hab gesagt, du bist 'n Detektiv namens Walker.«

»Und wollte er da schon, daß du ihm 'n Tip gibst, oder hat er erst ein bißchen geschnüffelt und sich wieder gemeldet?«

»Solche Tips geb ich nich, Mann.«

»Shooter, Shooter«, sagte ich. »Ich reiß dir nicht den Kopf ab, weil du mich denen serviert hast. Wenn sie einen einklemmen, schafft man sich Platz. Aber geh mir nicht an die Ehre, indem du's verleugnest. Das macht mich wütend. Ein wütender Mann mit 'ner Kanone.«

Ein Streifenwagen mit Martinshorn und Blaulicht raste in entgegengesetzter Richtung an uns vorbei. Das rostige Chassis des Pickup schwankte im Fahrtwind.

»Er hat zurückgerufen«, sagte Shooter dann.

»Hat er gesagt, warum er mich umpusten wollte?«

»Mann, er hat nicht *gesagt,* daß er dich umpusten wollte. Ich verkauf bloß Knarren.«

»Ist schon recht. Wie heißt er?«

Er leckte sich die Lippen. »Seabrook.«

»Nie gehört. Von was ist er Colonel?«

»Hab ich nie gefragt. Er kauft und verkauft.«

»Hat er Geschäfte mit Doyle Thayer junior gemacht?«
»Weiß ich nicht.«
»Wie steht's mit Waldo Stoudenmire?«
»Sturdy?« Er grinste schief, wobei er seine rechte Gesichtshälfte schonte. »Sturdy kann 'n Griff nich von 'nem Abzug unterscheiden.«
»Jemand hat 's ihm beigebracht. Kurz bevor er starb.«
»Sturdy is tot?«
»Sagt Ma Chaney. Weißt du was davon?«
»Mann, ich hab Sturdy kaum gekannt. Wir hatten nicht die gleiche Kundschaft.«
»Hattet ihr doch. Doyle Thayer junior.«
»Ich kenn kein Junior.«
»Zu schnell, Shooter.« Ein Feuerwehrwagen heulte vorbei, eines von diesen scheußlichen neuen, gelbgrünen Geräten. »Ich weiß nicht, was du mit ihm zu schaffen hattest. Ich weiß nicht mal, ob Sturdys Tod, wenn er wirklich tot ist, irgendwas damit zu tun hat. Ich will rauskriegen, warum der Colonel denkt, ich wüßte was, das es lohnt, mir die Miliz auf den Hals zu schicken. Da fällt mir ein, sind diese vier vielleicht diesselben, die in den letzten Wochen in der Gegend hier Häuser ausräumen?«
»Ich hab so wenig 'n Schimmer davon wie du. Ich hab die heut nacht zum ersten Mal gesehen.«
»Shooter, du wirst blöde sterben.«
»Solang ich alt sterb.«
»Du hast ihnen die Automatiks, mit denen die rumziehen, nicht verkauft, soviel ist sicher. Das war Ma. Ich hab den Zeitungsartikel gesehen, den sie sich für ihr Tagebuch ausgeschnitten hat.«
»Ma geht mit allen Hunden pissen. Der is es wurscht, wem sie was verkauft.«
»Dir nicht?«
»Worauf du einen lassen kannst. Man kann nie wissen, wann man 'nem Undercover-Bullen was andreht.«
»Wir werden den Colonel fragen. Wir fahren doch in die richtige Richtung, oder?« Wir fuhren auf der John R in Richtung Norden. Hie und da hing ein erleuchtetes Apartment in der Nacht wie die letzte Blüte des Frühlings. Die Räder sangen auf dem feuchten Asphalt.

»Wie du's willst«, sagte er. »Mann, du hast doch sicher nix dagegen, wenn ich dich vorher rauslaß und dir den Weg zeig? Ich muß in der Stadt noch arbeiten.«

»Ich geh zur Vordertür rein, und du bist an meiner Seite.«

»Shit. Ich mußte einfach fragen.«

»Wo fahren wir hin?«

»Ear-oh-quoyse Heights.« Er sang es. »Wo die Männer Fähnchen tragen, die Frauen stark riechen, und die Cops weit unterm Marktpreis zu haben sind.«

Wir fuhren am Stadtrand entlang, durch dunkle Straßen an Güterbahnhöfen, an einer Kette Billigbestattungsunternehmen und einer Ölraffinerie, in deren Nähe es penetrant nach Rohöl roch, vorbei und hielten schließlich bei einem sechs Morgen großen, unkrautüberwucherten Grundstück, das von einem Maschendrahtzaun umgeben war. Ein Schild besagte BETRETEN VERBOTEN.

»Was ist das?« fragte ich.

»Tummelplatz von der Stadt. Hier wollen sie ihr Kuppelstadium hinbauen.« Shooter stellte den Motor ab.

Wir stiegen aus. Grillen durchstichelten die Stille. Ich steckte meinen Revolver in die Tasche, ließ aber die Hand drauf. »Du zuerst, Genosse.«

Das Tor war mit einem Vorhängeschloß und einer Kette gesichert, aber für einen dürren Burschen wie Shooter war die schmale Öffnung kein Problem. Ich mußte mich durchquetschen. Das Unkraut war wadenhoch und naß; wir waren keine fünf Meter marschiert, als unsere Schuhe zu glucksen anfingen. Nachdem sich meine Augen an das Dunkel gewöhnt hatten, konnte ich einen länglichen Umriß ausmachen, ein hangarähnliches Gebäude mit einem Flachdach und Wellblechwänden, vierundzwanzig mal sechs Meter, ohne Fenster.

»Hier bewahren sie die Zelte und das Zeug auf«, flüsterte Shooter. »Schätze, wir sind vor ihnen da.«

»Kein dolles Versteck.«

»Der Colonel braucht keins.«

Am Nordende des Gebäudes, um die Ecke von zwei Parkplätzen, war eine kleine Seitentür. Shooter drehte am Griff. Es war nicht abgeschlossen. Ich packte sein Handgelenk, als er die Tür aufdrückte. »Müßte sie verschlossen sein?«

Er schüttelte den Kopf.

Ich nahm den Revolver raus und winkte Shooter rein. Er wischte sich die Handflächen an seinen Shorts ab, straffte sich und schob die Tür langsam auf. Sie schwang geräuschlos auf wohlgeölten Angeln nach innen.

Keiner schoß auf uns. Ich wedelte wieder, und er ging rein. Ich folgte ihm.

Innen roch es atemberaubend nach schimmliger Zeltbahn. Ich schloß die Tür hinter uns, wurde meiner Taschenlampe habhaft und stellte sie an. Zeltähnliche Formen ragten drohend am Rande des Lichtkegels auf.

»Ich glaub, wir sind allein.« Shooters Stimme, kaum lauter als ein Flüstern, hallte.

Ich schwieg. Wir standen auf Sperrholzboden zwischen etwas, das aussah wie reihenweise aufgestapelte Kisten unter Zeltbahn, die sich bis zum Ende des Raums zogen. Sie warfen schauerliche Schatten auf die Wände. Als ich die Lampe einmal abrupt bewegte, quiekte etwas und huschte mit einem Flügelschlagen über unser Gesicht.

»Bela Lugosi.« Shooter bedeckte mit beiden Händen seine Haare.

Ich suchte die Ecke einer Zeltbahn und schlug sie zurück.

Ein bißchen Staub geriet in Bewegung, zu wenig für etwas, das monatelang keiner angerührt hatte. Ich versuchte den Deckel einer Kiste anzuheben. Sie war zugenagelt.

»Such was zum Aufstemmen«, sagte ich.

»Such selbst. Ich bin nich hier, um mich abzurackern.« Er hockte auf einer zugedeckten Kiste in der Reihe gegenüber.

Nachdem ich ein paar Minuten mit der Taschenlampe rumgestochert hatte, entdeckte ich eine meterlange Holzlatte, schob ein Ende zwischen die Bretter und hebelte eines mit lautem Quietschen der Nägel hoch. Ich wühlte in dem Stroh herum und förderte ein schmutziggrünes Plastikding von Größe und Umfang eines Buches, allerdings mit gebogenen Seiten wie ein Dachziegel, zutage.

»Was 'n das?« fragte Shooter.

»Claymore.«

»Was is 'n Claymore?«

»Nicht dein Fachgebiet. Das ist 'ne tragbare Mine.«

»Mine!« Er hüpfte von seiner Kiste hoch.

»Wenn du jetzt versuchst, dich wegzuzaubern, erschieß ich dich.«

»Besser als in hohem Bogen in der Hölle zu landen. Da komm ich demnächst auch zu Fuß hin.«

Ich legte die Claymore zur Seite, kramte weiter und befingerte die Umrisse der anderen in der Kiste. Alles in allem kam ich auf fünfzehn, was reichte, um das Gebäude und einen Teil des Zauns in die Luft zu jagen. Ich legte die erste Mine wieder an ihren Platz und zerrte die Zeltbahn weiter zurück. Die nächste Kiste war länger, und zwischen den Latten ragten dieselben Strohbündel heraus wie bei der ersten. Ich beugte mich runter und schnüffelte. Dann richtete ich mich wieder auf. »Riechst du's?«

Shooter bückte sich, sog Luft ein. »Cosmoline?«

»Das will ich meinen.« Cosmoline ist die rosa Gelatineschmiere, in der man Waffen aufbewahrt, damit sie nicht rosten.

Unter dieser fanden sich zwei weitere Kisten. Im ganzen Gebäude standen immer drei übereinander. Ich wollte mich gerade umdrehen, um Shooter davon in Kenntnis zu setzen, als neben mir auf dem Boden ein Schuh scharrte und etwas auf den Schädelknochen hinter meinem rechten Ohr auftraf. Ein heißer weißer Schmerzblitz schoß in mein Hirn hinauf, gefolgt von einer Welle der Übelkeit, und die folgende schwarze Leere war ein paradiesischer Zustand.

15

Es war einer dieser Alpträume, aus denen man ständig aufwacht, nur um sich in einem genauso üblen wiederzufinden.

Eine Zeitlang trieb ich nackt in einem Meer grotesker und vage erotischer Visionen herum. Das Zeug, in dem ich mich aufhielt, war so warm wie Blut und fühlte sich glitschig an, aber die Luft auf meinem Gesicht war eisig, als wäre ich einem Schneebad entstiegen und hielte mein Gesicht in den Wind. Ich versuchte zu schreien, aber meine Lippen waren steif, und das gestörte Gemekker, das zwischen ihnen hervordrang, war mir peinlich. Unter der warmen, glitschigen Oberfläche glitt blindes Meeresgetier vorbei und machte sich zwischen meinen Beinen zu schaffen, wo es mich kitzelte. Der Himmel über mir war pink, als dränge Licht durch meine Augenlider.

Einmal – vielleicht öfter – wechselten die Farben von blutrot und schweinerosa zu einem tiefen Schwarz, das grauenhaft kalt war und nach Schimmel stank, als hätte man mich in Zeltbahn gewickelt und in ein offenes Grab geschmissen. Diesmal schrie ich wirklich. Dann kamen wieder der heiße weiße Schmerz und die Übelkeit, und als ich in das blutige Meer zurückklatschte, hörte ich zwei Männer sprechen.

»Nicht so fest, Hube.«

»Sorry, Jer.«

Allmählich – nach Tagen oder Jahren, ich lebte zeitlos – sank ich wieder in die schimmelige Dunkelheit, und diesmal blieb ich dort. Sie war nicht ganz so schwarz wie vorher. Irgendwo am Rande meines Bewußtseins glühte ein Licht, ein gnadenloser greller Strahl, den ich mir nicht ansehen wollte, weil er mir die Augäpfel in den Höhlen verbrennen würde. Unter meinem Rükken befand sich Boden. Der logisch funktionierende Teil meines Hirns teilte mir mit, daß es sich um Sperrholzboden handelte, und daß der Modergeruch um mich herum von den alten Zeltbahnen in der Lagerhalle auf dem Gelände in Iroquois Heights stammte. Im Inneren meines Schädels fielen Tropfen aus einem undichten Wasserhahn in ein leeres Becken und erzeugten ein hohles Geräusch, wenn sie auftrafen.

Irgendwo produzierte eine Stimme Worte, die in dem leeren Becken, das meine Hirnschale darstellte, herumrollten.

»Ich denke, wir sollten 'nen Krankenwagen rufen. Könnte 'n Schädelbruch sein.«

»Quatsch. Ich meine, dem haben sie so oft das Hirn aufgeschlagen, daß das alles bloß noch Knochen ist, wie wenn man sich das Bein bricht, und es wächst stärker wieder zusammen als vorher.«

»Na ja, er kann sich ja auf der Krankenstation in Jackson erholen.«

Ich erkannte die Stimmen. Das waren nicht die zwei Männer, deren Stimmen ich vorher oder im Traum gehört hatte. Sehr vorsichtig schlug ich die Augen auf. Sie knirschten.

Der erste Mann, den ich sah, war ein dicker Kerl, der ein weißes Hemd trug, durch das man das Unterhemd sehen konnte, und eine schmale schwarze Krawatte dazu, die auf seiner Wampe ruhte. Er hockte auf der Kiste, die vorher als Shooters Sitzplatz gedient hatte. Auf seinem mächtigen lockigen Schädel saß schräg ein Fedora, und an seiner Unterlippe klebte ein Zigarillo.

Als er meinen Blick wahrnahm, lächelte Horace Livingood vom Bureau für Alkohol, Tabak und Feuerwaffen sein Gummilächeln. »Ich wette, Sie haben 'nen Kopf wie 'n Müllschlucker.«

Ich schwieg. Victor Pardos glattrasiertes Gesicht mit den dazugehörigen zu langen Haaren kam in Sicht und blickte aus einer Meile Entfernung auf mich herunter. Das grelle Licht befand sich hinter seinem Kopf, eine Reihe Strahler an den Dachsparren. »Können Sie mich hören, Walker?«

»Yeah.« Meine Stimme knarrte.

»Sie haben das Recht, die Aussage zu verweigern. Sie haben das Recht auf einen Anwalt. Wenn –«

»Hör auf mit dem Mist«, sagte Livingood. »Wir sind unter uns.« Zu mir: »Was halten Sie von sitzen?«

»Klar. Tu ich das nicht?«

Er gluckste und stand auf, um mir die Hand zu reichen. Ich packte sie, holte tief Luft und setzte mich auf. Jemand knallte mir einen Mülleimer ins Gesicht, aber abgesehen davon war es nicht schlimmer als Alufolie kauen. Ich befühlte sachte die Beule hinter meinem rechten Ohr. Sie war klebrig.

Livingood sagte: »Sieht aus, als hätte er ein paarmal zugeschlagen. Wahrscheinlich, um Sie unten zu halten. Er hatte jedenfalls Übung darin. Sie haben ihn wohl nicht zufällig gesehen?«

Ich äußerte mich nicht dazu. Der Raum sah verändert aus, und das lag nicht nur am Licht. Auf beiden Seiten des leeren Gangs lagen schlapp und nutzlos die Zeltbahnen. Bis auf ein paar einwandfrei leere Kisten und ein anderes Objekt war das Gebäude ausgeräumt. Das andere Objekt war Shooter. Er lag mit dem Gesicht nach unten zu meinen Füßen. An seinem Hinterkopf tummelten sich Fliegen. Jetzt erst bemerkte ich den Schwefelgeruch. Livingood setzte sich wieder und entnahm seiner Jackentasche einen Plastikbeutel mit meinem 38er.

»Ihrer, nehm ich mal an. Als wir hier ankamen, hatten Sie ihn in der Hand. Vic hat schon alles aufgeklärt. Sie haben den armen Hundesohn umgelegt, sich dann selbst ein paar übergebraten und die Beule schön versteckt, bevor Sie wegdämmerten.«

»Das hab ich nicht gesagt. Ich sagte, wir sollten ihn festnehmen und verhören.«

»Wie haben Sie das mitgekriegt?« fragte ich Livingood. »Das Gelände gehört der Stadt.«

»Wir kennen jemand in der Schaltzentrale im Präsidium. Wir hatten den Tip, bevor ihn die Wagen hatten. Ich hab Vic aus dem Bett geschmissen, und wir waren vor den Polypen da. Die drükken sich draußen rum und bereiten die Gummistrümpfe vor. Ich mußte mich mächtig anstrengen, um die zurückzuscheuchen, bis unsere Leute kamen und 'n Siegel ranmachten.«

»Alles wegen mir Kerlchen?« Ich kämpfte mit der Übelkeit.

»Ich mag Sie, aber das wäre ein bißchen viel. Wir haben seit Monaten den Verdacht, daß jemand von diesem Gelände aus Waffen vertreibt. Als wir es unter Beobachtung stellen wollten, kriegten wir 'ne Verfügung von Cecil Fish – Sie kennen Cecil Fish? dachte ich mir –, daß wir wegbleiben sollten. Die Wahlen stehen vor der Tür, da kann er keine *federales* brauchen, die auf Gemeindegelände 'nen Waffenschmuggel aufdecken wollen. Aber als wir mitbekamen, daß es hier 'n Mord gegeben hat, haben wir uns auf die Socken gemacht.«

»Wer hat den Cops Bescheid gesagt?«

»Einer namens Namenlos, wer sonst?« Er klatschte auf die Kiste unter sich. »Sieht aus, als lägen wir falsch; hier gibt's keine Waffen.«

»Wieviel Uhr ist es?«

»Kurz nach fünf. In 'ner Stunde geht die Sonne auf.«

»Vor fünf Stunden hätten Sie mit dem Lager als Basis 'nen Krieg gegen Ohio führen können«, sagte ich. »Der Laden war gestopft voll mit Claymores und Gewehren in Cosmoline.«

»Man riecht's noch. Kein Wunder mußten die Sie immer wieder einschläfern; ist 'n großes Unternehmen. Ich frag mich, ob irgend jemand in der Gegend die Lastwagen gehört hat.«

»Wem sollten die das melden, den Cops?«

Livingood betrachtete mich. »Vielleicht hat Vic gar nicht so unrecht – daß wir Sie verhören sollten, meine ich, nicht das andere. Sie wären nicht mehr so munter, wenn nicht einer mit mehr Phantasie als Grips ganz schlau gedacht und Sie als Mörder von Shooter präpariert hätte. Die Sache ist einfach die, daß wir seit einem Jahr hier dran sind und es nur bis vor die Tür geschafft haben, und Sie sitzen nach zwei Tagen mittendrin.«

»Bin eben ein Glückspilz.« Ich erhob mich, wankte und schluckte Galle. Damit ich mich nicht bücken mußte, zog ich mit dem Fuß ein Stück Zeltbahn über den Oberkörper des Toten. Die Fliegen surrten wütend und begnügten sich dann mit der Zeltbahn.

»Keiner von den Großen zu sein hat Vorteile«, sagte ich. »Niemand hält es für nötig, mir eine Verfügung zu schicken.«

»Ich wär ein bißchen sparsam mit den Vorteilen. Sie werden knapp.«

»Das war auch knapp.« Ich befühlte meine Taschen, fand das zerdrückte Päckchen Winston und schüttelte eine raus. Ich war immer noch ohne Streichhölzer, und Livingood erbot sich nicht. Ich hielt die Zigarette an beiden Enden zwischen Daumen und Zeigefingern und betrachtete sie. Zumindest sah ich nicht doppelt. »Shooter wollte mich hier mit jemandem zusammenbringen, der sich ›der Colonel‹ nennt.«

»Colonel wie?«

»Seabrook, sagte er. Schon mal gehört von dem?«

»Schon möglich.«

»Das Gebäude war offen, und keiner war drin. Ich wollte mich grade etwas umschauen, als das Licht ausging. Meines.«

»Immer noch knapp.« Er bewunderte eingehend den Smith & Wesson in dem Plastiksack.

»Mehr weiß ich nicht. Alles weitere ist Raterei.«

»Dann raten Sie mal.«

»Dieser Seabrook dachte, ich wäre an irgendwas nah dran. Er trug Shooter auf, mich hierher zu bringen, schlug mich nieder, erledigte ihn und gab den Cops Bescheid, damit ich den Mord anhängen hatte.«

»Ziemlich grob für den Shooter.«

»Vielleicht war er nicht mehr von Nutzen.«

Pardo sagte: »Weshalb hier, wenn man dabei einen sicheren Lagerplatz aufgeben und das gesamte Inventar rausräumen mußte?«

»Es war kein sicherer Lagerplatz«, sagte ich. »Ein Bundesrichter kann die Verfügung jederzeit zurückziehen, und nach den Wahlen hätte sich die Gemeinde ohnehin an ihn gewandt. Es war höchste Zeit, hier zu verschwinden. Könnte auch sein, daß sie sich für eine Weile ein anderes Lagerhaus ausgeguckt haben.«

»Weshalb sind Sie so gefährlich?« fragte Livingood.

»Wenn ich das wüßte, würd ich nicht hier rumstehen und meinen Kopf halten.«

»Es haut nicht hin.« Er rieb sich kurz das Gesicht, dann griff er hinter sich und warf mir ein Paar Handschellen vor die Füße. »Ziehen Sie die besser an.«

»Das soll wohl 'n Witz sein.«

»Mister, ich habe hier die Mordwaffe mit Ihren Abdrücken in der Hand, und das da sind meine Handschellen. Wenn Washington von dem einen hört, werden sie wissen wollen, warum ich das andere nicht benutzt habe. Ich hör keinen lachen.«

»Wurde auch Zeit«, sagte Pardo.

Ich quetschte die Zigarette zu einer Kugel und warf sie weg. »Okay.«

Livingood sagte: »Okay?«

»Okay, Sie gewinnen. Die Sache hier war nicht geplant, zumindest nicht von einem, der genug Grips und Kohle hat, um das ganze Unternehmen zu organisieren. Ein kleiner Charge hat das improvisiert, der dachte, er könnte damit beim Boss Punkte einheimsen. Tatsächlich sollte das Ding letzte Nacht im Lagerhausbezirk in Detroit ablaufen. Dort haben sich vier Männer mit Maschinengewehren an meinem Wagen ausgetobt. Sie nahmen an, daß ich drinsaß.«

Der Agent legte die Hände auf die Knie. »Den Teil hatten Sie vergessen.«

»In keinem Gesetzbuch steht, daß ich einen Mordversuch auf Privatgelände den Bundesbehörden zu melden habe. Nachdem er mich denen geliefert hatte, war es das mindeste, daß Shooter mich hierher fuhr. Den Rest kennen Sie.«

»Vier Männer mit Maschinengewehren.«

Ich nickte. »Ich bin auf dieselbe Verbindung gekommen.«

Pardo sagte: »Was?«

Livingood ignorierte ihn. »Zu flau. Was soll sich Seabrook mit bewaffneten Einbrüchen rumschlagen?«

»Das dürfen Sie mir erzählen. Ich hab gestern abend zum ersten Mal von ihm gehört.«

»Wenn Sie Glück haben, hören Sie nie wieder von ihm. Was ich aber bezweifle.«

»Wer ist er?«

»Unter Verschluß«, raunzte Pardo.

»Halt's Maul und hör zu, Victor. Hier kannst du ein paar Sachen über Polizeiarbeit lernen.« Livingood ließ sein Zigarillo fallen und zertrat es. Er hatte es nicht angezündet. »Er ist ein aufrechter Lieutenant Colonel, oder war es zumindest, bis ihn die Marines nach dieser Grenada-Sache abgestoßen haben. Scheinbar hat er einen Second Lieutenant ins Bein geschossen, als der nicht so schnell am Strand war, wie er sich das dachte. Das wäre vors Kriegsgericht gegangen, aber Washington hatte wegen der Invasion auch so genug Ärger, also ließen sie ihn seinen Rücktritt einreichen. Entweder das oder ab in den Bau.

Danach wurde er Söldner, was wahrscheinlich normal ist, wenn man ein geborener Soldat ist, West Point abschließt, sich vom First Lieutenant hochrackert und dann plötzlich ohne Uniform dasteht. Scheinbar hatte er schon Militärbestände an Privatleute verscheuert, bevor er auf den Mann schoß – die Marines haben das ein bißchen spät rausbekommen –, und mit den Einnahmen etablierte er sich im Geschäft: kaufte hier Gewehre, verkaufte sie dort, und finanzierte militärische Unternehmen in Afrika, Mittelamerika, dem Iran, in all diesen heißen Ländern, in denen die Leute am Samstagabend nichts Besseres zu tun wissen, als sich in Tarnklamotten zu schmeißen und die Regierung zu stürzen. Das FBI ist ziemlich wild auf ihn. Wir hatten gehofft, in

Doyle Thayers Keller was Brauchbares zu finden, nachdem der reiche kleine Nichtsnutz tot war, aber der Bursche verwischt seine Spuren gründlich. An Munition in solchen Mengen ist schwer ranzukommen. Ich glaube nicht, daß er so blöde wäre, sie auf ruhmreiche Einbrüche in seinem eigenen Revier zu verschwenden. Wenn ein Gewehr zurückbleibt und die Polizei es zu dem Waffenschrank zurückverfolgt, aus dem es gestohlen wurde?«

»Vielleicht hat er nicht seine eigenen Waffen benutzt«, sagte ich.

Er sprang sofort drauf an. »Raten Sie wieder, oder haben Sie was Handfestes?«

»Ich rate nur.« Ich tilgte Ma Chaneys Zeitungsausschnitt aus meinem Kopf. Es soll schon Cops wie Livingood gegeben haben, die Gedanken lesen konnten. »Nehmen wir an, er hatte was Großes auf der Pfanne und brauchte schnell viel Geld. Seine Waffen konnte er nicht verkaufen, ohne die Aufmerksamkeit auf sich zu lenken, und vielleicht brauchte er die ja auch für das große Ding. Er hätte 'ne Bank ausrauben können – die Leute dafür hat er –, aber bei hellem Tage kann jemand geschnappt werden, der dann vielleicht quatscht. Statt dessen knöpft er sich ein paar ergiebige Villen vor, wenn die Bewohner zu Hause sind und er keinen Alarm auslösen kann. Das heißt, man muß hart auftreten. Diese Einbrüche sehen aus jedem Blickwinkel nach militärischen Aktionen aus.«

»Er bräuchte einen Hehler.«

»In der Gegend hier hat er freie Auswahl.« Ich ließ Sturdy Stoudenmire so schnell verschwinden wie Mas Zeitungsausschnitt.

»Also was ist dann das große Ding?«

»Fragen Sie Shooter.«

Er blickte auf die Leiche. »Der arme alte Shooter. Was glauben Sie, wie ist er den Großen in die Quere gekommen?«

»Manchmal kommen die kleinen Fische auf mächtige Ideen. Manchmal haut's hin. Häufiger landen sie in 'ner Wanne Formaldehyd in der Gerichtsmedizin.«

»Worte fürs Poesiealbum.« Er sah mich jetzt an. Er nahm meine Kanone aus dem Plastikbeutel und hielt sie mir hin. »Falls Sie nicht schwimmen können.«

Ich nahm sie in Empfang. »Was kostet mich das?«

»Das Übliche. Wenn Sie auf was stoßen, rennen Sie damit nicht zu den Örtlichen. Hier ist meine Karte.« Er nahm eine aus einem Lederetui. Ich steckte den 38er ins Holster und die Karte in meine Brieftasche.

»Er steht unter Mordverdacht!« protestierte Pardo.

Livingood erhob sich mit einem Grunzen. »Unsere Arbeit ist hart genug, Victor, wir brauchen nicht noch die von den Citycops zu machen. Vor allem nicht in dieser Stadt. Selbst wenn wir an 'nem Mord dranwären: Keiner kann einen erschießen und sich dann selbst mehrfach eins überziehen.«

»Vielleicht hat er Kumpane.«

»Wenn die noch netter wären, wäre er jetzt Fliegenfutter, wie Shooter.« Er schaute wieder mich an. »Brauchen Sie einen Arzt?«

»Ich brauche einen Drink.«

»Wir nehmen Sie bis Detroit mit. Von da aus können Sie laufen und sich den Leuten anschließen, die drauf warten, daß die Bars aufmachen.«

»Was machen wir mit den Cops draußen?« fragte ich.

Er stieß die Zeltbahn über Shooters Körper mit dem Fuß zur Seite. »Müssen alles so hinterlassen, wie wir's vorgefunden haben. Man kann nie wissen, wieviel Zeit die sonst drauf verschwenden, nach 'nem Killer Ausschau zu halten, der geschmackvollerweise die Wunde zudeckt.«

»Ist da draußen ein Lieutenant Romero?«

»Welcher ist das?«

»Der eine, der aussieht wie der junge Gilbert Roland. Der läßt sich nichts vormachen.«

»Der ist nicht dabei. Die sehen alle aus wie Sydney Greenstreet, wie alle korrupten Bullen, denen ich bisher begegnet bin.« Er hob seine Handschellen auf und steckte sie ein. »Gehen wir, Eisenschädel. Ich müßte jede Minute meinen Weckanruf kriegen.«

16

Grelle Scheinwerfer der Polizeiwagen und das unvermeidliche kreisende Rot- und Blaulicht tauchten das verwilderte Grundstück in gleißende Helligkeit. Bis zum Anschlag aufgedrehte Funkgeräte spuckten ein Stimmengewirr aus. In der Menge setzte Livingood sein FBI-Gesicht auf, hielt der Gruppe von Uniformierten und Zivilen seine Marke hin – sie rochen nach Zigarren und billigem After Shave wie alle Cops – und gab Geräusche von sich, die mich als wichtigen Zeugen auswiesen. Pardo blieb stumm, womit er auch besser beraten war. Während Livingood redete, schob er uns weiter, und bevor sich die Cops dazu entschließen konnten, uns aufzuhalten, hockten wir schon in seinem unmarkierten Ford und rollten auf das Loch im Zaun zu.

»Drahtschneider«, sagte er, als ich wissen wollte, woher das Loch kam. »FBIler und Fassadenkletterer gehen zum selben Fachgeschäft.«

Ich ließ ihn die Ausfahrt zu einem Ramada Inn im Norden von Detroit nehmen.

»Freier Tag heute?« Er hielt unter dem Vordach und stellte den Motor ab. Die Sonne übergoß die vereinzelten Wagen auf dem Parkplatz mit rotem Licht.

»Es ist Samstag«, sagte ich. »Ich habe keine Lust, den Rest des Tages mit den Detroiter Cops über mein zerlegtes Auto zu quasseln.«

»Sie haben's gut. Washington kennt keine Samstage.« Er lagerte seinen Ellbogen auf der Rückenlehne. Ich saß neben ihm, Pardo hinten. »Wie war das nun mit dem Drink?«

»War mehr 'n Witz. Ich geh lieber schlafen.«

Er ließ das Handschuhfach aufschnappen und reichte mir eine kleine Flasche Southern Comfort.

»Neunundsechzig bei den Studentenunruhen in Ann Arbor war ich Undercovermann«, sagte er. »Einmal haben sie mir die Scheiße aus dem Leib geprügelt, und es war keiner da, der mir 'ne Flasche hinhalten konnte. Seit damals hab ich immer eine bei mir.« Er ließ den Motor an. »Sie haben meine Karte.«

Ich winkte ihm zu, als ich unter dem Vordach stand.

Die Frau am Empfang, eine junge Japanerin in einem goldenen Blazer und einer gerüschten blauen Bluse, betrachtete meine angegriffene Kleidung, während ich die Anmeldung ausfüllte. »Haben Sie Gepäck, Sir?«

Ich klopfte auf die Flasche in meinem Sakko und grinste. Sie schob mir den Schlüssel zu.

Am Ende meines Flurs stand ein Eisbehälter. Ich machte den Plastikbecher aus meinem Zimmer voll, schälte ein Glas aus der Zellophanhülle und schüttete Southern Comfort auf die Eiswürfel. Sie färbten sich blaßorange wie das Sonnenlicht, das durchs Fenster fiel. Das Zimmer war groß und hatte ein Doppelbett, ein geräumiges Badezimmer und eine Terrasse mit Aussicht auf den Parkplatz. Alle Zimmer im Hotel waren gleich groß. Mir war nach einem verlausten kleinen Kabuff mit einer staubigen Glühbirne und einem Bett mit Federn, die nach einem Vincent-Price-Film klangen, aber die großen Hotelketten haben die fast alle vernichtet. Sie machen dem Besten und dem Schlechtesten den Garaus und lassen uns mit dem Mittelmäßigen hocken.

Ich fühlte mich schmierig unter meinen Klamotten. Ich zog Hemd und Schuhe aus und bohrte meine Zehen in den feuchten Socken in den Teppich. Durch seine Luftbehandlung fühlte er sich kühl an. Im Badezimmer tränkte ich einen Waschlappen mit kaltem Wasser, wusch behutsam das Blut von der Beule hinter meinem Ohr, plazierte dann den Waschlappen kurz in meinem Nacken und an beiden Handgelenken. Dann säuberte ich mein Gesicht und blickte in den Spiegel. Schließlich begab ich mich zu meinem Drink. Er schmeckte süß, so wie die aus dem Süden angeblich ihren Schnaps und ihre Frauen mögen. Ich war nie dort. Die Welt strotzt vor Orten, an denen ich nicht gewesen bin. Vietnam zählt nicht. Ich hatte den größten Teil meines Erwachsenenlebens in Detroit zugebracht und fühlte mich wie eine alte Jungfer, deren Jugend mit der Pflege eines schwerkranken Elternteils draufgegangen ist. Mit dem Unterschied, daß alte Jungfern selten flachgelegt und mit hämmerndem Kopf und toten Männern zu ihren Füßen in leeren Gebäuden auf gottverlassenem Gelände erwachen.

Hör auf zu jammern, Walker. Du hast dich an dem Tag entschieden, als du mit deinem Seesack auf dem Rücken aus dem Flugzeug und schnurstracks nach rechts zum Büro von Apollo-

Ermittlungen statt nach links zur Post und zur Beamtenlaufbahn marschiert bist.

Allmählich fingen die Dinge an, sich zu ordnen. Colonel Seabrook hatte die Einbrüche durchgezogen und sich mit kleinen Beträgen zufriedengegeben, um ein Unternehmen oder Ähnliches zu finanzieren. Ma Chaney hatte ihm die Waffen verkauft, damit er nicht seine eigenen Vorräte angreifen mußte. Shooters Rolle war noch undurchsichtig, aber als Waffenhändler konnte er hie und da auf den Colonel gestoßen sein; vielleicht hatte er was gewittert und sich reingedrängt. Sturdy hatte die erbeuteten Sachen verhökert und war aus einem von zwei Gründen umgebracht worden: Entweder hatte der Colonel alle Asche, die er brauchte, und verwischte seine Spuren, oder, was wahrscheinlicher war, Sturdy hatte Appetit gekriegt und einzusteigen versucht. Mein Engagement in der Sache machte mich reif für die Abschußliste. Es war der leichteste Fall, den ich je aufgeklärt hatte. Jetzt mußte ich mir nur noch über den den Kopf zerbrechen, für den ich bezahlt wurde.

Ich trank aus, legte mich in den Kleidern auf eines der Betten und schlief traumlos.

Um drei wachte ich auf, hungrig und orientierungslos. Als ich wußte, wo ich war, rief ich am Empfang an und erkundigte mich nach dem Zimmerservice. Ein Mann war dran, der sagte, es gäbe keinen, aber den moteleigenen Coffeeshop empfahl.

Vor meiner Tür lag eine *Free Press*. Ich nahm sie mit in den Coffeeshop und sah sie bei einem Steaksandwich und einem Glas Wasser durch. Dem Mord auf dem Gelände widmeten sie einen Teil einer Spalte mit den letzten Meldungen aus der Umgegend von Detroit im Innenteil. Namen wurden nicht erwähnt, es war nur von einer Leiche die Rede. Sturdy tauchte nirgends auf. Ich beendete meine Mahlzeit, zahlte und ließ mir von dem Mann am Empfang ein Taxi rufen.

Es war wieder ein feuchtheißer Tag, aber im Westen zeigte sich ein dunkler Wolkenrand, und als mich der Taxifahrer an meinem Haus absetzte, hing er schon drohend über der gesamten Westside. In der Ferne grollte Donner.

Das Haus roch wie eine gerade geöffnete ägyptische Grabkammer. Ich ließ die Tür offen, riß sämtliche Fenster auf, die nicht zugemalt waren, und stellte mich eine Viertelstunde unter die Dusche. Als ich fertig war, wickelte ich mich in ein Handtuch und stöpselte das Telefon ein. Es war grade am Klingeln.

»Wo, zum Henker, warst du letzte Nacht und heute?«

»John?«

»Gib Antwort«, sagte Alderdyce.

»Den Umständen entsprechend, John. Und selbst?« Ich setzte mich und schlug die Beine übereinander. Draußen wurde es dunkel, obwohl es erst halb fünf war. Wind kam auf.

»Mir geht's gut, dir geht's gut. Allen geht's gut. Dein Wagen steht am Fluß und ist zerlöchert wie ein Schweizer Käse. Könntest du mir vielleicht mitteilen, wie der da hinkommt?«

»Benzin.«

»Das sag noch mal, du Schweinehund.«

»John, ich wußte gar nicht, daß du dich über ein Auto so aufregen kannst.«

»Zeugen haben Schüsse aus Automatikwaffen gehört, und die Einschußlöcher bestätigen das. Ich arbeite an einer Serie von Verbrechen, an denen Männer mit Automatikwaffen beteiligt sind. Und da merke ich, daß du so dicht an der Quelle sitzt, ohne einen Mucks zu machen.«

»Ziemliche Attacke.«

»Ich bin bestens in Form dafür. Wie steht's mit dir? Irgendwelche Löcher, die zu denen im Chassis passen?«

»Keine.«

»Gut, gut. Kommst du jetzt her und machst 'ne Aussage, oder muß ich dir die Hunnen schicken?«

»Und wenn mein Auto gestohlen wurde?«

»Kommst du her und meldest den Verlust.«

»Und wenn ich das wirklich mache?«

»Stopf ich dir die Papiere in den Hals.«

»Ich dachte, Inspektoren machen so was nicht.«

»Nur weil ich so was mache, bin ich Inspector. Und wie nun?«

»Ich bin in 'ner Stunde da.«

»Mach 'ne halbe Stunde draus.«

»Dann komm ich dreißig Minuten zu spät.«

»Dann muß deine Story dreißig Minuten besser sein.«

»Bin schon unterwegs.«

»Dachte ich mir doch. Oh. Dein Freund Sturdy.«

»Ja.« Meine Finger krampften sich um den Hörer.

»Wir haben ihn uns heute morgen für 'n Verhör geholt. Er sitzt in Holding mit 'ner üblen Triefnase, aber was anderes bedroht sein Leben derzeit nicht. Du mußt mal deine Quellen checken.«

»Sollte ich wohl.« Wir beendeten unser Gespräch.

17

Während ich dasaß und grübelte, klingelte es an der Tür. Ich erwartete niemanden. Als es dunkel geworden war, hatte ich die Lampe neben dem Stuhl eingeschaltet. Jetzt knipste ich sie aus und machte in meinem Handtuch mit dem Smith & Wesson in der Hand die Tür auf.

Constance Thayer sagte: »Ziehen Sie sich am Wochenende immer so an?«

»Die Artillerie ist 'ne Spezialeinlage.« Ich deponierte sie auf dem Tisch an der Tür. »Kommen Sie rein, und machen Sie sich's bequem, ich setze mir einen Hut auf.«

»Meinetwegen ist das nicht nötig.«

Ich ließ das im Raum stehen und schloß hinter ihr die Tür. Sie war selbst erheblich lässiger gekleidet, obwohl manche Frauen für Eleganz gehalten hätten, was sie für Lässigkeit hielt: eine langärmlige schwarz-weiß karierte Bluse, klassische dunkelgraue Jeans mit einer Bügelfalte, an der man sich schneiden konnte, und weiße Sandaletten mit fünf Zentimeter hohen Absätzen über Nylonstrümpfen. Ihr rötliches Haar hatte sie vorne zu einem Pony gezähmt und hinten zu einem Pferdeschwanz gebunden. Sie sah aus wie siebzehn.

»Sie sind ein ordentlicher Junggeselle«, bemerkte sie.

»Ich bin nie lange genug hier, um Unordnung zu machen.«

Ein langer, knatternder Donnerschlag detonierte direkt über uns und ließ im ganzen Haus das Geschirr klappern. Sie hüpfte direkt in meine Arme.

Sofort legte sie eine Hand auf meine Brust, um mich wegzuschieben. Sie ließ sie da. Sie trug Sandelholz.

»Entschuldigung«, sagte sie. »Ich bin wohl doch ein Angsthase.«

»Nur 'ne Wolkenkollision.« Wir lösten uns voneinander. »Ich bin in zwei Minuten wieder da.«

Es wurden eher fünf draus. Ich rückte meinem Bart mit dem Schaber zu Leibe, kämmte mir die Haare und zog ein Sporthemd, Slacks und Slipper an. Das Brut ließ ich unberührt im Medizinschrank stehen. Sie saß mit übergeschlagenen Beinen auf der

Couch und rauchte. Sie hatte die Lampe angemacht. Der Regen klatschte an die Westseite des Hauses. Ich schloß ein Fenster auf dieser Seite und fragte sie, was sie trinken wollte.

»Heute nichts. Ich laufe Gefahr, zum Trinker zu werden.«

»Wer nicht?«

Sie starrte mich an. »Sind Sie okay? Sie sehen aus, als hätten Sie eine Prügelei gehabt.«

»Ich dachte, das hätte ich alles mit der Dusche runtergespült.«

»Es ist was an Ihrem Gesichtsausdruck.«

»Genau genommen war es keine Prügelei«, sagte ich. »Er hatte meinen Körper, aber nicht meine Seele. Ich nehme an, Sie möchten was über meine Fortschritte hören.«

»Wenn es Ihnen nichts ausmacht. Meine Schwester ist eine wunderbare Frau, aber nach einer bestimmten Zeit bei ihr muß ich sie erwürgen oder verschwinden. Dieses Herumsitzen ist eine Tortur. Als ich Sie im Büro wieder nicht erreicht habe, habe ich im Telefonbuch nachgeschlagen.«

Ich setzte mich in den Sessel. »Ihr Mann hat mit ein paar schweren Jungs Geschäfte gemacht. Eine Frau mit drei Söhnen, die einsitzen oder es demnächst tun, und eine zurückgebliebene Spitzenkraft mit 'nem Hörgerät sind noch die besten von denen.«

»Und haben Sie Fortschritte gemacht?«

»Kommt drauf an, was Sie darunter verstehen.«

»Jetzt hören Sie sich an wie Leslie.«

»Sie haben recht«, sagte ich. »Nein, ich habe keine gemacht. Ich bin auf einer Nebenstrecke gelandet. Das passiert häufig. Cecil Fish wird von Dorrance verlangen, daß er vor Gericht beweist, daß Doyle etwas Strafbareres getan hat als dann und wann der besagten Truppe ein Gewehr abzukaufen, und er wird es nicht können. Mehr hat Doyle nicht verbrochen.«

»Wenn diese Leute so übel sind, wie Sie sagen, genügt das doch.«

»Vielleicht. Aber wahrscheinlich ist, daß ich Ihr Geld vergeude.«

»Wenn ich ins Gefängnis muß, ist es wertlos für mich.«

Hinter dem dunklen Fenster flammte ein Blitz auf und verwandelte die Straße draußen in eine in Zinn geritzte Szenerie. Ich wartete auf den folgenden Schlag, dann: »Haben Sie Dorrance von dem Geld und von mir erzählt?«

Sie nickte. »Er hat gedroht auszusteigen, als ich ihm sagte, ich hätte Sie wieder angestellt.«

»Gedroht?«

Sie lächelte.

»Okay, Dorrance haben Sie noch. Ich werd ihm überlassen, was ich habe. Er kann damit machen, was er will.«

»Sie hören doch nicht auf.«

»Nicht, weil sie mich ein bißchen rumgeschubst haben, falls Sie das denken. Das gehört dazu, wie verhaftet werden, wenn man in die falsche Tasche greift. Welchen Weg ich von jetzt an auch einschlage, er wird mich immer weiter von dem wegbringen, wofür Sie mich angestellt haben.«

»Aber das wissen Sie nicht, solange Sie nicht bis zum Ende gehen.«

»Nehmen Sie's als Vorahnung.«

Der Regen wurde jetzt heftiger, hämmerte aufs Dach und stürzte an den Fenstern herunter. Die Luft roch nach Eisenoxid. Sie mußte die Stimme erheben.

»Bitte geben Sie nicht auf. Ich habe so wenige Leute auf meiner Seite.«

Ich wollte nicht schreien. Ich stand auf, ging zur Couch und beugte mich über sie.

»Kaufen Sie sich 'nen Kalender, Lady. Das Mittelalter ist unbekannt verzogen. Der Burggraben ist ein Ententeich, und im Turm verkaufen sie Souvenirs. Prinz Albert gibt's nur noch im Kino, im Kloster sitzt McDonald's, und Pferde gewinnen im Rennen oder werden zu Hundefutter. Der große Held dieses Jahres ist ein Comic-Hase. Ich bin auf Ihrer Seite, weil Sie mich dafür bezahlt haben.«

Unsere Gesichter waren sich näher als bei der Umarmung. Sie reckte mir ihres entgegen und schloß die Augen, und ich küßte sie.

Als es vorüber war, ging ich zu meinem Sessel zurück und setzte mich. Sie machte die Augen auf und blickte mich fragend an. »Und jetzt?«

»Die Sonne wird rauskommen. Das ist immer so. Dann wird's heißer.«

»Das ist immer so«, sagte sie. »Ich meine, was wird mit uns?«

»Der Lärm, den Sie gehört haben, das war Donner.«

»Hab ich nicht gehört. Worüber grinsen Sie?«

Ich unterließ es. »Sommererinnerungen.«

»Was?«

»Ich kannte mal 'nen Privatdetektiv, junger, ziemlich gutaussehender Typ, hielt sich für die größte Offenbarung für Frauen seit der Strumpfhose; brach Herzen wie unsereins Steuergesetze. Einen ganzen Winter lang war er verschwunden, und einige dachten, er hätte sich bei 'ner reichen Witwe durch die Wäsche geschlängelt und wäre längst in Texas. In diesem Jahr zog alle Welt nach Texas. Dann wurde es Frühling, und die Cops von Ferndale fanden seine Überreste in einem Abwasserkanal. Sein hübsches Gesicht war zerdeppert, und in seiner Brieftasche waren noch elf Dollar. Einen Monat später schnappten sie die Frau in San Francisco. Scheinbar hatte er für ihren Mann gearbeitet und sie in einem Motel mit dem Geschäftspartner des Gatten abgelichtet. Sie kriegte das raus und erbot sich, ganz die Seine zu sein, wenn er die Fotos zerriß. Das tat er und ging davon aus, daß Frauen die Finger nicht von ihm lassen konnten, und daß sie alle Komplotte sein lassen würde, wenn sie erst mal mit ihm im Bett gewesen war.

Stellte sich raus, daß sie und der Partner schon seit Monaten die Kasse anzapften und daß sie zwei Tickets nach Kalifornien und 'nen Lederaktenkoffer für das Geld gekauft hatten. Während sie den Detektiv in Atem hielt, erschoß der Partner den Gatten, als er Überstunden im Büro machte, räumte den Safe aus und präparierte den Raum, daß es nach einem Einbruch aussah. Als sie den Grünes-Licht-Anruf kriegte, legte die Frau auf und schlug dem Detektiv zigmal das Telefon auf den Schädel. Der Partner holte sie im Firmenlieferwagen ab, sie entledigten sich der Leiche und machten sich auf in ein angenehmeres Klima.«

Mrs. Thayer sagte: »Ich wette, es gibt eine Moral.«

»Egal, wie gut du aussiehst, es gibt immer etwas oder jemanden, der besser aussieht. Und ich seh nicht halb so gut aus wie der. Ein paarmal pro Jahr versucht mich jemand vom Gegenteil zu überzeugen, meistens, wenn ich was habe, was derjenige haben will, oder was tue, was ich nicht tun soll, oder was nicht tue, was ich tun soll. Wir haben nichts, was einem Glücksgroschen am Hals näherkommt, als Sex; man kann ihn überall verschenken und immer noch fürs nächste Mal haben. Ich bevorzuge Drinks. Die sind schon bezahlt, wenn man sie kriegt.«

»Wenn Sie das so sehen, warum haben Sie mich dann geküßt?«

»Ich hab gesagt, ich glaub nicht dran. Ich hab nicht gesagt, daß ich aufgebe.«

Sie nahm ihre Zigarette aus dem Aschenbecher und hackte die Asche runter. »Ich schätze, einen Teil davon habe ich verdient. Aber ich bin keine Hure. Wenn Doyle auf Pillen und Alkohol lief, hab ich mich nur noch beim Sex mit ihm sicher gefühlt. Er wurde ein Instrument oder Selbstverteidigung für mich. Wenn es zum Instrument wird, nun ja.« Sie nahm einen letzten Zug und drückte die Zigarette aus. »Der Regen läßt nach. Danke für den Unterschlupf.«

Ich schaute ihr beim Aufstehen zu. »Ich bleibe noch eine Weile dabei, warte ab, wo es mich hinträgt. Ich kann nichts versprechen.«

»Tun Sie das überhaupt je?«

»Selten. Versprechen kann man nicht erneuern. Wenn sie eins geben, sollte es Gewicht haben.«

Sie nickte. An der Tür blieb sie stehen. Es war heller geworden draußen, und nur noch das Wasser, das durch die Dachrinne gurgelte, machte laute Geräusche. »War es eine wirkliche Geschichte?«

»Überwiegend. Sie haben den Mann nicht umgebracht. Es ging um weniger Geld.«

»Und der Detektiv?«

»Als ich zuletzt von ihm gehört habe, arbeitete er in Flint und trieb es gelegentlich im Austausch für Gefälligkeiten mit der Frau des Stadtrats. Der Geschäftspartner brach in sein Büro ein und stahl seine Akte von dem Fall samt Fotos, während der Detektiv mit der Frau schlief. Danach hatte er nichts als 'nen Kater. Ich fand, der Teil mit dem eingeschlagenen Gesicht war ein netter Akzent. Die Aussage bleibt die gleiche.«

»Mir gefiel Ihre Version besser.«

»So geht's den meisten Leuten. Es muß ein Mord drin sein.«

»Was sagt uns das über die Menschen?«

Ich bewegte eine Schulter. »Wir sind noch in der Entwicklung.«

Sie ging und hinterließ einen zarten Hauch Sandelholz.

Nach einer Weile rief ich ein Taxi und ging ebenfalls. Ich nannte dem Fahrer eine Adresse in Macomb County.

18

Der Regen hatte ein bißchen Abkühlung gebracht. Ein lauer, feuchter Wind strich durch die Blätter der Bäume an der Cheyne, und am blitzblauen Himmel stand die Sonne. Wir umfuhren ein paar abgebrochene Äste und durchkreuzten vorsichtig eine Pfütze, die sich von Randstein zu Randstein erstreckte und bis über die Radkappen reichte. In der Ferne stotterte eine Kettensäge und steigerte sich zu einem schrillen Kreischen.

Das Haus auf dem Land sah nicht belebter aus als am Tag zuvor. Dort war kein Regen gefallen; das Gras hatte noch immer die Farbe von verbranntem Bernstein, und auf den Kletten am Straßenrand lagen dicke Staubschichten. Ich bat den Fahrer zu warten, ging hoch und klopfte an die Eingangstür. Nichts rührte sich.

Die Tür war von innen mit einem Haken verschlossen. Ich schirmte sie gegen das Taxi ab, holte mein Taschenmesser raus und fuhr mit der Klinge am Türpfosten entlang. Mit einem leisen Klirren sprang der Haken aus der Öse.

Im Wohnzimmer war alles beim alten, von einer klobigen Lampe mit einem Fransenschirm abgesehen, die die Stelle des Lagerfeuers auf dem Tisch eingenommen hatte. Ma oder jemand anders hatte die Glasscherben aufgekehrt und beseitigt. Unter der Treppe befand sich ein kleines Klo, das einst als Besenkammer gedient hatte, und durch eine weitere Tür trat man in eine geräumige Küche mit einem altmodischen weißen Gasherd und einem avocadofarbenen Kühlschrank jüngeren Datums. Mir fielen keine Leichen entgegen, als ich ihn aufmachte. Der letzte, der das Haus verlassen hatte, hatte hinter sich die Tür geschlossen.

Oben entdeckte ich zwei Schlafzimmer und ein Bad. Eines der Schlafzimmer enthielt ein Einzelbett mit einem lackierten Eisengestell und einen rissigen Nachttisch mit einer Schublade voll zerlesener Heftchen mit Mädchen in schwarzen Slips auf dem Titelblatt. Hier hatte wohl Hubert Darling gehaust. Der Schrank war leer. Das andere Schlafzimmer war offensichtlich Mas gewesen. Auf dem Doppelbett lag eine geblümte Decke. Eine Lampe mit einem Spitzenschirm zierte einen Nachttisch mit Klauenfüßen und einer Schublade mit Widderschädel, in dessen Nasenlöcher man greifen mußte, um sie zu öffnen. Der Inhalt bestand aus einem Päckchen Marlboro und einer Bibel aus Gideons Zeiten. Auf der blauen Tapete vergnügten sich rosa Cherubim. Der Schrank war vollgestopft mit gerüschten Polyesternachthemden in jeder Farbe und Schattierung, Kimonos wie dem, in dem sie mich empfangen hatte, und schlimmeren, sowie sechs Latzhosen. In einem billigen Frisiertisch, auf dem Familienfotos standen – Emma und Calvin und vier strohblonde Jungen posierten vor Oldtimern – fanden sich gigantische Spitzenunterhosen, Flanellhemden in Mas Größe und, unter einem Stapel Kopfkissenbezüge, eine graue Stahlkassette.

Sie war verschlossen. Ich stellte sie auf den Frisiertisch, stöberte zwei Haarnadeln auf und hatte sie nach fünfzehn Sekunden offen. Sie enthielt die Zulassung für einen nagelneuen Ford Blazer, vier braune, wellige Geburtsurkunden, einen Stapel mit einem grünen Band verschnürte Briefe aus diversen Strafanstalten und zwei Grundstücksurkunden. Eine betraf dieses Haus samt Grundstück. Auf der anderen stand eine Beschreibung eines sechzehn Morgen umfassenden Grundstücks in der nordöstlichen Ecke des County. Auch die Adresse wurde nicht verschwiegen. Ich schrieb sie in mein Notizbuch, legte die Urkunde ganz unten in die Kassette zurück, verschloß sie und verstaute sie an ihrem alten Platz.

Das war die ganze Ausbeute. Die Briefe von Mas Söhnen, mühsam mit weichem Bleistift auf liniertes Papier gekritzelt, lasen sich wie Postkarten aus dem Sommerlager und lagen jeweils ein Jahr auseinander. Nichts in diesem Haus verriet, daß Ma je mit etwas Tödlicherem als Pfirsichtörtchen gehandelt hatte. Livingood hatte ja gesagt, daß sie sehr viel schlauer war als ihre Söhne.

Als ich wieder ins Taxi stieg, legte der Fahrer sein Kreuzworträtsel weg und plazierte seinen dicken sommersprossigen Arm mit einer auftätowierten Kulleraugen-Puppe auf seine Rückenlehne. »Und wohin nu, Jungchen, zum großen Ringelpietz?«

Ich sagte: »Ich wäre dafür, daß wir die ländlichen Witze lassen und nach einem Ort Ausschau halten, an dem man Autos mieten kann.«

»Tut mir leid, Sir. Ohne Kreditkarte kann ich Ihnen kein Auto geben.«

Die Angestellte war eine kleine Blondine mit einem breiten Gesicht und einem grauen Seidenschal um den Hals. Auf dem Schildchen an ihrer Jacke stand: MITZIE. Hinter ihr befand sich ein Regal, in dessen mit Buchstaben versehenen Fächern braune Umschläge lagen, die in schwarzen Großbuchstaben die Namen der glücklichen Kunden trugen. Die Wände hingen voll mit Plakaten von fröhlichen Paaren in schnittigen Kabrios.

»Wieviel brauchen Sie als Pfand?« fragte ich. »Ich hab genug dabei, um einen neuen Lincoln anzuzahlen.«

»Tut mir leid, Sir.«

»Na schön. Ich hab mein Taxi weggeschickt. Könnten Sie mich zum nächsten Taxistand bringen?«

»Tut mir leid, Sir. Ich kann nicht vom Schalter weg.«

Ich war der einzige Kunde in dem Laden. Abgesehen von ihr hatte ich noch Gesellschaft von einem Mechaniker im blauen Overall, der in der Ecke Zigarettenpause machte. Ich kaute einen Moment daran herum, beschloß, daß Mitzie nicht gefallen würde, was ich ihr zu sagen hatte, und bewegte mich in Richtung Tür. Der Mechaniker verließ seine Ecke. »Ich schätze, ich kann Ihnen helfen, Mac.«

Ich steckte die Hände in die Taschen und wandte mich ihm zu. Er war ein breitschultriger Brocken ohne Taille und mit einem Fleck auf dem vorstehenden Kinn. Er hatte kurzgeschnittene braune Haare mit einer Naturlocke vorne.

»Sie haben mich sagen hören, daß ich Geld dabei habe, was?« fragte ich ihn.

Er lächelte auf eine Art, die mich an Livingood erinnerte. »Wenn ich mich als Dieb versuchen wollte, würd ich nicht bei Ihnen anfangen.«

»Okay.«

Die Blondine starrte uns an. Er blies ihr einen Kuß zu und machte mir die Tür auf.

Wir marschierten um das Gebäude herum und durch eine Seitentür, die ein Vergaser offenhielt, in die Werkstatt. Der Betonboden war schräg und lief auf eine Abflußrinne am Ende des Raums zu. Ein neuer Olds Calais war aufgebockt, und drei weitere Wagen standen am Rand. Unter zweien ragten Füße hervor. Der dritte war ein grauer Mercury, ein breites Schiff mit Schlafaugen und Stoßstangen wie Stahlträgern. Vor ihm blieben wir stehen.

»Wie alt?« fragte ich.

»Sagen wir mal, er erinnert sich noch an Vietnam.« Er beugte sich durch das offene Fenster auf der Fahrerseite und ließ die Kühlerhaube aufschnappen. Ich stemmte sie hoch und pfiff durch die Zähne.

»V-8 Continental Mark IV«, sagte er und wischte mit einem Lappen einen Ölfleck von einem halben Quadratkilometer Motor. »Der Kat ist ein Dummy. Der Tacho geht bis 120, aber er macht locker zwanzig mehr. Ich hab ihn von 'nem Dealer gekauft, der das Geld für die Kaution brauchte. 'ne Portion hiervon gefällig?« Er griff wieder durch das Fenster und drückte auf die Hupe. Ein Doppelhorn dröhnte los, die Töne leicht asynchron. Es klang wie Sirenen.

»Himmel Herrgott, Harley.« In der trommelfellerschütternden folgenden Stille richtete sich einer der Mechaniker auf seinem Rollbrett auf und rieb sich eine frische Beule auf dem kahlen Schädel.

»Sorry, Ed.«

Ich erkundigte mich nach dem Getriebe.

»Hab ich ein neues reingemacht, als ich den Motor überholt hab. Der Boß sagt, ich soll das Ding abstoßen. Ich hab keine Garage.«

»Wieviel?«

»Sechs fuffzig.«

»Warum so billig?«

Er grinste wieder, zog einen Schraubenzieher aus einer Tasche des Overalls und schraubte die Platte mit der Seriennummer vom Motorblock ab. Darunter, direkt in den Motorblock geprägt, kam eine andere zum Vorschein. »Das Sheriff's Department von Dade County hält danach in Florida Ausschau, oder zumindest war's so«, sagte er. »Die Versicherung hat ihn ausgezahlt und dafür die Raten erhöht. So sind alle zufrieden.« Er schraubte die Platte wieder fest.

»Wie sieht's mit der Zulassung aus?«

»Ich hab denselben Wagen auf 'nem Schrottplatz im Norden entdeckt und die Zulassung gekauft. Dann hab ich das Schild gestanzt. Die Nummern passen.«

»Ich nehm ihn.« Ich begann Scheine abzuzählen.

»Wollen Sie nicht erst 'ne Probefahrt machen?«

»Keine Zeit. Ich glaube Ihnen, daß Sie mich nicht reinlegen wollen.«

Er stopfte das Geld in seine Schraubenziehertasche, holte die Zulassung aus dem Handschuhfach, unterschrieb auf der Rückseite und gab sie mir. »Und was machen Sie so?« wollte er wissen.

»Ich mach fürs FBI gestohlene Wagen ausfindig.«

Er verlor sämtliche Farbe.

»Bloß 'n Scherz«, sagte ich.

»Sie Mistkerl.«

Der große Mercury nahm die geraden Strecken wie im Fluge und hielt in den Kurven stand wie ein Fels. Wenn ich das Gaspedal durchdrückte, konnte ich das Lenkrad nur mit gestreckten Armen halten, und der Geruch von verbranntem Gummi stieg mir in die Nase. In null Sekunden schlug die Tachonadel nach rechts aus. Das Radio hatte scheppernde Lautsprecher, und der Zigarettenanzünder ging nicht, aber das große Gerät glitt über die Hubbel und Schlaglöcher wie schwere Seide. Der Motor grollte und ließ meine Fußsohlen vibrieren. Ich suchte alle Programme durch, aber sie spielen nie Beach-Boys-Songs, wenn man einen hören will.

Staub wirbelte auf, als ich den Asphalt hinter mir ließ und, von einer Staubwolke verfolgt, einen Schotterweg entlangraste. Einmal hoppelte mir ein großes Karnickel über den Weg, und ich wich auf den Rand aus und verlor beinahe die Kontrolle über den Wagen, als die Reifen sich in weiches Gras frästen. Danach trat ich kürzer. Die Bäume schlossen sich über mir und verwandelten die Straße in eine Kathedrale. Außer mir war keiner zu sehen.

Die Adresse von Ma Chaneys Urkunde gehörte zu einem Farmhaus aus Feldstein auf einer Wiese, die seit Hoovers Zeiten nicht mehr gemäht worden war. Vierzig Meter weiter sah man die mit wilder Luzerne überwucherten Grundmauern einer Scheune, die schon lange niedergebrannt war oder als Täfelung eines Hobbyzimmers diente. Ein marineblauer Chrysler, der mir bekannt vorkam, stand hinter einem staubigen grünen Blazer auf der zerfurchten Auffahrt.

Als ich mich näherte, wucherte eine graue Rauchblüte in einem der leeren Fenster des Hauses, und der Seitenspiegel des Chrysler zersprang. Ein Mann in Tarnkleidung, der hinter dem Wagen kauerte, legte seine Waffe an der hinteren Stoßstange an und schoß zurück. Es ratterte.

Das Rattern kam von der anderen Seite des Hauses zurück, aber es war kein Echo. Ich machte Rauch und eine weitere Gestalt in Tarnkleidung an den Grundmauern aus. Wieder ein Krachen vom Haus, und das Fenster auf der Fahrerseite des Chrysler flog auseinander. Auf diese Entfernung ist eine Flinte so wirkungsvoll wie ein automatisches Gewehr, aber der Schütze im Haus wurde durch den geparkten Blazer behindert.

Der Mann bei dem Chrysler erhob sich geduckt. Als das Feuer von der ehemaligen Scheune wieder einsetzte, rannte er, die Waffe im Anschlag, auf das Haus zu. Ich drückte das Gaspedal durch und hängte mein ganzes Gewicht auf die Hupe.

Der Mercury schoß, heulend wie eine Flotte Streifenwagen, auf das Feld und hielt gradewegs auf den rennenden Mann zu. Er blieb stehen, fuhr herum, ließ eine Kette von Kugeln los – von denen eine pfeifend am Rahmen der Windschutzscheibe abglitt – und warf sich zur Seite.

Ich nahm keinen zweiten Anlauf. Ich steuerte in weitem Bogen um das Haus, holperte über Kornstoppeln und zerrte den Smith & Wesson aus dem Holster. Das Kühleremblem hatte die Form eines Visiers, und ich machte mir das zunutze, indem ich den Wagen direkt auf die Grundmauern und den dahinter versteckten Mann zulenkte. Im letzten Moment riß ich das Steuer nach rechts, streckte den rechten Arm mit der Waffe an meiner Brust vorbei nach links und feuerte zum offenen Fenster raus. Der Mercury fräste sich in einem sauberen Kreis durch das Feld und geriet in die Spuren der ersten Fahrt, aber ich mußte mir keine Sorgen machen. Der Mann stand ungedeckt an seiner Seite der Mauer, griff mit beiden Händen an seinen Unterleib und krümmte sich vornüber. Sein Gewehr, kurzläufig mit einem gekrümmten schwarzen Plastikmagazin und einem wegklappbaren Stockschaft, lag zu seinen Füßen. Ich fuhr mit Bedacht darüber.

Nun zu seinem Kollegen.

Hier hatte ich kein Glück. Er hatte sich aufgerappelt und war in den Chrysler gekrochen, und als ich ums Haus herumkam, schoß er rückwärts auf die Straße und raste mit heulendem Motor und einer Fontäne Schotter hinter sich davon. Ich jagte ihm eine imaginäre Häuserzeile lang hinterher, aber beim Wenden hatte ich Schwung verloren, und als sich aus einem Holzfällerpfad ein Holzlaster vor mich setzte und die gesamte Straßenbreite einnahm, kehrte ich um und fuhr zum Haus zurück.

Als ich hinter dem Blazer hervortrat, rüttelte ein Wind an meiner linken Seite, und etwas stach in meine Hüfte wie ein Schwarm Wespen. Dann hörte ich das Röhren der Flinte.

»Bleib bloß stehen, der nächste bläst dir den Kopf weg, du Yankee-Lump«, schrie Ma Chaney vom Haus herüber.

19

»Jungchen, du mußt kräftig schreien«, sagte Ma. »Ich hätt dich aus den Socken pusten können.«

Ich hatte ihr gut zureden müssen, damit sie mir die freundlichen Absichten abnahm und vor allem, damit sie rauskam und mir half, den angeschossenen Mann ins Haus zu schleifen. Über ihrer Latzhose trug sie ein Männercordsakko mit hochgekrempelten Ärmeln, und über ihre orangen Haare hatte sie einen Männerfilzhut gestülpt. Die Flinte, ein alterndes Ithaca-Repetiergewehr mit zerkratztem und zerbeultem Schaft, ließ sie keinen Moment los.

Das Farmhaus war nicht ganz so heruntergekommen, wie es von der Straße aus wirkte. Das Dach war neu, und die Nordwand war zwar ein Schutthaufen, aber jemand hatte aus Zementblökken einen Ersatz gebaut. Das Erdgeschoß stand bis zur Decke voll mit Pulverfässern und Kisten mit Munition und C4-Sprengstoff. Es war nicht so überwältigend wie das Lager des Colonels in Iroquois Heights, aber es reichte, um mittels eines Funkens das Haus in einen Krater zu verwandeln.

Ich sagte: »Hübsches Plätzchen haben Sie sich gesucht, um während eines Feuergefechts unterzukriechen.«

»Ma hat sich das nich ausgesucht; das waren die. Ich sollte den Colonel hier treffen, aber als die zwei Burschen mit ihren Automatiks hier anrückten . . .«

Es gab keinerlei Möbel im Haus. Wir legten den schweratmenden und halb bewußtlosen Verwundeten in einem der vorderen Zimmer auf den Boden, und ich riß sein blutnasses Hemd auf.

Ma machte tsk-tsk-tsk. »Organschuß?«

»Ich glaube nicht. Aber ein, zwei Rippen werden zerschmettert sein.« Ich zog ihm sein olivgrünes Käppi vom Kopf und stopfte es in die Wunde, um das Blut zu stoppen. Er war nicht älter als fünfundzwanzig, hatte klare Gesichtszüge und dunkle Haare mit einem Oliver-North-Schnitt. Vielleicht war er der Fußspezialist vom Präsidenten. Er hatte keine Papiere in den Taschen.

»Mächtig guter Schuß«, sagte Ma, »aus 'nem fahrenden Auto.«

»Ich hab nur drauflos geballert.«

»Woher wußtest du, wohin du ballern mußt?«

»Ich dachte mir, daß der Blazer vor dem Haus zu der Zulassung paßt, die ich in Ihrer Geldkassette gefunden hab. Damit waren Sie von der Partie. Und ich war ziemlich sicher, daß ich den Chrysler letzte Nacht gesichtet hatte, als sie mein Auto zusammengeschossen haben. Außerdem kann ich automatische Knarren nicht ausstehen.« Ich setzte mich zurück auf die Hacken. »Er muß ins Krankenhaus.«

»Da steht's Telefon.«

Es befand sich auf einer offenen Kiste mit Schrotpatronen.

»Warum haben Sie keine Hilfe geholt?« fragte ich.

»Wenn Ma nich mehr mit zwei Grünschnäbeln mit Wasserpistolen fertig wird, muß sie klöppeln lernen.«

Ich nahm den Hörer ab und wählte den Notruf, wobei mir ein Stöhnen entfuhr. Ma deutete auf den Blutfleck an meiner Hose. »Du bist verletzt.«

»Ich hab mir ein paar Schrotkugeln eingefangen. Ich frag mich, von wem.« Als sich die Zentrale meldete, teilte ich ihnen mit, daß ein Mann angeschossen worden war, und nannte die Adresse.

»Zieh die Hosen runter«, sagte Ma, als ich auflegte. »Hast du 'n Taschenmesser?«

»Das sind zwei Sätze, die ich in dieser Reihenfolge niemals hören wollte.«

»Willst du 'ne Infektion kriegen?«

»Immer wenn wir uns treffen, versuchen Sie mich auszuziehen.« Ich fischte das Messer raus, machte die Hosen auf und zog sie mir über die Hüften. Ma ging raus. Ich hörte laufendes Wasser. Sie kehrte wieder mit einem feuchten Handtuch, einem Bündel sauberer Lappen und einer Flasche Irisch-Moos. Sie deponierte die Lappen und die Flasche auf der Kiste, auf der ich saß, und wischte mit dem Handtuch das getrocknete Blut an meinem Bein ab. Die drei Schrotkörner saßen blauschwarz unter der Haut.

Ma klappte das Messer auf und goß Irisch-Moos über die Klinge. »Das After Shave von meinem Mason«, sagte sie. »Was andres mit Alkohol hab ich nicht da. Halt dich irgendwo fest.«

Ich klammerte mich mit beiden Händen an der Kiste fest, während sie grub und puhlte. Ich schwitzte leicht.

»Okay.« Sie wischte das frische Blut ab, spritzte brennende Flüssigkeit in die Wunde und band mir einen der sauberen Lappen ums Bein. »Du gehst besser noch mal zum Arzt. Ma ist keine Krankenschwester.«

Ich zog mir die Hosen hoch und machte sie zu. »Tut mir leid wegen des Inventars. Die Cops werden sich's schnappen.«

»Können sie nich ohne Durchsuchungsbefehl, und bis die einen haben, ist das Zeug über alle Berge. Ma hat so ihre Verbindungen.«

Ich kniete mich neben den Verwundeten und zog seine Augenlider hoch. Mit dem redete heute keiner mehr. Ich setzte mich zurück, schaute zu Ma. Sie hatte Licht gemacht. Draußen lärmten die Frösche. »Was war los?«

»Was ich gesagt hab. Ich war mit dem Colonel verabredet. Statt dessen kamen die.«

»Was hatten Sie mit Seabrook zu schaffen?«

Ein verschlagener Ausdruck trat auf ihr Gesicht. Schweißrinnsale hatten sich durch die dicke Puderschicht gegraben, was nicht grade bezaubernd aussah. »Also kennst du ihn jetzt. Und wer will's nun wissen, du oder die Bullizei?«

»Ich hab soeben einen Mann angeschossen, und ich wüßte gern, warum. Vielleicht sind Sie mir was schuldig.«

»No ja, ich hab schon mal gesagt, Ma braucht dich nich.« Sie zuckte die Achseln. »Er wollte 'n paar Knarren kaufen. Hat gesagt, er kommt hierher.«

»Irgend 'ne Ahnung, warum er die Truppen geschickt hat?«

»Wenn's so wär, hätt ich ihn nich hier getroffen.«

»Wo steckt Hubert Darling?«

»Der Halunke hat sich gestern davongemacht, als ich meinen Wilbur im Krankenhaus in Ypsilanti besucht hab.«

»Ich glaube, er hält jetzt zum Colonel.«

»Wie kommst 'n da drauf?«

»Hab ich in 'nem Alptraum gesehen. Was ist mit Sturdy Stoudenmire?«

»Was soll mit dem sein?«

»Gestern haben Sie behauptet, er sei tot. Heute hat ihn die Detroiter Polizei in U-Haft.«

Sie zuckte wieder die Achseln. »Hab 'n schlechtes Gerücht gehört.«

»Von wem?«

Sie machte wieder das verschlagene Gesicht.

Ich sagte: »Ich weiß, daß Sie Seabrook die Waffen verkauft haben, mit denen seine Männer in die Häuser eingebrochen sind. Was meinen Sie, womit die auf Sie geballert haben? Jetzt, wo er Sie nicht mehr braucht, putzt er aus und schießt jeden über den Haufen, der der Polizei was über seine Pläne verraten könnte. Sie sind ihm nichts schuldig.«

»Das war noch nie eins von Mas Hobbys.« Sie gab einen schweineartigen Seufzer von sich. »Ich hab's von einem der Jungs vom Colonel. Er kam her, um 'ne Lieferung abzuholen, egal was. Ich wußte, daß er von Heights war, also hab ich ihn gefragt, ob er was von Sturdy gehört hätte. ›Sturdy ist tot‹, sagte er. Ma sagt, ›Wann?‹ ›Spätestens morgen nacht‹, sagt er. Das war am Dienstag.«

»Wie heißt das Großmaul?«

»Sie benutzen nur den Namen vom Colonel. Der hier war's nich.« Sie stieß den Mann auf dem Boden mit der Spitze eines mehrere Nummern zu großen Treters an. Ma trat gerne nach ihnen, wenn sie am Boden lagen. Dieser hier stöhnte und rührte sich, machte aber die Augen nicht auf.

»Vielleicht hat Sturdy sie gelinkt«, schlug ich vor.

»Sturdy könnte keine Socke linken.«

»Dann hat er was, was der Colonel will.«

»Was denn?«

In der Ferne erhob sich ein Martinshorn über den Froschgesang. »Fragen wir ihn doch«, sagte ich. »Wie ist die Nummer vom Colonel?«

»Was willst'n ihm sagen?«

»Das überleg ich mir unterwegs.«

Sie sagte mir die Nummer. Nach dem zweiten Läuten hatte ich eine ruhige männliche Stimme dran.

»Ja.«

»Colonel Seabrook«, sagte ich.

»Wer spricht dort?«

»Ist da der Colonel?«

»Hier ist Winston Seabrook.« Er klang jünger, als ich erwartet hatte.

»Hier spricht Amos Walker«, sagte ich. »Ich bin bei der Farm draußen. Ich habe grade einen Ihrer Männer angeschossen. Ich mochte ihn nicht.«

Es entstand eine sehr kurze Pause.

»Ich glaube, Sie irren sich. Ich bin nicht mehr beim Militär. Ich habe keine Männer.«

»Tja, nun, also dieser Mann, der nicht zu Ihnen gehört, blutet mir grade die Schuhe voll. Ich werd ein Paar neue brauchen.«

»Genauer.«

»Fragen Sie Sturdy.«

»Ich kenne niemanden, der so heißt.«

»Den kennt keiner. So wird's Ihnen auch gehen, wenn man Sie einbuchtet. Ich bin sein neuer Partner. Sie werden mit mir Geschäfte machen, während er unabkömmlich ist.«

»Und was für Geschäfte werden wir machen?« Er klang amüsiert.

Das Martinshorn kam näher. Es war nicht mehr allein. Ich steckte mir den Finger in das freie Ohr und sprach lauter.

»Nicht am Telefon. Morgen ist Sonntag. Ich bin am Montag morgen um acht in meinem Büro. Machen Sie sich nicht die Mühe, vorher Leute zu meinem Haus zu schicken; ich werde nicht dasein. Kommen Sie allein, und bringen Sie das Doppelte von dem mit, was Sturdy haben wollte.«

Ich legte auf. Ma griff sich den Hörer. »Ich werd wohl mal den Truck anrufen«, sagte sie. »Die Blaufräcke werden mich in Atem halten, bis sie ihren Durchsuchungsbefehl kriegen.«

»Wen rufen Sie an, Mason?«

Sie verharrte mit dem Finger in der Wählscheibe. »Ich hab keine Ahnung, wo Mason steckt. Das FBI auch nicht.«

»Ma, dich werden sie verschwiegen ins Grab legen.«

»Da schau her, das Stinktier sagt der Bisamratte, sie stinkt. Was hast du im Sinn, wenn der Colonel mitkriegt, daß du nicht hast, was er will?«

»Vielleicht hab ich's am Montag. Das Wochenende ist lang.«

Sie schnaubte und wählte. »Mason, bist du's?«

Ich legte eine Hand auf mein pochendes Bein und harrte der Kavallerie.

20

Es landete bei einem Ermittler vom Sheriffbüro namens Galvin.

Nachdem der Mann, den ich angeschossen hatte, von der Bildfläche verschwunden war und ein Notarzt mein Bein verpflastert hatte, fuhr ein Trupp Hilfssheriffs Ma und mich in zwei getrennten Streifenwagen zum County-Gebäude in Macomb. Zwei weitere Hilfssheriffs folgten uns in dem Mercury und dem Blazer. Mich stellten sie in einem Konferenzraum von der Größe eines Ballsaals ab und ließen mich mit meiner Platzangst allein, bis Galvin eintrat.

Er war ein gedrungener Schotte mit einem großen Schädel, kleinen, grazilen Händen und müden braunen Augen. Das rechte schielte leicht. Ich war schon öfter Cops mit dieser Eigenart begegnet, und es war immer ein Vorteil für sie; man wußte nie genau, wo sie hinschauten. Sein Anzug war ein brauner Sack, und am unteren Rand seiner Weste spähte ein Zipfel seiner roten Krawatte hervor wie die Zungenspitze einer Katze, bevor sie die Maus erledigt. Er steckte die Hände in die Taschen und blieb am anderen Ende des langen Konferenztisches stehen.

»Hat Ihnen jemand Ihre Rechte verlesen?«

»Ein Knabe in einer Uniform hat was gemurmelt«, sagte ich. »Sie sollten sie auf Milchzähne überprüfen, bevor Sie ihnen den Eid abnehmen.«

Er sah aus dem Fenster – glaube ich. Die Nacht war mondlos, und die ganze Aussicht bestand aus dem beleuchteten Parkplatz ein Stockwerk tiefer. »Der junge Mann, auf den Sie geschossen haben, überlebt vielleicht nicht.«

»Dieser junge Mann hat versucht, eine alte Dame zu erschießen. Sie haben sein Sturmgewehr gefunden.«

»Es war zerbrochen. Könnte genauso gut aus dem Farmhaus stammen.«

»Ich habe es zerbrochen, als ich drübergefahren bin. Die Spuren werden Sie ja inzwischen an meinen Reifen gefunden haben.«

»Sie überschätzen die Fähigkeiten unseres Labors.« Er nahm die Hände aus den Taschen. »Diese alte Dame verkauft illegal

Waffen und Sprengstoff, und zwar seit den Tagen, als mein Vater noch in Edinburgh war. Ich weiß gar nicht mehr, wie lange wir schon versuchen, sie festzusetzen. Wir sollten Ihnen wohl dankbar sein.«

»Sie klingen nicht dankbar.«

Er förderte eine Plastiktüte zutage – die Historiker sollten mal erforschen, was die Polizei vor der Erfindung des Plastiks getrieben hat – und schüttete den Inhalt auf den Tisch. Ich feierte Wiedersehen mit meiner Brieftasche und meinem Notizbuch und einem zerdrückten Päckchen Winston zwischen dem Kleingeld. Meinen Revolver hatten sie den Ballistikern überlassen. Er zog einen silbernen Bleistift aus einer Innentasche, stocherte mit dem Radiergummiende zwischen den Sachen herum und schob die Brieftasche auf. Meine Lizenz und mein Ehrenstern vom Wayne County Sheriff's Department wurden sichtbar.

»Was treibt ein Privatling aus Detroit in meinem County?«

»Kleine Spritztour. Ich hab Ihren Namen auf dem Schild übersehen, als ich über die Grenze kam.«

Er klappte mit dem Bleistift den Deckel des Notizbuchs um und betrachtete die erste Seite. »Steno.« Er ließ es wieder zufallen. »Für wen arbeiten Sie, oder machen Sie das alles nur für sich selbst?«

»Das ist kein Steno. Nur 'ne Sauklaue.«

»In Ihrer Brieftasche stecken über tausend Dollar. Tragen Sie immer so viel Bargeld bei sich?«

»Sie hätten das Bündel mal vor ein paar Stunden sehen sollen.«

»Sie beantworten wohl keine Frage korrekt, oder?«

Ich antwortete nicht.

»Warum haben Sie auf ihn geschossen?«

Ich legte den Kopf schräg. »Bis ein Anwalt durch die Tür hier marschiert, hab ich auf gar keinen geschossen.«

»Mm-hm.« Er klopfte zweimal mit dem Bleistift auf den Tisch, dann warf er ihn hin. »Wäre gar kein so übler Platz zum Leben hier, wenn ihr Detroiter in eure eigenen Eimer scheißen würdet. Wir brummen Ihnen Körperverletzung auf, und wenn der Mann stirbt, wird Mord draus. Wenn dann der Durchsuchungsbefehl raus ist, kommt noch unerlaubter Waffenbesitz dazu. Das sollte für lebenslänglich reichen.«

»In Menschenjahren macht das sieben Jahre.«

Sein schielendes Auge fixierte mein linkes Ohr. »Es müßten nicht mal sieben Monate sein.«

»Setzen Sie.«

»Geben Sie uns Emma Chaney.«

»Noch mal.«

»Ich mach das mit der Bewährung klar, wenn Sie 'ne saubere Akte haben. Sechs Monate, wenn sie's nicht ist; außer natürlich, es ist ein Haftbefehl auf Sie raus, dann wird's schwierig. Aber das können wir schon deichseln.«

»Und wenn der Staatsanwalt nicht mitspielt?«

»Glauben Sie, ich biete Ihnen einen Deal an, den ich nicht mit ihm abgesprochen habe?«

»Mm-hm.«

Er schaute zur Decke – glaube ich. »Wie Sie wollen. Wenn wir diesen Durchsuchungsbefehl lockermachen, haben wir genug Beweisstücke, um Sie beide für Jahre in Drillich zu stecken.«

»Warum reden wir dann?«

Jemand klopfte an die Tür. Er ging hin, öffnete sie weit genug, um den Kopf rauszustrecken, machte sie dann ganz auf, ging raus und schloß sie hinter sich. Ich hörte erhobene Stimmen im Flur, dann Stille im Überfluß. Als er wieder reinkam, machte er ein Gesicht, als ob jemand gestorben wäre, der ihm Geld schuldete.

»Sie hatten Ihren Anruf schon?« Seine Stimme war fest. Das war mir vorher nicht aufgefallen, was hieß, daß er sich jetzt Mühe gab.

Ich bestätigte das.

Er schob meine Sachen mit dem Silberbleistift in meine Richtung. »Verstauen Sie das. Sie sind da.«

»Beide?«

»Ein Fetter und ein Dürrer, und sie heißen nicht Stan und Ollie.« Er sah mir zu, wie ich aufstand, mich streckte und rüberkam, um mir die Sachen abzuholen. Sein normales Auge glitzerte höhnisch angesichts meines steifbeinigen Gangs. »Wenn Ihr elenden FBI-Kerle nur mal jemand anrufen könntet, bevor Ihr euch in den örtlichen Angelegenheiten breitmacht.«

»Ich bin nicht vom FBI.«

Er sagte nichts weiter, und wir gingen auf den Flur raus, an dessen Ende Agent Pardo durch ein stahldrahtvergittertes Fenster besagten Parkplatz studierte und Horace Livingood, eine seiner kleinen Zigarren schmauchend, an der Wand lehnte. Er rührte sich nicht, als ich näherkam. »Sobald Sie allein sind, kriegen Sie Ärger.«

»Tut mir leid, daß ich Sie wieder geweckt habe«, sagte ich.

»Schlafen ist eh bloß was für normale Menschen.«

Wir schwiegen ausgiebig, bis Galvin davonstapfte. Livingood schaute ihm hinterher.

»Wirklich gesellig, oder?«

»Lassen Sie ihn in Ruhe. Sie wären auch so, wenn jemand plötzlich die Regeln ändert.«

Er stupste seinen Hut ein Stück nach hinten. Ich hatte die Vorstellung, daß er morgens grade über den Augen saß, und daß Feierabend angesagt war, wenn er vollends runterfiel. »Üben wir uns nun in Mitgefühl für die Cops?«

»Ich bin zu müde zum Rebellieren. Wo können wir reden?«

»Von hier aus sieht man jeden anrückenden Feind. Und Victor hier kann brüllen, wenn einer durchs Heizungsrohr hochkraxelt.«

Pardo grunzte.

Ich sagte: »Der Mann, den ich angeschossen habe, gehört zu Colonel Seabrook. Sie können rausfinden, in welches Krankenhaus sie ihn gebracht haben, und dort Leute abstellen, falls er aufwacht. Er und ein anderer schossen auf Ma Chaney, als ich zu dem Farmhaus kam. Sie weiß nicht, warum, sie hatte dort bloß 'ne Verabredung mit dem Colonel. Der andere ist mit einem Chrysler vom letzten Jahr abgehauen.« Ich sagte ihnen das Kennzeichen. Pardo notierte es in ein Notizbuch mit Krokoledereinband.

»Woher wußten Sie von dem Haus?« fragte Livingood. »War noch nicht zu uns gedrungen.«

»Ich hab die Urkunde gefunden, als ich in Mas Haus eingebrochen bin.«

»Was sind wir doch unternehmungslustig.«

Ich ließ das verpuffen. »Die Leute vom Sheriff haben das Sturmgewehr des Verwundeten vor Ort gefunden. Wenn es nicht der Eigentümer identifizieren kann, dann jemand von den Leuten, bei denen eingebrochen wurde. Die Eindringlinge trugen Skimasken.«

»Da sollen die Hiesigen dran basteln. Wir sind hinter dem Colonel wegen internationalen Handels mit illegalen Waffen her, nicht wegen irgendwelcher Pipifax-Einbrüche.«

»Die Pipifax-Einbrüche haben ihm bis jetzt über hunderttausend eingebracht. Kapital für das große Ding, von dem wir heut morgen geredet haben.«

Pardo blickte mich an. »Wieso sind Sie plötzlich so kooperativ?«

»Ich schulde Ihnen was fürs Rausholen.« Ich wandte den Blick nicht von seinem Kollegen. »Ich hab eine Klientin mit einem knappen Gerichtstermin, und ich habe die drei Tage nicht, um so was ordnungsgemäß durchzuhalten. Deshalb hab ich Sie angerufen. Ich dachte, wenn die Geschichte mit dem Hauptzeugen in Iroquois Heights funktioniert hat, klappt's vielleicht auch hier.«

»Kann man auch überstrapazieren«, sagte Livingood. »Was noch?«

Ich berichtete ihm von Hubert Darling und der Möglichkeit, daß er die Seite gewechselt hatte. Von Sturdy Stoudenmire und meinem Anruf beim Colonel sagte ich nichts. Pardo schrieb sich Darlings Namen auf. Livingood nahm einen letzten Zug von seinem Zigarillo und schmiß den Stumpen in eine Ecke, wo er das Linoleum anschmorte.

»Gehen wir ins Büro zurück, Vic. Wir stellen das Damebrett auf und warten, bis Walker anruft, wenn alles vorbei ist. Weiß gar nicht, weshalb wir da nicht früher drauf gekommen sind.« Er klang bitter.

Ich sagte: »Ich will nicht Ihre Arbeit erledigen. Zufällig kreuzen sich unsere Wege bei dieser Sache. Ich habe meine speziellen Arbeitszeiten, deshalb bin ich manchmal zuerst da. Keiner ist glücklicher als ich, wenn wir einander endlich los sind.«

»Da verlassen Sie sich mal nicht drauf«, sagte er. »Ich will Ihnen mal was über Netze erzählen. Die nehmen's nicht so genau. Außer den Thunfischen verfangen sich da immer ein paar kleine Fische. Wenn die früh genug entdeckt werden, schmeißt man sie wieder zurück, aber die meisten enden auf einem großen, stinkenden Haufen am Dock, wo sie dann verrotten. Ein Jammer, aber das gehört zu den Risiken, wenn man mit den großen Fischen ausschwärmt. Gehen wir, Vic.«

Nach ihrem Abgang machte ich den Beamten für Aufbewahrung ausfindig. Er war ein stumpf blickender Unentwegter um die Sechzig, der mir eine Quittung für meine Preziosen ausstellte und mich wissen ließ, daß mein Revolver als Beweismittel einbehalten würde, bis in diesem Fall ein Urteil erfolgt sei. Ich unterschrieb die Quittung, erkundigte mich nach meinem Wagen und wurde ins Erdgeschoß geschickt, wo ich an einem weiteren Tresen anstand und von einer fetten Frau in einer Sergeant-Uniform einen Wisch bekam, den ich dem Beamten im Parkhaus zeigen sollte. In der Eingangshalle rief ich von einem Münzsprecher das Detroiter Polizeipräsidium an. Der Teilnehmer am anderen Ende sagte, daß John Alderdyce nach Hause gegangen sei. Ich versuchte es dort.

»Ulkig, daß du anrufst«, sagte er. »Ich wollte schon beim Fundbüro nachfragen.«

»Tut mir leid wegen heute, John. Kam was dazwischen.«

»Du solltest besser vom Präsidium aus anrufen. Andernfalls geb ich deine Beschreibung ans Radio.«

»Ich schaff es nicht dieses Wochenende.«

»Gib dir Mühe.«

»Ich muß untertauchen. Aber wenn du Montag morgen um halb neun ein paar Leute in mein Büro schickst, überreich ich ihnen den Mann von den Einbrüchen.«

»Drück dich klarer aus.«

»Du mußt mir 'nen Gefallen tun.«

»Gefallen sind alle. Sind grade heut nachmittag ausgegangen.«

»Ohne den Gefallen kann ich dir den Mann nicht servieren, von dem ich grade geredet hab.«

Er schien zu seufzen. Das läßt sich am Telefon schwer sagen. »Spuck's aus.«

»Haltet Sturdy wenigstens bis Montag fest. Wenn er dieses Wochenende rauskommt, geht die ganze Sache den Bach runter.«

»Zu spät. Wir haben ihn vor drei Stunden rausgeworfen.«

»Warum?«

»Wegen etwas namens Verfassung. Der Verteidiger wedelte damit rum, und da wir nichts gegen Sturdy in der Hand hatten, wollten wir nett sein und ihm seinen Willen lassen. Also, was –«

»Sorry, John.« Ich legte auf.

Ich brauchte eine Kanone. Meine Luger lag im Chevy, und um dem Sheriff's Department von Macomb den Smith & Wesson vor Weihnachten abzuluchsen, hätte man einen Abschluß in Staatsbürgerkunde gebraucht. Ich hoffte, daß deren Beziehung zur Polizei von Iroquois Heights so schlecht war, wie hier in der Gegend gemeinhin üblich, und daß sie nicht auf die Idee kamen, die Waffe mit der Kugel in Shooters Hirn in Verbindung zu bringen. Ich hatte die Arbeit der Polizei etwas zu gut gemacht: Von den zwei fixen Waffenhändlern, die ich kannte, hatte ich den einen hinter Gitter und den anderen ins Jenseits gebracht. Ich kaute das Ganze noch mal durch, während ich zum Parkhaus marschierte und anstand, um mein Auto auszulösen. Dann fiel mir was ein.

Ich überfuhr fast einen Hilfssheriff, als ich den Mercury zwischen Reihen von Dienstwagen und konfiszierten Autos hindurch mit Karacho ins Erdgeschoß steuerte. Im Rückspiegel sah ich noch, wie er seine Waffe aus dem Holster riß, dann bog ich um die Ecke auf die Straße hinaus.

Es war eine klare Nacht. Der Himmel war weit und mondlos, die Sterne bohrten helle Löcher hinein, und die Landstraßen – zumindest die mit neuem Belag – schimmerten im Licht der Straßenlampen wie tiefschwarze Bänder. Manchmal glommen zwei türkise Augen in dem Licht auf, verschwanden dann im Gras am Straßenrand. Als ich über die Wayne-County-Grenze fuhr und gen Detroit heizte, war es kurz nach Mitternacht. Hier waren die Straßen noch feucht vom nachmittäglichen Regenguß, und wirre Figuren spiegelten sich darin. Die Luft roch blitzsauber und frisch.

Ich fuhr direkt durch zur Jefferson und erwischte nur eine rote Ampel. Solche Nächte gibt es. Bei den Lagerhallen erwarteten mich keine Polizeisperren, nur ein paar Glasscherben, die an den Rand eines Gebäudes gekehrt worden waren und im Licht meiner Scheinwerfer glitzerten. Den Chevy hatten sie abgeschleppt. Von dort aus fuhr ich den Weg nach, den Shooter und ich in seinem Pickup genommen hatten, bis zu der Stelle zurück, an der ich ihn aufgemischt hatte. Ich hoffte, ich könnte sie finden. Noch mehr hoffte ich allerdings, daß kein anderer sie gefunden hatte.

Ich entdeckte die Kreuzung, stellte den Mercury am Straßenrand ab und ging, dem Licht meiner kleinen Taschenlampe nach, die Böschung hinunter. Das Gras war knöchelhoch und naß, drang durch meine Socken und klatschte mir den Hosensaum ans Bein.

Nachem ich zehn Minuten gesucht hatte und aufgeben wollte, fiel der Strahl der Lampe auf etwas, das reflektierte. Ich lupfte ein nasses Stück matschige Pappe, die zu einem weggeworfenen Karton gehört hatte, schrak zurück, als etwas darunter hervorhuschte, bückte mich dann und hob Shooters Neun-Millimeter-Beretta von der Stelle auf, an der sie gelandet war, als ich sie aus dem Pickup geworfen hatte. Ich wischte mit meinem Taschentuch Gras und Schmutz weg und ließ das Magazin rausspringen. Sie war geladen bis zum Anschlag.

21

Waldo Stoudenmire wohnte – zumindest als ich ihn das letzte Mal aufgesucht hatte – in einem Hotel für Dauergäste und Durchreisende in einer Gegend von Iroquois Heights, die einst von Fuhrunternehmen gelebt hatte, dann runtergekommen und wieder aufgestiegen war und nun wieder verkam. Es gab ein paar elegante Häuser in der Ecke, die von tatkräftigen alten Mietern in Schuß gehalten wurden, die sich besserer Zeiten erinnerten. Daneben fanden sich Bruchbuden mit vernagelten Fenstern und aufgebockten Autos im Vorgarten, in denen nachts in kehligen arabischen Idiomen Brüllduelle ausgetragen wurden. Der Gegend standen beide Wege offen.

Früher war die Eingangshalle einmal größer und prächtiger gewesen. Heute war davon noch ein schmaler Gang mit senffarbenen Sperrholzwänden übrig, an dessen Ende eine fahle Gestalt mittleren Alters in einem grünkarierten Sakko an einem Tisch hing und döste. Die Sorte wacht nur auf, wenn sie einen Koffer aus dem Fenster fallen hört. Ich bediente mich mit einem Streichholzheftchen des Hotels aus einem staubigen Glas auf dem Tisch und ging die Treppe hoch. An dem alten Sisalläufer war nicht mehr viel dran.

Sturdys Zimmer war im dritten Stock neben dem Aufzugschacht ohne Aufzug, der seit Jahren als Müllschlucker benutzt wurde. Als auf mein Klopfen hin keiner aufmachte, hebelte ich das Schloß mit einer Ecke meiner Lizenzkarte auf.

Das Zimmer war klein und ordentlich, wie sein Bewohner. Auf dem Lampentisch neben dem Einzelbett lag ein Stapel Rennblätter. Das Bett war so penibel gemacht worden wie von einem Zimmermädchen, obwohl es in diesem Hotel keins gab. Ein billiger, aber sauberer bunter Läufer lag auf den knarrenden Dielen. Im Schrank hingen auf Holzbügeln drei billige Anzüge, darunter standen, mit Schuhspannern versehen, ein Paar schwarze und ein Paar braune Schuhe mit Hartgummiverstärkungen an den Sohlen. In den Innentaschen der Anzüge steckte jeweils ein kleiner Kamm. Die Kommode erbrachte nichts von Interesse. Sturdys Behausung sah aus, als ob er dreimal pro Woche Cops mit einem

Durchsuchungsbefehl erwartete. Seine Hehlerware deponierte er jeweils in den Gemeinden, in denen gerade kein Wahljahr war.

Das Fenster war zugenagelt, die Nagelköpfe übermalt. Die Scheiben waren fast blind vor Ruß, dahinter, vage erkennbar, lag eine Feuertreppe mit einer orangen Rostschicht.

Der einzige Gegenstand von Wert war ein neuer Farbfernseher auf der Kommode. Er war noch warm. Ich schaltete ihn ein und sofort wieder aus, als mit dröhnendem Ratatata eine Wiederholung der »Unbestechlichen« ins Bild kam. Der letzte Zuschauer hatte es gern laut gehabt.

Zu der Kammer gehörten ein Badezimmer und eine Verbindungstür zu einem angrenzenden Raum. Ich machte sie auf, aber die Gegentür war verschlossen. Ich ging ins Bad. Es war zu einer Zeit, als das zum ersten Mal in Mode war, ganz in Schwarz und Weiß ausgestattet worden. Mittlerweile waren einige Kacheln zerbrochen, und in dem welligen Spiegel über dem Waschbecken glich ich einem Karpfen. Das Klo war weiß und hatte einen schwarzen Deckel. In der großen weißen Emaillebadewanne hätte man sich schön ausstrecken können, wenn Sturdy nicht schon drin gelegen hätte.

Er trug einen adretten hellbraunen Popelineanzug und zweifarbige Sportslipper, die mit den Absätzen zuunterst auf dem Wasser trieben. Seine Paisley-Krawatte trieb auch, nur sein Gesicht, von seinen dünnen braunen Haaren umweht, war unter Wasser. Seine Augen und Backen quollen heraus, als würde er immer noch die Luft anhalten. Seine Haut war grau wie gekochte Leberwurst; zumindest daran hatte sich nichts geändert. Neben der Wanne hatten sich Pfützen auf dem Boden gebildet, und seine Finger krampften sich um den Rand. Ich versuchte sie zu lösen und unterließ es wieder.

Ich lehnte mich ans Waschbecken, klemmte mir eine Zigarette zwischen die Lippen und steckte sie mit einem Streichholz von dem Heftchen an. Ich rauchte sie bis auf den Filter runter und schnippte die Asche ins Klo, dann warf ich die Kippe hinterher und spülte. Ich schaute ihr nach, bis sie verschwand. Dann krempelte ich die Ärmel hoch, kniete mich hin und durchsuchte Sturdys Taschen.

Bis auf den unvermeidlichen Kamm, achtundvierzig Dollar in durchweichten Scheinen in einer Messingklammer, zwei Tabletten in Folie und ein dünnes Notizbuch mit einem blauen Plastikeinband und einem drangeklemmten goldenen Kugelschreiber hatte er nichts bei sich. Keine Brieftasche, keine Schlüssel; Sturdy hatte keinen Führerschein. Die meisten älteren Notizen waren naß geworden und unlesbar, aber in den Mittelteil war das Wasser nicht vorgedrungen. Ich schüttelte es, wickelte es in mein Taschentuch und steckte es ein.

Die Tabletten kamen mir bekannt vor. Sie waren weiß, die Folie ohne Aufschrift. Ich stand auf und inspizierte den Medizinschrank. In einer braunen Plastikflasche mit Schnappverschluß und einem Etikett mit dem Namen eines Arztes und der Beschriftung »Nitroglyzerin« fanden sich mehr davon.

Es konnte ein Lichtblick sein, für Sturdy allerdings nicht. Wenn er ein schwaches Herz gehabt und einen Infarkt bekommen hatte, bevor sein Mörder die gewünschte Information aus ihm rausgequetscht hatte, war ich noch mit von der Partie, worum es auch ging. Wenn dem so war, hatte sich der Mörder zu sehr geekelt, um Sturdy zu durchsuchen, oder er war zu blöde, daran zu denken. Falls das alles stimmte, hatte ich eine vage Ahnung, um wen es sich handelte.

Jemand klopfte nachdrücklich an die Zimmertür. »Polizei! Aufmachen!«

Ich schoß aus dem Badezimmer und schaute zum Fenster raus. Am Fuß der Feuerleiter stand ein Mann. Trotz Ruß und Dunkelheit sah ich im Licht der Lampe an der Ecke ein ovales Metallschild auf seiner Brust aufblitzen.

»Aufmachen!« Die Tür bog sich im Rahmen.

Ich schnappte mir ein Taschenmesser und eine Kragennadel von der Kommode und schob sie ins Schlüsselloch der verschlossenen Verbindungstür. Die Zuhaltungen waren abgegriffen und schwer zu fassen.

»Geben Sie mir den Hauptschlüssel.«

Der Hauptschlüssel drehte sich im Schloß der Zimmertür, als meines nachgab. Ich trat durch, zog die andere Tür hinter mir zu und schloß sie durch Knopfdruck just in dem Moment, als mehrere Männer in Sturdys Zimmer polterten.

Ich stand in einem Zimmer, das aussah wie das nebenan, nur wesentlich unordentlicher. Meine Füße verfingen sich in herumliegenden Kleidern, und in der Luft stand der Geruch übervoller

Aschenbecher. Es war dunkel, aber durch das Fenster fiel ein rechteckiger Lichtschein auf eine entfernt einer Frau gleichende Gestalt, die in einem altmodischen weißen Schlüpfer auf dem unaufgedeckten Bett lag, eine Strumpfhose um ein Bein gewickelt. Ihre gnadenlos blondierte und zu Wellen gequälte Mähne, die so weich wie gewelltes Messing sein mußte, war auf dem Kissen ausgebreitet. Sie schnarchte ekstatisch. In den Aschenbechergeruch mischte sich das Aroma einer kräftigen Ladung Gin und eines Parfums, das sie nur auf Rezept rausrücken sollten.

Ich hatte für alle Fälle die Beretta aus dem Gürtel gezogen. Ich steckte sie wieder zurück und machte mich auf die Suche nach der Quelle des Gingeruchs. Dem Schnarchklang nach zu schließen, würde man mich nicht stören.

Die Flasche war der Frau wahrscheinlich aus der Hand gefallen, weggerollt und an einem Bein zum Halten gekommen, wo sie einen feuchten Fleck auf dem Teppich hinterlassen hatte. Als ich sie aufhob, bildete sich am Boden der Flasche ein netter fingerbreiter Rest. Ich trug sie ins Badezimmer, schloß die Tür hinter mir und machte das Licht über dem Waschbecken an. Schwarz und weiß waren auch hier die Farben, aber damit war schon Schluß mit den Gemeinsamkeiten. Der Boden war übersät mit blonden, an der Wurzel grauen Haarsträhnen, und im Waschbekken hatte sich eine grüne Schimmelschicht gebildet. An einem Handtuchhalter über der Badewanne hing tropfend eine Strumpfhose. In der Wanne gedieh eine Vielzahl von Pilzen. Der Klokasten bog sich unter einem Wirrwarr von Flaschen, Zerstäubern und Tiegeln mit Anti-Falten-Schmiere. An einer pyramidenförmigen, halbvollen Parfumflasche, die das Zeug enthielt, was ich nebenan gerochen hatte, hing ein Schildchen mit der handgeschriebenen Mitteilung: Für Corinne, von ihrem Lieblingsschnüffler. In Liebe, Andy.

Eine normale Wand trennte dieses Badezimmer von Sturdys. Die Leiche in der Badewanne hatte auf der anderen Seite aufgeregtes Gemurmel ausgelöst. Ich nahm einen Schluck aus der Ginflasche, und als die Wärme mein Rückgrat hochkroch, schüttete ich mir die restlichen Tropfen in die Hand und verrieb sie in meinem Nacken. Sicherheitshalber verteilte ich etwas von Andys Parfum auf meinem Hemd. Ich inspizierte das Ergebnis im Spiegel, fand, daß ich zu munter wirkte, zerwühlte meine Haare und machte zwei Hemdknöpfe auf. Jetzt sah ich aus wie ein gestrandeter Nachtschwärmer und roch wie die Sonntagspredigt.

Corinne ließ noch immer die Wände wackeln, als ich das Bad verließ. Als ich ihr gerade den Rücken zukehrte, hielt sie mitten in einem Schnarcher inne und fing an zu wimmern. Ich ging zurück, holte die leere Ginflasche und drückte sie ihr in die Hände. Ohne die Augen aufzumachen – sie schienen zugemalt zu sein wie das Fenster –, wälzte sie sich auf die Seite, hob die Flasche zum Mund und fing an zu nuckeln.

Ich setzte mich in Bewegung. Ich beabsichtigte, an der Tür aufzutauchen, bevor jemand daran hämmerte und Corinne aufweckte. Ich atmete tief durch, dann machte ich die Tür auf, lehnte mich an den Pfosten und schüttelte meine letzte Winston aus der Packung. Ein Uniformierter mit einer schiefen Nase und der Aura eines mindestens einmal Degradierten fuhr mit der Hand am Revolver herum und starrte mich an. Ich hoffte, daß er nicht letzte Nacht am Gelände dabei gewesen war.

»Was 'n das für'n Zoff?« sagte ich schläfrig. »Kann man in dem Kaff hier nicht mal 'n Rausch ausschlafen?«

»Wer sind Sie?« Seine Stimme klang wie eine Kreissäge auf Sparflamme.

»Andy Sommer.« Sommerwind hieß das Parfum. »Wenn ihr Cops die Nutten auf der Straße aufklauben würdet, wie sich's gehört, bräuchtet ihr nicht anständige Bürger aufwecken.«

»Und wer sagt Ihnen, daß wir 'ne Nutte festnehmen?«

»Will der Bürgermeister nicht im November wiedergewählt werden?«

»Haben Sie Papiere bei sich, mit denen Sie sich als Andy Sommer ausweisen können?«

Ich schüttelte den Kopf. Zu guter Letzt kriegte ich die Zigarette an. Die Ladehemmung war nicht nur Schau gewesen.

»Nichts? Keinen Führerschein?«

»Haben sie im April eingezogen.«

»Wohnen Sie hier?«

»Corinne. Ich bin 'n Freund von ihr.«

Seine schlammfarbenen Augen blickten an mir vorbei. »Ist das Corinne?«

»Das will ich hoffen. Heutzutage pennt man nicht mehr mit Fremden.«

»Wie heißt Corinne mit Nachnamen?«

Ich grinste idiotisch und zuckte die Achseln.

»Keine Fremden mehr, wie.« Seine Finger strichen über den Griff des Revolvers, als müßte er sich die Krallen schärfen. »Woher sind Sie, Sommer?«

»Wieso werd ich jetzt verhört?«

»Antworten Sie. Hier gibt's seit neunzehnhundert und drei 'ne Anordnung gegen eheähnliche Gemeinschaften. Wenn ich klug wär, würd ich die jetzt mal zum Einsatz bringen.«

Ich überhörte das. »Ich wohne in Harper Woods.«

»Sie sind von Harper Woods zu Fuß hergekommen?«

»Corinne ist gefahren. Wir waren aus.«

»Riecht, als hätten Sie's lustig gehabt. Wo waren Sie?«

»Ich will keinem Ärger machen.«

»Hintertreppe, was? Seit wann sind Sie hier?«

Ich kratzte mich am Kinn. »Elf, halb zwölf.«

»Was nun?«

»War wohl halb zwölf.«

»Haben Sie in der letzten Stunde irgendwas gehört?«

»Sie meinen, außer dem?« Ich deutete mit dem Kopf in Richtung des Lärms. »Was is'n passiert, haben sie jemand erleichtert?«

»Wissen Sie, wer in drei-zehn wohnt?«

»Corinne vielleicht. Wenn Sie's schaffen, wecken Sie sie. Ich hab's jetzt gesteckt, sie zu rütteln, und mich angezogen. Sie können mir wohl nicht 'n Taxi rufen.«

Der Portier vom Empfang gesellte sich zu uns. Er wirkte wacher. Er hatte kleine, argwöhnische Augen und einen v-förmigen Mund ohne Lippen, der aussah wie die Lasche eines Briefumschlags. Im Wach- wie im Schlafzustand hatte sein Gesicht die Farbe von geronnener Buttermilch. Ich tippte auf Leberzirrhose.

»Kennen Sie den?« fragte ihn der Polizist.

Er stierte mich an und schüttelte den Kopf. Dann zuckte seine Nase. »Wir können auch die Tür aus den Angeln reißen. Ich hab sie schon vor Urzeiten rausgeschmissen, aber sie hat bis Januar bezahlt. Billignutte.«

»Sie reden hier über mein Mädchen«, sagte ich.

»Der Mann sagt, er ist etwa um halb zwölf mit der Dame hier gewesen. Haben Sie sie gesehen?«

Er starrte mich weiter an. »Um halb zwölf ist keiner gekommen. Ich hab seit acht Dienst.«

»Und pennst seit neun, möchte ich wetten«, sagte der Polizist.

»Was gibt's, Flask?«

Ein Uniformierter mit einem ingwerfarbenen Möchtegern-Schnauzer und Sergeantstreifen am Ärmel, der mindestens fünfzehn Jahre jünger war als der andere, stieß zu uns. Er wandte den Blick nicht von mir.

»Er sagt, sein Name wär Sommer, Sarge. Er sagt, er hat im Zimmer nebenan geschlafen.«

»Hat der Lieutenant ihn gesehen?«

»Nein.«

»Holen Sie ihn.«

Officer Flask machte sich auf den Weg zu Sturdys Zimmer, wobei seine Haltung verriet, was er davon hielt, Befehle von Leuten entgegenzunehmen, die kaum halb so alt waren wie er. Nach einer Minute kam er zurück. An seiner Seite befand sich Lieutenant Romero.

22

Er hatte seinen kakaofarbenen Strohhut gegen einen wunderschön geformten cremefarbenen Panama mit schmaler Krempe und schwarzem Seidenband eingetauscht. Der Rest seiner Erscheinung, von dem braunen Gesicht, den braunen Händen und den glänzenden schwarzen Schuhen abgesehen, war von Blau bestimmt: nachtblauer Anzug, marineblaue Strickkrawatte zu einem taubenblauen Button-down-Hemd. Sein schmales Latino-Gesicht war wie immer ernst. Den schwarzen Augen war nichts anzumerken, nicht einmal ein Erkennen. Er blickte den Officer an.

»Wo haben Sie ihn gefunden?«

»Genau hier, Lieutenant. Er hat eher mich gefunden.«

Romero schaute wieder mich an. »Versuchen Sie absichtlich, immer an der dicksten Stelle vom Zaun durchzukommen?«

»Das war höhere Gewalt.« Ich schnippte etwas Asche ab. »Ich hab natürlich nicht damit gerechnet, daß Sie diese Schicht arbeiten.«

Er nickte. Als er wieder sprach, war sein Tonfall unverändert.

»Übernehmen Sie ihn, Sergeant. Officer, stellen Sie ihn an die Wand und durchsuchen Sie ihn nach Waffen.«

Flask zögerte nur kurz. Er hatte die Waffe rausgerissen, bevor der junge Sergeant reagieren konnte. »Du hast's gehört, Andy. An die Wand. Als wolltest du Liegestütze im Stehen machen. Beine auseinander.«

Als ich mich umdrehte, zog der Sergeant schließlich seinen Revolver. Flask kickte meine Beine auseinander. Ich mußte mich an der Wand abstützen, um nicht zu stürzen. Meine Zigarette fiel runter. Er tastete mich zackig ab, stieß auf die Beretta, die unter dem Hemd im Gürtel steckte, und trat zurück.

»Woher wußten Sie's, Lieutenant?« fragte er.

»Sehen Sie nach, was er noch bei sich hat.«

Ich wurde meine Brieftasche, Schlüssel und Sturdys Notizbuch in meinem Taschentuch los. Mein eigenes Notizbuch lag im Wagen.

»Na, was sagt man dazu«, sagte Flask. »Er ist Privatdetektiv und heißt Walker. Und er hat 'ne Knarre.«

»Geben Sie mir das. Sergeant, legen Sie ihm Handschellen an.«

Der jüngere Beamte hakte mir ein Stück kaltes Metall ums linke Handgelenk, zerrte die Hand hinter meinen Rücken und verband sie mit der rechten. Ich drehte mich um. Romero hatte die Beretta in der einen und meine Brieftasche, Sturdys Buch und die Schlüssel vom Mercury in der anderen Hand.

Der Sergeant sagte etwas. »Glauben Sie, er ist unser Mann, Lieutenant?«

»Vielleicht. Stoudenmire wurde nicht erschossen.«

»Ich hab Ihnen doch gesagt, er ist nicht mit der Schlampe gekommen.« Die fiesen kleinen Augen des Portiers glitzerten triumphierend.

»Danke für Ihre Hilfe«, sagte Romero. »Wir rufen Sie an.«

Der Portier schmollte, was aber ohne Lippen danebenging. »Sie sagen doch der Presse nix von dem Hotel. Ich mag den Job.«

»Das interessiert keinen außer Ihnen.« Romero wartete.

Der Portier bückte sich, um meine Zigarette aufzupflücken, dann trat er den qualmenden Teppich aus und stapfte zur Treppe. Der Lieutenant wartete weiter, bis die Treppe nicht mehr quietschte. »Was war los, Walker?« fragte er dann.

»Es war Liebe auf den ersten Blick. Ich meine, Corinne und die Flasche.«

»Sie reden hier nicht mit dem Chief.«

Er klang leicht gekränkt. Ich war zu übermüdet, um dahinter einen Trick zu vermuten. »Brauchen wir die Praetorianer hier?«

Er ließ es sich durch den Kopf gehen. »Officer, sichern Sie die Vorderfront des Hauses«, sagte er. »Sergeant, rufen Sie Downtown an, sagen Sie, wir brauchen den Gerichtsmediziner und einen Leichenwagen. Nehmen Sie den Apparat in der Halle. Die Spurensicherung kommt wie immer zu spät.«

»Laut Vorschrift müssen zwei Beamten bei einem Verdächtigen sein«, dozierte der Sergeant.

»Ich hab das Handbuch auch gelesen.«

Der Sergeant bewegte mißbilligend die Schultern, befummelte seinen Schnauzer, steckte die Waffe ins Holster und setzte sich Richtung Treppe in Bewegung. Ich ließ ein zirpendes Pfeifen vernehmen, drehte mich halb um und wackelte mit den Fingern.

Romero sagte: »Nehmen Sie Ihre Handschellen an sich, Sergeant.«

»Ich hab sie ihm eben erst angelegt.«

»Das war für den Portier.«

»Laut Vorschrift –«

»Ich bin sicher, Sie werden es Chief Proust haarklein berichten. Er bezahlt Ihnen ja genug, damit Sie mich ausspionieren.«

Beim Aufschließen und Abnehmen der Dinger war er rüder als beim Anlegen, dann marschierte er mit ihnen nach unten. Flask warf mir einen letzten schlammigen Blick zu und folgte ihm.

Romero klopfte mit dem Lauf der Beretta an die Tür gegenüber Corinnes Zimmer, wartete, klopfte noch mal. Als sich beim zweiten Mal nichts rührte, zog er den Hauptschlüssel raus und schloß auf. Er winkte mich vor sich rein.

Das Zimmer ging nach vorne raus und war eingestaubt, die Jalousie am Fenster geschlossen. Auf einem Eisenbettgestell lag eine nackte Matratze. Der Kubaner schaltete das Oberlicht ein, machte die Tür hinter sich zu und drehte zweimal den Schlüssel im Schloß. Es gab keine Stühle. Ich setzte mich auf die Matratze. »Wo ist Ihre andere Hälfte?«

»Pollard? Wir sind nicht zusammengewachsen.« Er legte meine Sachen auf einen winzigen Schreibtisch, der von einer Staubschicht bedeckt war, und steckte die Hände in die Taschen. Wartete.

»Wer hat die Cops herzitiert?« fragte ich.

»Eine Frau im Haus hier. Sie hat versucht, den Portier anzurufen wegen dem lauten Fernseher in drei-zehn, und als der nicht wach wurde, hat sie's mit uns probiert. Mir kam die Zimmernummer bekannt vor; Stoudenmire war öfter in Downtown anzutreffen als die Putztruppe. Ich dachte, könnte interessant sein, mal vorbeizuschauen. Das war's auch.«

»Den Fernseher hat jemand lautgedreht, um in aller Stille Sturdy ertränken zu können«, sagte ich. »Falls er ertrunken ist. Ich hab in seiner Tasche und im Medizinschrank Herzpillen entdeckt.«

»Dabei sind wohl Ihre Hosen naß geworden.« Es war ein Angebot.

»Vor ein paar Tagen wollte mir jemand weismachen, daß er tot sei«, sagte ich. »Als ich gehört habe, daß er lebt, bin ich hergekommen und wollte ihn fragen, was es damit auf sich hat. Dann sind Sie aufgekreuzt.«

»Wer hat Ihnen gesagt, daß er tot sei?«

»Emma Chaney.«

»Kenn ich nicht.«

»Sie verkauft Waffen in Macomb County. Bis heut abend jedenfalls, als die Leute vom Sheriff sie festgenommen haben. Und sie macht bestimmt weiter. Sie sagt, sie hat die Nachricht irgendwo aufgeschnappt«, log ich.

»Was hat Stoudenmire mit dem Thayer-Mord zu tun?«

»Das wollte ich auch gerne hier erfahren. Ma Chaney hat mit Doyle Thayer junior ein paar Waffengeschäfte getätigt. Sturdy hat sie vermittelt und dem jungen Thayer ein Empfehlungsschreiben mitgegeben.«

»Ich hab gehört, Sie seien raus aus dem Fall.«

»'ne Weile war's so. Jetzt bin ich wieder drin.«

»Erinnert mich an Billy Martin.«

»Springt leider weniger dabei raus«, sagte ich. »Gehen wir jetzt gen Downtown oder wie?«

»Sollten wir?«

»Wenn Sie mich wegen Einbruchs in Corinnes Zimmer anklagen wollen. Für den Mord brauchen Sie ein Motiv.«

»Wer hat denn eins?«

»Genau betrachtet, niemand. Ich glaube, daß er dem, der ihn in der Wanne ausgequetscht hat, unter den Händen weggestorben ist. Bei der Autopsie wird sich zeigen, ob sein Herz versagt hat.«

»Das könnte passiert sein, während er ertrank.«

»Nur wenn er Wasser in der Lunge hat. Falls nicht, sind wir im Geschäft.«

»Tatsächlich.«

»Sie haben sein Notizbuch. Ich hab die anderen Karten in der Hand, zumindest einige. Lohnt sich das nicht für einen Cop in Iroquois Heights, unter den Augen der Regierung und der Polizei von Detroit den dicksten Fall in der Gemeinde seit Jahren aufzuklären, und das noch in 'nem Wahljahr?«

»So groß ist Stoudenmire nicht.«

»Von dem Fall rede ich nicht.«

Er zog eine Lackschachtel aus seiner Innentasche, nahm eine seiner langen, schlanken Zigarren heraus und steckte sie mit dem Metallfeuerzug an. Blauer Rauch schwebte durch die stickige Luft. »Mrs. Thayer hat den Mord an ihrem Mann gestanden«, sagte er und blickte dem Rauch nach. »Thayer senior will, daß sie so schnell und unauffällig wie möglich verurteilt wird. Der Polizist, der in dieser Sache Staub aufwirbelt, ist die längste Zeit Polizist gewesen.«

»Hier. Aber Sie wollen doch auch nicht Ihr Leben lang in Iroquois Heights Cop bleiben.«

»Manchmal kommt's mir vor, als wär's schon so.« Er blies eine Kette von Kringeln. »Ich bin auf Quote eingestellt worden. Als ich die Sergeant-Prüfung als Bester bestanden habe, mußten sie mich in Zivil stecken, wenn sie sich nicht blamieren wollten. Letztes Jahr bin ich Lieutenant geworden, weil ich einen großen, über drei Bundesstaaten angelegten Autodiebstahl habe auffliegen lassen, alle Fernsehsender in Detroit darüber berichtet haben und sie schlecht so tun konnten, als wüßten sie von nichts. Aber ich bereite Proust Kopfzerbrechen. Ein ehrlicher Polizist, der sehr gut ist, stellt für Polizisten wie Proust immer eine Bedrohung dar. Er läßt mich im Dienst und privat beobachten. Ich muß vorsichtig sein. Andre Beamte können sich was aus den Fingern saugen. Romero nicht, sonst ist er weg vom Fenster. Und als Arbeitsloser verdient man nicht genug, um damit seine Familie freizukaufen.«

»Auf 'nem Detective-Posten in 'nem richtigen Polizeipräsidium sähe das anders aus.«

»Mag sein. Allein kann man's drauf ankommen lassen, aber nicht mit Frau und Töchtern.«

Ich stand auf. Die Luft wurde dick, und die Zigarre war nicht aus Kuba. »Ich rede auch nicht über den Thayer-Mord. Ich meine die bewaffneten Einbrüche, die es in den letzten zwei Wochen in der Gegend gegeben hat. Und vielleicht was, was dahintersteckt und sehr viel größer ist.«

Er legte die Zigarre auf den Rand des Schreibtischs. »Ich höre.«

Ich erzählte ihm alles, von dem Anschlag auf mich bei der Verabredung mit Shooter am Fluß bis zu meinem Telefongespräch mit Colonel Seabrook. Er unterbrach mich nicht.

»Diese Schießerei auf dem Messegelände draußen hat mir zu denken gegeben«, sagte er. »Schiller hat das übernommen. Als Schiller bei Drogendelikte war, haben sie immer ihn ins Klo tauchen lassen, wenn der Verdächtige die Drogen runtergespült hat.«

Ich sagte: »Auf so was ist er immer noch abonniert. Shooter

hatte mächtig lange Ohren. Ich schätze, er hat Wind gekriegt von den Aktivitäten des Colonel, wahrscheinlich von den Einbrüchen, und sich reingedrängelt. Seabrook hat ihn 'ne Weile für sich springen lassen und ihm den Hahn abgedreht, als er Zeit dafür hatte. Die Schlamperei bei dem Anschlag auf mich weist darauf hin, daß hier derselbe geheuerte Stümper am Werk war, der bei Sturdy vergessen hat, ihn und das Zimmer zu durchsuchen. Sturdy besaß etwas, das der Colonel haben will. Was es auch ist, es ist teuer, denn nachdem er bei den Überfällen hundertzehn Riesen eingenommen hat, kann er es immer noch nicht bezahlen. Als ich mich zum Partner erklärt habe, hab ich ihn zum Handeln gezwungen. Ich wußte nicht, daß Sturdy nicht mehr im Knast ist. Man könnte behaupten, daß ich an seinem Tod schuld bin.«

»Er hat sich selbst ans Messer geliefert, als er gierig wurde. Vielleicht hat er geredet, bevor er starb. Das würde erklären, warum er nicht durchsucht wurde.«

»In dem Fall hätten wir Pech.«

»Ich versteh immer *wir.*«

»Nur 'ne Redewendung.«

»Quatsch.« Seine Latino-Gelassenheit begann zu bröckeln.

»Wenn Sie das nach Vorschrift abwickeln wollten, hätten Sie mich nicht mit reingenommen.«

»Sie wissen aber viel über Leute, die Sie nicht kennen.«

»Sie auch. Das gehört zum Geschäft.«

Zum ersten Male, seit ich ihn kannte, entblößte er seine Zähne in einem breiten Grinsen. Es war kein freundlicher Ausdruck.

»Das System ist überall gleich. Sie pauken einem den Job ein, und dann darf man ihn nicht machen. Ich bin immer noch überall der *peón.*«

»Nicht, wenn Sie nicht wollen.«

»Ihnen hat man diese Haltung in die Wiege gelegt. Für mich ist das nicht so leicht.«

Ich sagte nichts.

Er stocherte in den Sachen auf dem Tisch herum. Nach einer Weile hob er das Notizbuch auf, balancierte es einen Moment auf der Handfläche, als wäge er es ab, und hielt es mir hin, noch eingewickelt. »Das ist doch Ihr Taschentuch.«

Ich nahm es entgegen. »Was erzählen Sie den anderen?«

»Ich muß denen nichts erzählen. Ich bin der leitende Beamte

am Tatort. Warten Sie, bis der Leichenwagen da ist. Dann hab ich unten die Beamten ausgetauscht.« Er machte die Tür auf.

»Kann ich Montag morgen um halb neun mit Ihnen rechnen?«

»Ich werde zur Verfügung stehen.« Er ging auf den Flur hinaus und schloß die Tür hinter sich.

23

Wo geht man hin, wenn man im Stehen einschläft und nicht nach Hause kann?

Das System hält dafür eine Antwort bereit. Man kann in ein Hotel, ein Motel, ein Gasthaus oder in die Mission gehen, wo man besser mit Schuhen schlafen sollte, wenn man sie nicht einer Kakerlake mit derselben Schuhgröße überlassen will. Die Hotels haben Zimmerservice, die Motels haben auf jedem Flur Automaten, die Gasthäuser haben im Überfluß rustikalen Charme, wozu auch altertümliche Bettpfannen gehören, die man auf die Blase gehauen kriegt, falls man versucht sie zu benutzen. Man kann ein Einzel- oder Doppelzimmer kriegen, oder vielleicht eine Suite mit Kühl- und Wandschrank, angefüllt mit Schnaps in kleinen Plastikflaschen, wie man sie im Flieger kaufen kann, und einer Tür, die jedesmal irgendwo eine Kasse klingeln läßt, wenn man sie aufmacht. Man kann Poolblick, Kloblick, Wandblick bekommen, ein Eckzimmer neben einem rastlosen Aufzug oder eine Schuhschachtel zwischen der Eisbox und einem Zimmer voller abtrünniger Anonymer Alkoholiker, die einen draufmachen; Einzelbett, Doppelbett, Queen- oder Kingsize, wo man ohne Kompaß nicht wieder rausfindet und nicht daran erinnert werden möchte, daß man allein in einem Bett liegt, in dem sich eine ganze kubanische Flüchtlingsfamilie zur Ruhe legen könnte. (Aus irgendeinem Grund ging mir Kuba nicht aus dem Kopf.) Hausfernsehen, Kabelfernsehen oder bloß Fernsehen, aber immer Fernsehen, außer in den Absteigen; und sogar die haben manchmal Radios, mit armdicken Kabeln zwischen Apparat und Fußleisten. Die großen Ketten versehen die Badezimmer mit Duschgels und Shampoos. Die Familienbetriebe hängen Kleenex über die Waschbecken statt Handtücher und Waschlappen. Die Absteigen haben keine privaten Badezimmer, sondern auf jeder Etage ein Gemeinschaftsbad mit Waschbecken, Klo, Dusche und ohne Türschloß, für den Fall, daß sich einer an einem Rohr erhängt.

Es gibt so viele Arten von Unterkünften wie potentielle Bewohner, und alle riechen sie unterschiedlich stark nach Schimmel und Koffern und hastigem Sex. Wenn man das Neon von allen

Hotels an allen Hauptstraßen aller Städte Nordamerikas zusammensetzen würde, könnte man die Welt zweimal in eine leuchtende rosa Röhre wickeln und hätte immer noch genug übrig, um daraus für erschöpfte interplanetarische Reisende den Schriftzug ZIMMER FREI fertigen zu lassen – aber sie sollten besser ihre eigene Seife mitbringen, denn diese Mini-Stücke verliert man so leicht in der Achselhöhle. Rund um die Uhr sind überall Menschen unterwegs, und alle müssen sie irgendwo einkehren. Ich war im falschen Gewerbe.

Ich landete in demselben Laden wie am Vortag. Ich hatte auch dasselbe Zimmer, allerdings auf einem anderen Stock mit einer anderen Nummer. Alles war gleich, nur hatte ich diesmal keine Flasche, die mir Gesellschaft leistete.

Das war Absicht. Der Meijer's am Ort hatte vierundzwanzig Stunden geöffnet. Ich hatte ein Hemd, Hosen, Socken, einmal Unterwäsche zum Wechseln, ein Sakko, um die Kanone zu verhüllen, und einen Rasierer gekauft, dann hatte ich an der Theke im Supermarkt ein Roastbeef-Sandwich erstanden. Die Schnapsabteilung war in Sichtweite, und ich sann darüber nach, all die hübschen Flaschen mit aufreizenden Formen und bezaubernden Etiketten, in denen Flüssigkeiten in allen erdenklichen Farben von kristallklar bis bernsteingolden schimmerten, aber wenn man Schnaps niedlicher findet als ein Kälbchen oder einen jungen Hund, werden aus einem Drink achtzehn, und ich konnte mir nicht den ganzen Sonntag um die Ohren schlagen. Ich kaufte statt dessen eine Tüte Milch. Ästhetisch hielt sie dem Vergleich nicht stand.

Ich führte mir das Sandwich auf meinem Zimmer zu Gemüte, spülte mit Milch nach und studierte dabei Sturdys Notizbuch. Es war witzlos. Sogar die trockenen Seiten fingen an zu verschwimmen. Ich dachte an ein ausgiebiges Bad, aber ich sah Sturdy in der Wanne, also wusch ich mir Macomb County und Iroquois Heights unter der Dusche runter, zog die saubere Unterwäsche an und haute mich hin. Ich träumte, daß Galvin, der Beamte vom Sheriff, mich in einem Glas Southern Comfort zu ersäufen versuchte. Ich wehrte mich nicht allzu heftig.

Vier Stunden später rasierte ich mich, zog mich an, holte mir vom Coffeeshop einen dampfenden Styroporbecher Kaffee und nahm einen zweiten Anlauf. Warme Mittagssonne schien durch die Glastür, die auf den Balkon führte. Ich war sauber und ausgeruht, und die Kopfschmerzen waren besser, aber die Notizen machten nicht mehr Sinn als vor meiner Bettruhe.

Die ersten sechs Seiten klebten zusammen, und als ich sie schließlich auseinander hatte, blickte ich auf unlesbare Kleckse. Der hintere und trockenste Teil des Buchs war unbeschrieben. Blieben acht halbwegs lesbare, in Sturdys ordentlicher runder Schülerschrift beschriebene Seiten. Die Notizen waren nicht verschlüsselt, aber es machte keinen Unterschied. Es handelte sich um eine Reihe Nachnamen mit Zahlen dahinter, die vermutlich Uhrzeiten von Verabredungen waren. Der Name eines notorischen litauischen Antiquitätenhändlers aus der Gegend kam mir bekannt vor – zwei solche Stolpernamen in einer Region konnte es nicht geben –, und zwei, drei andere, gewöhnlichere, die auch von Nippeshändlern in und um Detroit benutzt wurden. Das Ganze war vor einem Gericht komplett wertlos, obwohl einem angesichts Sturdys Gewerbe die umwerfende Frage kam, wie weit es wohl mit deren Legalität her war. Das war aber nicht ausreichend, um ihn deshalb umzubringen. Ein Name stach mir besonders ins Auge, weil er ein Vor-, kein Nachname zu sein schien und weil er unterstrichen war. Die Zahl dahinter war 10.07. Ob morgens oder abends und an welchem Tag, das würde für immer das Geheimnis des Mannes bleiben, der das geschrieben hatte. Myrtle stand da.

Es konnte was sein. Es konnte auch nur ein Name in einem Notizbuch sein. Das ist das Problem im realen Leben. Man weiß nie, welches Teilchen zu welchem Puzzle gehört.

Ich fing mit dem Naheliegenden an. Ich ließ den Schlüssel für das Zimmermädchen im Aschenbecher liegen, warf den grauen Bomber an und verheizte bei einer Tour zu den Möbel- und Antiquitätenhändlern, deren Namen mir was sagten, einigen Treibstoff. Es war ein lauer Sonntag, und sie hatten alle offen. Von den vieren, mit denen ich redete, hatte einer von Sturdy gehört, aber hätte nie, niemals, Geschäfte mit ihm gemacht. Zwei weitere, darunter der Litauer, hatten keine Zeit mehr für mich, als sie spitzkriegten, daß ich keine Möbelstücke kaufen wollte. Der vierte, eine große Frau, die stramm auf die Fünfzig zumarschierte, ihre Brille an einer Kette um den Hals und ihre schlecht gefärbten schwarzen Haare in störrischen Wellen trug, sagte, jemand namens Stoudenmire sei ihr nicht bekannt, und lud mich ins Hinterzimmer ein, um mich davon zu überzeugen. Ich lehnte dankend ab.

Ein paar logen natürlich. Antiquitätenhandel außerhalb von Touristenstädten ist bestenfalls ein kostendeckendes Hobby, und selbst um dahin zu kommen, muß man bei einigen Geschäften beide Augen zudrücken, wie in jedem Popelgewerbe, dem man gezwungenermaßen in einem Bundesstaat mit haarsträubenden Steuergesetzen nachgehen muß. Aber keiner von ihnen wußte, an was Sturdy drangewesen war, als er umgebracht wurde, und ich war ziemlich sicher, daß keiner von ihnen der Mörder war. Falls ich falschlag, würde ich wiederkommen. Wenn man das Unmögliche ausgeschlossen hat, muß der verbleibende Rest, auch wenn er einem noch so unwahrscheinlich vorkommt, die Wahrheit sein – es sei denn, man hatte es beim ersten Mal zu eilig. Vorerst stand ich noch auf der Landebahn und ließ ohne Flugziel die Motoren warmlaufen.

Der Laden der Frau war in einem Queen-Anne-Haus in Hazel Park untergebracht. Um die Ecke war ein Pancake-Schuppen, in dem die Haare der Bedienungen bestimmt nach Fett und Mehl rochen. Er war voll, und während ich darauf wartete, daß es leerer wurde, kaufte ich mir an einem Stand am Gehsteig die letzte Ausgabe der *News* vom Sonntag. Als eine Nische frei wurde, bestellte ich Kaffee und eine kleine Portion und las den Artikel über die Leiche in der Badewanne in Iroquois Heights. Er beschränkte sich auf knapp sechs Zentimeter, und weder Lieutenant Romero noch ich kamen drin vor. In den letzten beiden Zeilen wurde kundgetan, daß keine Trauerfeierlichkeiten vorgesehen waren. So wolle es die Schwester des Verstorbenen, Hilda Stoudenmire Myrtle.

24

Ereignisse.

Der Großteil der Arbeit besteht daraus, sie ständig durchs Hirn wandern zu lassen. Man stößt auf einen Anhaltspunkt, hält sich dran fest, zerrt dran, bis er abbricht und man auf den Rücken fällt, dann steht man auf und fängt wieder von vorne an. Jeder Anhaltspunkt kann der magische sein, der einem den Weg zur Auflösung weist, doch sobald man das vergißt und ihn nur für einen weiteren Blindgänger hält, wird er munter und schlägt einem die Fänge in die Hand. Genauso wahr ist aber, daß man schnell ausbrennt, wenn man die ganze Zeit so tut, als hätte man nur heiße Spuren. Man brennt aus, so oder so. Bei dieser Arbeit gibt es kein Gewinnen, nur Überleben.

Es gab auch nichts für einen Detektiv an einer Notiz, derzufolge sich ein Mann mit seiner Schwester verabredete. Daß er sie allerdings mit ihrem Nachnamen statt ihrem Vornamen vermerkte, machte die Sache interessant. Vielleicht.

Der Artikel wies Hilda Stoudenmire Myrtle als wohnhaft in Birmingham aus. Als ich meine Pancakes verputzt hatte, rief ich von einem Münzsprecher draußen die Auskunft an, ließ mir ihre Nummer geben und benutzte sie. Die Frau, die abnahm, hörte sich meinen kurzen Sermon an und willigte in ein Treffen ein.

Nach dem letzten großen Krieg fing Birmingham an, eine Art Wartezimmer für Grosse Pointe zu werden, ein Ort, an dem neues Geld in Backsteinbungalows reifen und ablagern konnte, bevor es sich in die großen Mausoleen aus der Prohibitionszeit am Lake Shore Drive begab. Als dann die Inflation, die Steuern und das Dienstbotenproblem aus den Villen Museen und Altenwohnheime machten, beschloß das neue Geld, das jetzt schon benutzter aussah, in Birmingham und Bloomfield Hills, seinem reicheren Bankert, zu bleiben. Die Straßen werden regelmäßig mit frischem Belag versehen, und die Häuser sind zwar weniger imposant als die geschwollenen Gebilde in Grosse Pointe, gleichen sich aber doch allmählich Villen an, obwohl deren steuerscheue Bewohner eine solche Feststellung heftig leugnen würden. In einer Demokratie will keiner als reich gelten.

Das Haus der Myrtles stand in einer der weniger hochnäsigen Ecken. Es war ein älteres Haus im Ranchstil, mit Ziegeln bis zu den Fensterbrettern, weißer Aluminiumverschalung darüber und einem Dreirad auf dem Rasen, einem dieser neuen Plastikgeräte, die kein Bürger mittleren Alters jemals liebevoll in seiner Garage verstauen wird. Unter den Fenstern präsentierte sich eine beachtliche Parade von Iris und Mohn mit großen roten Blütenblättern, die aussahen wie Kreppapier. Am Randstein befand sich ein Schild, auf dem ZU VERKAUFEN und der Name eines örtlichen Maklers stand. Auf der Veranda drückte ich auf einen Knopf und bekam Dvořák zur Antwort.

Mrs. Myrtle war klein und adrett wie ihr Bruder. Ihr silbrig werdendes braunes Haar trug sie auf eine strikte Art nach hinten gebürstet, die verriet, daß sie es nur aus dem Gesicht haben wollte, das oval und am Kinn spitz war. Das Gestell ihrer getönten Brille paßte zu ihren Haaren und war sonst nichtssagend. Sie hatte ein schlichtes graues Kleid mit einem schwarzen Lackledergürtel um die Taille und flache graue Schuhe an. Ihre Augen waren von einem frischeren Grau. Sie war Ende Dreißig und konnte für Anfang Fünfzig durchgehen. Die zusätzlichen Jahre schien sie erst seit kurzem zu haben.

Nachdem wir geklärt hatten, daß ich mir nicht das Haus anschauen wollte, bat sie mich in ein Wohnzimmer, das Ma Chaney nur in ihren wüstesten Träumen erscheinen konnte: ganz in Beige und Grau, tiefengereinigt, ohne ein Staubkörnchen. Durch ein paar wenige Familienfotos auf dem Kaminsims entging der Raum knapp der unpersönlichen Kühle eines Hotelzimmers. Sturdy war auf keinem von ihnen.

»Ziehen Sie aus?« fragte ich.

»Wenn jemand unseren Preis bezahlt.« Sie verriegelte die Haustür. »Das Haus steht seit sechs Wochen zum Verkauf.«

»Von hier aus kann man die Eight Mile Road sehen. Leute, die es sich leisten können, in Birmingham zu wohnen, können es sich auch leisten, weiter von Detroit wegzuziehen.«

»Wer kann es sich leisten, in Birmingham zu wohnen?« Sie meinte es nicht scherzhaft.

»Tut mir leid wegen Sturdy.«

»Sturdy? Ach, Waldo, meinen Sie. Ja. Er war eine Enttäuschung. Sie sagten, Sie untersuchen seinen Tod?«

»Falls ich Sie nicht bei was Wichtigerem störe.«

»Es steht Ihnen nicht zu, in meinem Haus über mich zu urteilen«, sagte sie leise.

»Tut mir leid.« Ich zeigte ihr meinen Ausweis. »Ich habe den Auftrag, die Aktivitäten eines Mannes zu untersuchen, der mit Ihrem Bruder Geschäfte tätigte. Thayer war sein Name.«

»Noch nie gehört.«

»Hat er einmal von einem gewissen Colonel gesprochen? Colonel Seabrook?«

»Auch daran kann ich mich nicht erinnern, aber wir hatten nicht viel miteinander zu tun. Wir standen uns nicht nahe. Waldo war elf Jahre älter als ich. Er ging aus dem Haus, als ich in die Schule kam. Das habe ich auch dem netten mexikanischen Detective aus Iroquois Heights erzählt.«

»Kubanisch.«

»Was auch immer. Er war sehr höflich. Das kann ich leider von dem Officer, den er dabeihatte, nicht behaupten.«

»Hatte er einen Igelschnitt und eine dunkle Sonnenbrille im Gesicht kleben?«

Sie sah verärgert aus. »Wenn Sie sie kennen, was wollen Sie dann hier? Gibt es bei Ihnen keine Absprachen?«

»Ich bin nicht von der Polizei.«

»So sehen Sie auch nicht aus. Aber der Mexikaner auch nicht.«

»Wissen Sie, womit Ihr Bruder sich seinen Lebensunterhalt beschaffte?«

Etwas anderes als Ärger grub Furchen in ihr glattes, adrettes Gesicht. »Nennen Sie das nicht so. Er hätte sich auf ehrliche Art einen echten Lebensunterhalt verdienen können. Mein Mann hatte ihm angeboten, an seiner Arbeitsstelle ein Wort für ihn einzulegen. Waldo hat es abgelehnt.«

Hierin war er sich mit dem jungen Thayer einig. »Wo arbeitet Ihr Mann?«

»Arbeitete.« Sie sagte es hastig. »Er war zweiter Leiter der Werkssicherheit bei Fermi Two.«

»Dem Atomkraftwerk? Ist er pensioniert?«

»Er hat sich zum Sterben zurückgezogen. Er hat dort Krebs bekommen. Vor zwei Monaten ist er gegangen.«

»Tut mir leid.« Das war meine dritte Entschuldigung in unserer kurzen Bekanntschaft.

»Nein, und denen auch nicht. Aber es wird ihnen noch leid tun. Ich verklage sie, und wenn es zehn Jahre dauert.« Sie schaute auf den Boden, dann wieder hoch zu mir. »Sie müssen mich entschuldigen. Manchmal verliere ich die Nerven.«

»War wohl doch gut, daß Ihr Bruder den Job nicht genommen hat.«

»Zumindest ist er schneller gestorben.«

Es lag kein Gefühl in den Worten. Wie gesagt, sie war eine adrette Frau. Ich wechselte das Thema. »Waldo hatte in seinem Notizbuch etwas von einem Treffen mit jemandem namens Myrtle vermerkt. Hat er Sie manchmal so genannt?«

»Wir redeten uns mit Vornamen an. Das ist bei Brüdern und Schwestern eigentlich üblich, auch wenn sie sich selten sehen.«

»Das dachte ich mir. Könnte er Ihren Mann gemeint haben?«

»Ich wüßte nicht, warum. Außer diesem Arbeitsangebot hatten sie nie etwas zu besprechen.«

»Und wann sprachen Sie darüber?«

»Ach, das war vor Jahren.« Sie sah mich prüfend an. »Wissen Sie, wer Waldo umgebracht hat?«

»Er hat gestohlene Ware gekauft und verkauft. Dabei wird man nicht mit Samthandschuhen angefaßt.«

»Das ist keine Antwort.«

»Ich bin ziemlich sicher. Ich versuche nur noch herauszufinden, warum. Gibt es irgendwelche Papiere von Ihrem Mann?«

»Was für Papiere?«

»Notizen. Zettel. Ein Terminkalender. Memolisten. Wenn ich wüßte, worum es bei diesem Treffen ging, hätte ich einen Ansatzpunkt. Wenn ein Mann in einer Badewanne ermordet wird, sollte alles Ungewöhnliche, was er in der letzten Zeit tat, in einem besonderen Licht betrachtet werden.«

»Mein Mann hielt nicht viel davon, Sachen aufzuschreiben«, sagte sie. »Warum fragen Sie ihn nicht selbst?«

Ich zögerte. »Ich dachte, er sei tot.«

»Er liegt im Sterben. Kommen Sie.«

Sie führte mich durch einen Bogen hindurch und einen kurzen Flur entlang bis zu einem Zimmer mit geschlossenen Jalousien. In der Mitte stand ein Bett, in dem jemand lag, und in der überheizten Luft hing ein unangenehm süßlicher Geruch, der unverkennbare Geruch eines Krankenzimmers.

»Das war das Wohnzimmer.« Sie flüsterte beinahe. »Ich habe den Tisch entfernt und das Bett reinstellen lassen, als er nicht mehr Treppen steigen konnte.«

»Kann er sprechen?«

»Sie müssen genau hinhören.«

Ich blieb im Türrahmen stehen, während sie hinging und ihm die Hand auf die Schulter legte. Die Veränderung der Atmosphäre war extrem, als käme man aus dem hellen Sonnenlicht in die überladene, erstickte Stille eines Begräbnisinstituts.

»Tom? Hier ist ein Mr. Walker, der mit dir sprechen möchte.« Als sie rausging, berührte sie mich am Arm. »Nicht zu lange.«

Ich ging hin und setzte mich auf den harten Stuhl am Bett.

Mrs. Myrtle stand mitten im Wohnzimmer, als ich zurückkam. Sie sah aus, als hätte sie die ganze Zeit dort gewartet. Eine Frage stand ihr im Gesicht. Es war nicht so sehr vorzeitig gealtert, als vielmehr innen gesprungen, wie eine alte Vase mit einer neuen Emailleschicht.

»Vielleicht«, sagte ich. »Ich muß es prüfen.«

Sie nickte. »Ich bin es gewohnt, daß man mir alles verschweigt. Die Ärzte sind Meister darin.«

»Und sie sind teuer.«

»Ja.«

»Verkaufen Sie das Haus deshalb?«

»Natürlich nicht. Wir –«

»Ich war nur zehn Minuten bei Ihrem Mann. Mit Lügen hält er sich nicht mehr auf.«

Sie strich sich mit der rechten Hand über den linken Arm. Nickte noch einmal. »Die Versicherung übernimmt nur einen Teil davon. Ich verklage das Werk nicht. Wir können uns keinen Anwalt leisten. Aber das Werk sollte das alles bezahlen. Sie haben ihn umgebracht.«

»Wo ist Ihr Sohn?« Auf den meisten Bildern auf dem Kaminsims war ein etwa sechsjähriger, rothaariger Junge zu sehen.

»Wir – ich habe ihn zum Zelten geschickt. Ich will, daß er seinen Vater in Erinnerung behält, wie er war. Ich kann es schon nicht mehr. Dabei ist er erst seit etwa mehr als einem Monat so. So schnell.«

»Nach einer Weile werden Sie ihn so vor sich sehen, wie Sie wollen.«

»Es ist, als wäre er schon tot. Und wissen Sie, was das Schlimmste ist? Daß ich weiß, ich muß das alles noch mal durchmachen, wenn er wirklich stirbt.«

Ich sehnte mich nach einer Zigarette, aber es gab keinen Aschenbecher weit und breit. »Sie beide wußten schon, daß er sterben würde, bevor er ging.«

»Ja. Er ging zum Sicherheitschef, zum Werksdoktor, zur Gewerkschaft. Keiner half ihm. Alle sagten, es täte ihnen sehr leid, aber die Krankheit hätte nichts mit seiner Arbeit zu tun, und er hätte keinen Anspruch auf Entschädigung. Keinen Anspruch. Nach zwölf Jahren, in denen er nicht einen Tag krank war und die ganze Zeit dieses Gift eingeatmet hat. Und jetzt liegt er da wie –« Sie brach ab. Es dauerte nicht lange. Als es vorbei war, sagte sie: »Ich muß für Waldo einiges regeln. Wenn Sie also keine Fragen mehr haben.«

Ich bedankte mich und ging. Draußen war es warm, und die Luft war klar. Ich sog sie in tiefen Zügen ein, befreite meine Lunge vom süßlichen Geruch der Verwesung, und mein Hirn von Bildern von Skeletten, die so weiß waren wie die Laken, zwischen denen sie ruhten, und die in abgedunkelten Zimmern mit kurzen, keuchenden Krächzern zu Fremden sprachen, ohne einen Sohn an ihrer Seite, dem sie Lebewohl sagen konnten.

Ich brachte den Motor des Mercury auf Trab und brauste mit offenen Fenstern, durch die frische Luft fegte, von dannen.

25

Ich wußte jetzt, was Sturdy vorgehabt hatte, und weshalb er für den Colonel so wichtig war. Es war so unwahrscheinlich wie ein grüner Hund, aber an diesem Fall war von Anfang an alles verquer gewesen. Die Teile fügten sich so harmonisch zusammen, daß ich mir vorkam wie in einem Picasso-Gemälde.

Ich rief aus einer Zelle in einem Drugstore das Sheriff's Department von Macomb County an und verlangte Galvin. Während ich wartete, riß ich ein neues Päckchen Winston auf.

»Galvin kommt nicht vor vier«, sagte eine harschige Stimme. »Hier spricht Sergeant Czolgosz.«

Ich blies Rauch an die Scheibe. »Art Winfield, von den Aktuellen Nachrichten. Wie geht es dem Mann, der letzte Nacht in dem Haus von Emma Chaney angeschossen wurde?«

»Sie haben ihn heut morgen als ernst eingestuft. Hey, bin ich auf Sendung?«

»Auf Band. Ist er identifiziert?«

»Noch nicht. Die Docs lassen uns noch nicht mit ihm reden.«

»Ist Ma Chaney noch in Gewahrsam?«

»Das soll wohl 'n Witz sein. Die hat nicht mal den Mantel ausgezogen.«

»Danke, Sergeant.«

»Kommt das um sechs?«

Ich sagte, das hinge vom Redakteur ab. Man weiß nie, ob man jemanden noch mal braucht.

Ich hängte ein und schob die Tür auf, um den Rauch rauszulassen. Eine dicke Frau in einem geblümten Kleid, die vorher neben der Zelle gestanden hatte, stellte eine Kölnisch-Wasser-Flasche in die Auslage zurück und startete in meine Richtung. Ich zog die Tür zu, zog mein Notizbuch raus und rief Constance Thayer bei ihrer Schwester in Redford an. Die dicke Frau stapfte zurück zu der Kosmetikauslage.

»Gibt's was?« fragte Mrs. Thayer.

»Alles außer Doyle junior«, sagte ich. »Wo können wir uns treffen?«

»Wollen Sie mich wieder überreden, Sie zu feuern?«

»Das mach ich nie zweimal.«

»Hier ist es schlecht«, sagte sie. »Kennen Sie das Blue Heron in Bloomfield? Das ist ein Restaurant.«

»Nur, wenn ich die Spesenabrechnung türke.« Ich schaute auf meine Uhr. »Können Sie um drei da sein?«

»Ich muß vorbestellen. Es ist ziemlich gut besucht.«

»Was wohl heißt, ich muß mir 'ne Krawatte kaufen.«

»Was ist mit Ihrer alten passiert?«

»Das ist 'ne lange Geschichte. Wir sehen uns um drei.«

Als ich rauskam, stellte die dicke Frau hektisch ein Fläschchen Nagellack ab, fing es auf, als es runterfiel, stellte es ins Regal zurück und enterte die Zelle. Ich konnte gerade noch zur Seite springen.

Das Blue Heron war in einem kleinen, orangen Ziegelhaus ein Stück ab von der Orchard Lake Road. An der Vorderseite wuchs wilder Wein, und junge Männer in blauen Blazern standen davor und knöpften den Gästen einen vollen Dollar dafür ab, daß sie ihre Autos drei Meter weiter fuhren und dann stehenließen. Eine blonde Hosteß in blauem Taft und einem roten Bustier lächelte mich kühl an und führte mich zu einer Nische im hinteren Teil, einer dieser entsetzlichen Konstruktionen, in denen man neben seinem Gesprächspartner sitzt und Seite an Seite vor sich hinredet wie Knackis im Gefängnishof. Constance Thayer erwartete mich. Sie sah rothaarig und kostbar gebräunt aus und trug eine grüne Satinbluse mit tiefem Ausschnitt und einen goldenen Halbmond-Anhänger, der zwischen ihren Brüsten ruhte. Ein schwarzer Hut in Form einer Melonenschnitte mit einer grünen Feder war seitlich an ihren Kopf gesteckt. Frauen trugen wieder Hüte, was mir sehr recht war. Es bedeutete das Aus für praktische Haarschnitte und alles was dazugehört, von limonengrünen Hosen mit Herrenschnitt bis zu farblosem Lippenstift und Männersakkos in Frauengrößen und vorgewaschenen Jeans mit Designerschildern, all dem deprimierenden Zubehör der Unisex-Gesellschaft.

Sie lächelte zu mir hoch. »Sie haben eine gute gekauft.«

Ich strich mit dem Daumen hinten an der schwarzsilbernen Ripskrawatte entlang, die ich auf dem Weg hierher bei einem

Herrenausstatter erworben hatte, und setzte mich neben sie. Der in ein goldenes Jackett gewandete Hilfskellner, der den Tisch für mich ausgezogen hatte, schob ihn mir jetzt in den Solar Plexus. »Hübsches Plätzchen. Ich glaube, auf dem Klo gibt Prince Philipp die Handtücher aus.«

»Der Besitzer war mal ein Freund von mir. Ich bin seit einer Viertelstunde hier, und er hat mich nicht mal begrüßt.«

»Hatten Sie das erwartet?«

»Vermutlich nicht. Ich habe in letzter Zeit viel gelernt über Freundschaft. Vor allem, daß sie nicht so verbreitet ist, wie man denkt. Die echte Sorte zumindest.«

»Es gibt Freunde und Freunde. Das Leben gestaltet sich einfacher, wenn man nicht zu viel von ihnen erwartet.«

»Haben Sie Freunde?« fragte sie.

»Ich hab keine, denen ich beim Barbecue die Ohren vollsülzen kann. Aber einige, die ich anrufen kann, wenn ich mit 'nem angeknacksten Schädel auf der Straße liege.« Meine Karte kam. »Haben Sie schon bestellt?«

»Ja. Die gefüllte Truthahnbrust ist sehr gut.«

»Ein Cadillac auch.«

»Ich zahle.«

»Irrtum.« Ich bestellte Kaffee und ein Chicken-Salad-Sandwich mit einem Pariser Akzent. Der Kellner, ein großer Mann, der nicht älter war als die Pagen draußen und ein mädchenhaftes Gesicht und breite Hüften hatte, zog sich mit meiner Karte zurück. Ich rutschte durch den Halbkreis, bis ich Mrs. Thayer gegenübersaß.

»Doyle juniors Freunde werden nicht besser mit der Zeit«, sagte ich. »Daß er lang genug gelebt hat, um zu Hause erschossen zu werden, hat er nur einer Art Idiotenglück zu verdanken.«

»Ich wünschte, es wäre nicht so gewesen.«

»Ich kenne einen stellvertretenden Polizei-Chief, der das genauso sieht.«

»Was haben Sie rausgefunden?«

»Alles.«

Ich hielt den Mund, während der Hilfskellner mit einer Zange Eis in unsere Gläser fallen ließ und sie füllte, wobei er am Ende den Hals der Flasche drehte, um Tropfen abzufangen. Als er weg war, erzählte ich Mrs. Thayer alles, was ich wußte, bis auf die Episode im Haus der Myrtles. Als ich fertig war, steckte sie die Zigarette an, die sie die ganze Zeit unangezündet in der Hand gehalten hatte.

»Zwei Morde.« Sie spieh Rauch aus. »Drei, mit Doyle. Aus Filmen hab ich gelernt, daß man sich von so was fernhalten sollte.«

»Auf soziale Unterschiede wird dabei nicht geachtet.«

»Ich wußte, daß es was Schlimmes war, als Sie reinkamen. Sie sehen trostlos aus.«

»Das macht die Krawatte.«

»Machen Sie bitte keine Witze darüber.«

Ich zuckte die Achseln. »Es ist übel. Es wird wahrscheinlich noch schlimmer. Das ist normal.«

»Sie haben noch nicht gesagt, was dieser Sturdy hatte, das alle anderen wollen.«

»Das werd ich tun, wenn ich beweisen kann, daß ich nicht übergeschnappt bin. Wenn ich's nicht bin, steht Doyles kleine Absonderlichkeit als gefährliche Manie da, und das ist gut für Sie, aber ich brauche Beweise. Ich kann den Brief kaufen, den Sturdy Doyle für Ma Chaney mitgegeben hat, wenn ich ihren Preis bezahle. Das ist ein Verbindungsstück, aber es reicht nicht aus. Der Brief hat mich irregeführt«, fuhr ich fort. »Ich dachte, Sturdy hätte ihn geschrieben, um Doyle bei Ma einzuführen. In Wirklichkeit hat er Doyle zu Ma geschickt, damit Ma für ihn selbst bürgt. Er hatte was zu verkaufen, etwas, an das kein anderer Kleinkramhehler je rankommen würde. Er hatte einen Käufer, aber wenn Doyle in die Auktion einstieg, konnte er den Preis hemmungslos hochtreiben.«

»Gefährlich.«

»Wenn man sein Leben lang nur vom Ein-Meter-Brett springt, sieht das Zehn-Meter-Brett immer gefährlich aus. Man hat keine Erfahrung damit. Sturdy ist danebengesprungen und auf den Kopf gefallen; sein schwächstes Körperteil, sonst hätte er von Anfang an gar nicht damit geliebäugelt.«

»Was ist mit der Polaris-Rakete, die Doyle von dieser Chaney gekauft hat?«

»Eine gute Geschäftsfrau macht ihren Schnitt, und wenn sie dir Geld für die Benutzung des Klos rausleiert. Daß Doyle sie gekauft hat, zeigt, in welche Richtung seine Gedanken sich bewegten.«

»Aber Sie sagen mir nicht, in welche.«

»Es ist plemplem«, sagte ich. »Es ist wie im Cartoon, und ich hab noch nicht mal den großen Schurken getroffen.«

»Den Colonel?«

Ich nickte. »Ich bin morgen früh mit ihm verabredet.«

»Allein?«

»Anfangs. Sonst würde er abtauchen. Wenn er nicht auf die harte Tour kommt, war diese ganze Geschichte ein übler Traum. Ich werde aufwachen, mein Wagen steht ohne Löcher in der Garage, und ich muß die üblichen Rechnungen bezahlen. Shooter und Sturdy sind wie immer im Geschäft, und ich habe keinen angeschossen. Der Teil ist in Ordnung. Von Ihnen hab ich nur ein Foto auf dem Cover einer Zeitschrift gesehen. Ich bin mir aber nicht darüber im klaren, was ich von dem Teil halten soll.«

Sie legte ihr Kinn in die Hand mit der Zigarette. »Heißt was?«

»Es wäre mir sehr unangenehm, auf ein Chicken-Salad-Sandwich verzichten zu müssen, mit dem ich für zwei Tage ausgesorgt habe.«

Unser Essen kam. Der junge Mann stellte mit minimalen Geräuschen die Teller ab, goß mir aus einer grazilen Silberkanne Kaffee nach und stellte die Kanne auf eine blaue Emailleschale mit einem langen Vogelhals. Er hatte Hände wie ein Croupier, schmal und weiß mit schlanken Fingern.

»Sie haben was andres gemeint«, sagte sie, nachdem er sich zurückgezogen hatte. Sie hatte sich nicht bewegt.

»Kann schon sein. Ich habe eine eiserne Regel.«

»Darf ich sie hören?«

»Grase nie im Arbeitsrevier.«

»Ich habe eine Frage.«

»Ich will sie nicht hören.«

Sie nahm die Hand vom Kinn, schnippte Asche in einen schwarzen Keramikaschenbecher, auf dessen Grund sich ein weiterer blauer Vogel mit langem Hals präsentierte, und sog an der Zigarette wie Marlene Dietrich. »Wo wollten Sie heute nacht schlafen?«

26

Die Schwester wohnte in einem kleinen Holzreihenhaus an der Pembroke. Vor jedem Haus war ein rechteckiges Rasenstück angelegt, und an jeder dritten Garage hing ein Basketballkorb. Ein betagter gelber Schulbus mit dem Namenszug einer Bibelschule lud vor dem Haus nebenan seine Fracht ab und schob sich mit einem Schnauben der Luftdruckbremsen und rasselnden Kugellagern vom Bordstein weg. Ich fuhr in die Auffahrt. Mrs. Thayer hatte zum Restaurant ein Taxi genommen.

»Jeanine ist heute nacht in Toledo«, sagte sie und schloß die Haustür auf. »Sie fährt manchmal dahin, um bei meinem Schwager zu sein, wenn er unterwegs ist. Er verkauft Bürobedarf.«

»Einer muß es ja machen.«

Das kleine Wohnzimmer war überfrachtet, zu viele zerbrechliche Porzellanfiguren auf dünnbeinigen Regalen, zu viele Bilder an den Wänden. Es zeugte von einem Heim, das seit geraumer Zeit bewohnt wurde und um seine Bewohner herumgewachsen war. Mir gefiel es.

Mrs. Thayer legte ihre Handtasche auf den einzigen freien Fleck auf einem Tisch, der mit Zeitschriften und Souveniraschern beladen war. »Ist es zu früh für einen Drink?«

»Ein Drink kennt keine Zeit«, sagte ich. »Scotch, wenn Sie haben. Sonst irgendwas andres.«

Sie ging raus und kam nach drei Minuten mit zwei großen Gläsern zurück. Sie reichte mir eines. Wir ließen uns auf einem Roßhaarsofa nieder, stießen an und tranken.

»Ich bin aus der Übung«, sagte sie. »Verführe ich Sie oder Sie mich?«

»Um halb fünf nachmittags?«

»Ein Bett kennt keine Zeit.«

Ich steckte mir eine Zigarette an und legte das Streichholz auf Paul Reveres Gesicht, Grüße aus Greenwich Village. »In den Zeitungen stand, daß Ihr Sohn in der Nacht zu Hause war, als Sie Doyle erschossen. Wird er aussagen?«

»Nein.« Sie drehte ihr Glas in den Händen. »Ich habe nicht mal Leslie gesagt, in welche Schule ich ihn gebracht habe. Er wird es nie vergessen, wenn die Leute um ihn herum ständig davon reden.«

»Wenn die Verteidigung ihn nicht vorlädt, tut es die Anklage. Glauben Sie bloß nicht, die würden ihn nicht finden.«

»Er hat nichts gesehen.«

»Was hat er nicht gesehen, die Schüsse oder die Schläge vorher?«

»Gar nichts. Er war im Bett.«

»Ich hab mich immer aus dem Bett geschlichen, um ›Die Unbestechlichen‹ zu sehen«, sagte ich. »Meine Eltern haben es nie mitgekriegt.«

»Er hat nichts gesehen.«

»Er muß was gehört haben. Man kann nicht eine Frau schlagen, ohne dabei Lärm zu machen. Es wäre wieder ein Penny auf Ihrer Seite der Waagschale.«

»Nein.« Sie trank.

»Sie können froh sein, daß Sie Dorrance haben. Ein Anwalt ohne Dienstvertrag hätte Sie schon längst fallenlassen.«

»Wie steht's mit 'nem Privatdetektiv ohne einen?«

»Anwälte sind cleverer.« Ich leerte mein Glas und stellte es ab. »Es war ein langer Tag. Der morgen wird noch länger. Mehr als das Sofa und eine Decke brauch ich nicht.«

»Sie können im Gästezimmer schlafen. Ich geh ins Schlafzimmer. Hören Sie, ich erschieße nicht alle Männer, mit denen ich schlafe.«

»Sie schlafen auch nicht mit allen Männern, die Sie kennenlernen. All das Gerede über die Filme, in denen Sie gespielt haben, bringt Sie durcheinander. Sie müssen nicht so sein, wie die behaupten, nur weil sie's behaupten.«

»Glauben Sie, ich kann das nicht trennen?«

»Das kann keiner.«

»Sie können's.«

»Ich bin Detektiv. Ich werfe bloß Licht zurück.« Ich stand auf. »Danke für das Bett. Ich hab genug von Motels.«

»Danke für das Essen.«

»Keine Ursache. Ich hab 'ne reiche Klientin.«

Sie ging vor mir ins Gästezimmer und räumte ein paar von ihren Sachen weg. Danach roch es nach ihr. Ich rauchte am Fenster noch eine Zigarette, dachte an überhaupt nichts, zog mich dann aus, hängte meine Sachen auf und legte mich ins Bett. Die Vorhänge zog ich nicht vor. Ein künstlich verdunkeltes Zimmer hätte mich zu sehr an das erinnert, in dem Hilda Myrtles Mann lag und wartete.

Ich wartete auch.

Eine Zeitlang betrachtete ich die genoppte Decke. Dann drehte ich mich auf die linke Seite und starrte auf die Tür. Das war zu offensichtlich, also drehte ich mich um und starrte aufs Fenster. Der Zweig eines Ahornbaums hing davor, schwer von Blättern. Die Sonne zeichnete mit ihren grauen Schatten ein gesprenkeltes Muster auf den Boden, und wenn ein Windhauch sie zittern ließ, schimmerten die Schatten wie sonnenbeschienenes Wasser. Nebenan dribbelte jemand unregelmäßig mit dem Basketball, und hin und wieder, wenn er den Korb traf, war zwischen den hohen Aufschlägen ein Klatschen und leichtes Klirren zu hören. Woanders schlug jemand eine Fliegengittertür zu. Ein Helicopter dröhnte übers Haus, unterwegs, um den nachmittäglichen Rückverkehr von den Stränden zu überwachen.

Etwa hier schlief ich über meiner Warterei ein. Als ich aufwachte, war es dunkel. Ich machte die Nachttischlampe an und schaute auf meine Armbanduhr. Grade neun vorbei. Die Tür war geschlossen. Ich setzte mich auf eine kurze Zigarette auf, drückte sie dann aus, schaltete das Licht aus und legte mich wieder hin.

Ein paar Minuten später kam sie herein und stieg zu mir ins Bett. Die Wärme ihres Körpers füllte den Leerraum unter der Decke. Sie war lauter erhitzte Haut und kühle Seide und sehnige Arme und Beine und suchende Lippen. Diesmal stand ich ihr bei.

27

Kurz nach Sonnenaufgang kam sie zu mir ins Wohnzimmer. Ich saß auf dem Sofa und reinigte die Beretta mit Hilfe eines billigen Putzzeugs, das ich bei meinem Besuch bei Meijer's gekauft und ins Auto gelegt hatte. Sie trug einen blauen Chiffonumhang, und die Sonne zauberte einen Heiligenschein auf ihre Haare, die noch feucht waren vom Waschen. Der Duft parfümierter Seife mischte sich mit dem scharfen Geruch des Waffenöls.

»Glaubst du, du brauchst das?«

»Lieber wär's mir ohne.«

»Ist es nicht furchtbar früh?«

»Ich will zuerst dasein.« Ich wischte jede Patrone einzeln ab und lud das Magazin. Shooter hatte sie korrekt geladen, aber es gab ungeeignetere Momente als diesen, um es zu prüfen.

»Kannst du nicht statt deiner die Polizei schicken?«

»Dann gibt Colonel Seabrook allen nett die Hand und zieht wieder in den Krieg. Die haben nichts über ihn.«

»Aber du.«

Ich rammte das Magazin rein und beförderte eine Patrone in die Kammer. »Noch nicht.«

»Willst du ihn zum Gestehen bringen, indem du ihm eine Kanone unter die Nase hältst?«

»So funktionieren Waffen nur im Fernsehen.« Ich stand auf, steckte die Automatik hinter meiner rechten Hüfte in den Gürtel und zog mein Sakko an.

Sie ging zu dem Tisch mit den Magazinen und Aschenbechern und nahm etwas aus einer Schublade. »Falls dir die Kugeln ausgehen.«

Ich nahm es. Es war eine vernickelte Browning, 25er Automatik, mit einem Perlmuttgriff, schimmernd und sündig. Als ich eine Faust machte, verschwand sie darin. »Von dir oder von deiner Schwester?«

»Doyle hat sie mir zu unserem ersten Hochzeitstag geschenkt. Ich wollte sie nicht rumliegen haben, solange Jack klein war, deshalb hab ich sie Jeanine gegeben. Sogar als Doyle mit seiner

Sammelei anfing, hab ich ihm das Versprechen abgenommen, nie etwas geladen rumliegen zu lassen.«

Ich ließ das Magazin mit einer Hand rausspringen und schob es mit dem Daumen wieder rein. »Die hier ist geladen.«

»Jeanine. Sie ist viel allein hier. Ich weiß nicht mal, wie das geht.«

»Ich versuch sie dir wiederzugeben.« Ich steckte sie ein.

»Nicht nötig. Mir reicht's für alle Zeiten.« Sie lachte kurz. »Ich wünschte, ich wüßte, wie man Frühstück macht. Ich möchte dich nicht mit leerem Magen wegschicken.«

Ich stand vor ihr. »Du mußt nicht kochen können.«

»Bereust du's?«

»Ich schätze, das sollte ich fragen.«

»Natürlich nicht. Nur so hab ich mich bei Doyle noch sicher gefühlt, wenn er – so war. Ich wußte gar nicht mehr, wie es ist, wenn man's aus Spaß tut.«

»Ich verstehe nicht, wie du ihn so lange ertragen konntest.«

»Auch ein geprügelter Hund will essen.«

»Blödsinn. Du bist früher auch allein durchgekommen.«

»Aber Jack kann das nicht.«

»Kinder sind zäh. Die wehren sich.«

»Ehefrauen auch. Einige.«

Ich zog eine Karte aus meiner Brieftasche und hielt sie ihr hin. Nach kurzem Zögern nahm sie sie. »Horace Livingood«, las sie. »Wer ist das?«

»Ein Agent. Das Bureau für Alkohol, Tabak und Feuerwaffen hat ihn geschickt, als sie das Waffenlager deines Gatten geräumt haben. Ruf ihn an, wenn ich weg bin. Sag ihm, er soll um halb neun in meinem Büro zu mir stoßen.«

»Wieviel Polizei hast du nun?«

»Mit Alderdyce und Romero, ohne Fußvolk, drei. Die Zuständigkeiten sollen die unter sich ausmachen. Erzähl ihm aber von den anderen. Wenn Bullen auf Bullen schießen, gibt's einen mörderischen Papierkrieg.«

»Glaubst du, es wird eine Schießerei geben?«

»War nur so dahingesagt.«

»Das ist keine Antwort.«

»Wenn es 'ne Schießerei gibt, hat jemand einen Fehler gemacht. Wenn ich alles richtig mache, gibt's keine.«

Sie wandte sich ab. »Man sollte alle Waffen in den Detroit River schmeißen. Die Sportgewehre zuerst.«

»Dann mußt du die Messer hinterherwerfen«, sagte ich. »Nicht zu vergessen die Garrotten und Schlagstöcke und sämtliche Flaschen mit Totenschädeln und gekreuzten Knochen auf dem Etikett. Dann werden sie sich einfach mit Felsbrocken erschlagen. Die Waffen sind nicht das Problem. Die Schützen mußt du abschaffen.«

»Leute wie mich.«

Ich sagte: »Du hast noch nie auf jemanden geschossen.«

Es dauerte einen Moment, vielleicht war es auch gleich angekommen, und sie hatte in diesem Moment ihr Gesicht in Form gebracht. Als sie sich umdrehte, sah sie verwirrt aus. »Was soll das heißen?«

»Doyle junior ist mit einer Automatik erschossen worden. Die wird genauso geladen wie diese hier.« Ich klopfte auf die 25er in meiner Tasche. »Du hast mir grade erzählt, daß du nicht mal weißt, wie man so was lädt.«

»Sie war schon geladen.«

»Du hast gesagt, er mußte dir das Versprechen geben, keine geladenen Waffen rumliegen zu lassen.«

»Er hat es nicht gehalten. Was glaubst du, was ihm ein Versprechen wert war, wenn er in diesem Zustand war?«

»Der Gerichtsmediziner hat in seinem Körper solche Mengen von Alkohol und Drogen gefunden, daß Doyle keinen klaren Satz mehr sprechen, geschweige denn eine Waffe hätte laden können. Wenn er jedesmal so dicht war, wenn er dich schlug, hat er sie nicht geladen, und wenn er nicht dicht war, hat er dich nicht geschlagen. Du hast mir selbst gesagt, was für ein netter Mensch er in nüchternem Zustand war.«

»Nicht, Amos.«

»Waffen waren sein Hobby. Väter teilen ihre Interessen gern mit ihren Söhnen. Doyle hat Jack sicher gezeigt, wie man eine Waffe behandelt. Wie man sie benutzt. Wie man sie lädt.«

»Nein. Ich habe ihn erschossen.«

»Es war ein großes Haus, aber nicht so groß, daß Jack nicht gehört hätte, wenn sein Vater seine Mutter schlug. Das letzte Mal war zuviel. Nachdem es vorbei war, du dich irgendwo verkrochen hattest und Doyle nackt auf dem Bett eingeschlafen war, schlich sich Jack nach unten. Er suchte sich wahrscheinlich eine Waffe aus, die er unter Aufsicht des Vaters schon einmal benutzt hatte. Er lud sie, ging wieder nach oben und benutzte sie.«

Sie schlug mich. Das Klatschen ließ meine Ohren pfeifen, aber ich rührte mich nicht. »Du tust ihm keinen Gefallen, indem du die Strafe auf dich nimmst«, sagte ich. »So etwas ist eine Zeitbombe. Es wird drauf rauslaufen, daß er einen Psychiater reich macht.«

»Das ist eine Lüge.«

»Du bist eine Lüge. Constance Thayer, die berüchtigte Gattenmörderin von Iroquois Heights. Das ist die Lüge. Der Witz dabei ist, wie viele Leute bereit sind, dich beim Lügen zu unterstützen.«

Sie hob wieder die Hand. Diesmal hielt ich sie fest. Ich sagte: »Mehr gibt's nicht umsonst. Beim nächsten Mal schlag ich zurück.«

»Nur zu. Ich bin es gewöhnt.«

Ich zwang ihre Hand nach unten, hielt sie fest und packte die andere. »Sag Dorrance die Wahrheit. Er weiß, was zu tun ist. Wenn er noch ein Stück Mann ist und nicht nur Anwalt, wird er die Wahrheit bekanntgeben, Jack in den Zeugenstand rufen und dieses Ding rausholen, bevor es anfängt zu eitern. Keiner steckt ihn ins Erziehungsheim. Er wird Hilfe bekommen.«

»Es war alles so, wie ich es gesagt habe.«

»Eine Mutter verteidigt ihr Kind, richtig?«

»So ähnlich.«

»Nicht anders herum.«

Sie sagte nichts.

»Das ist bloß Theater.« Ich ließ sie jetzt los. Sie wich zurück. Der Blick war wieder da, aber anders, gehetzt. Es war wie in dieser einen Szene in *Dracula,* in der die Frau als Vampir entlarvt wird und ihr Gesichtsausdruck von liebreizend zu mörderisch wechselt. Ich lachte. Es klang sogar in meinen Ohren hohl.

»Du spielst das gern, oder? Du denkst gar nicht an Jack. Es ist nur eine Rolle für dich, bloß daß du diesmal die Kleider anbehältst.«

»Du bist gefeuert. Verschwinde aus dem Haus meiner Schwester.«

»Lady, ich gehe sowieso.«

»Amos.«

Ich verharrte mit der Hand am Türknauf. Ich fühlte mich kein bißchen wie Rhett Butler.

»Es ist nicht nur eine Rolle. Ich habe nichts außer meinem Sohn.«

Ich ging.

Es war ein heller, heißer Tag, frisch, ohne Feuchtigkeit. Der Himmel war tausend Meilen weit, ein langer, blauer Schlauch mit der Erde als Boden und ein paar weißen Wölkchen am Deckel. Die Luft war berauschend klar. Ich nahm eine doppelte Lunge voll. Freiheit. Ich war niemandem etwas schuldig. Ich konnte von hier aus überall in der Welt hingehen, nach Singapur oder Flint. Ich konnte um die Ecke Mini-Golf spielen oder im Golfstrom Marlins fischen. Es gab keinen Vertrag mit Kleingedrucktem, das besagte, ich müsse ins Büro gehen und Colonel Seabrook treffen.

Ich warf den Mercury an und steuerte in diese Richtung. Ich bin ohnehin ein lausiger Mini-Golf-Spieler.

Waffen.

Detroits Geschichte ist eine Geschichte der Waffen, von dem Tag an, als Cadillacs Männer die hiesigen Indianer mit Feuer und Rauch ihrer Musketen in Erstaunen versetzten, bis zum letzten Freitag, an dem im Taco Bell Downtown ein sechzehnjähriger Junge einen anderen Jungen erschoß, weil dessen Blick ihm querkam. Häuptling Pontiac versuchte Fort Detroit zu erobern, indem er seinen Kriegern abgesägte Vorderlader unter die Pferdedecken steckte, bevor sie durch die Tore ritten, und Harry Bennett montierte Lewis-Maschinengewehre auf die Ford-Werke, um streikende Arbeiter niederzumähen. Während John Brown in Detroit war, um das Ziel der Underground Railroad, der Sklavenbefreiungsorganisation, zu inspizieren, erstand er die Waffen für seinen mißlungenen Überfall auf Harpers Ferry. In Detroit wurden die Kanonenboote und Bomber fabriziert, die zum Sieg der Alliierten im Zweiten Weltkrieg mehr beitrugen als Churchills Zigarre, und es war das Rattern der Maschinengewehre in den verdunkelten Eingängen der Twelfth Street, das 1967 die Rassenunruhen zum 24-Stunden-Alptraum machte. Zu den wilden Zwanzigern steuerten die knatternden Thompsons am Detroit River ihren Teil bei. Hübsche kleine Damenautomatiks mit Perlmuttgriff, große, schwarze geschäftsmäßige Frontier Colts, billige, miese Freizeitknarren, für ihre Benutzer so gefährlich wie für die potentiellen Ziele, vulgäre Plastik-und-Blech-MGs mit ausländischen Namen auf dem Lauf, seriöse Luger, abgesägte Police Specials, 22er mit Schalldämpfer, 45er mit Verstärker, abgesägte Schrotflinten, Scharfschützengewehre mit Visier, Taschenpistolen, Zwei-Mann-Bazookas, Mauser, Marlins, Mannlicher, Remingtons und Rugers, Springfields und Smith & Wessons, Winchester und Webleys, Berettas und Brownings, Hawkens, Henries, Hotchkiss und Haubitzen – alle nehmen sie für sich in Anspruch, ein so wichtiger Teil der Stadt zu sein wie Ty Cobb und die Standardfrage: Was wäre Detroit ohne Waffen? Antwort: Cleveland. Haha.

Und jetzt war das größte Geschütz überhaupt, größer als all die anderen auf einem Haufen, geladen und entsichert und bereit zum Schuß. Es wartete nur noch auf einen, der blöd genug war, sich davor zu stellen.

AMOS WALKER

Der Schriftzug, weißes Plastik auf der schwarzen Firmentafel in der Eingangshalle meines Bürogebäudes, war neu. Seit der Erfindung der Installationen hatte sich hier sonst nichts getan. Zur Zeit gab es im dritten Stock keinen anderen Namen. Den Kinderfotografen von nebenan hatten sie wegen Päderastie nach Downtown verfrachtet, der Reiseunternehmer war rausgeflogen, weil er die Miete schuldig blieb, eine Firma hatte Konkurs gemacht, eine andere expandiert, worauf sie sich in edlere Viertel verzogen hatte, und das Büro am Ende des Flurs, das täglich mit Post beliefert wurde, die Unbekannt mittwochs abholte, war schon immer namenlos gewesen. Die Treppe gab melancholische Töne von sich, als ich hinaufstieg.

In diesem halbverlassenen Zustand wirkte das Gebäude noch trüber als an anderen Montagmorgen, wie eine sterbende Zelle in einem toten Organismus, aber so war meine Stimmung. Der Geruch von Desinfektionsmittel im Flur vor meinem Empfangsraum erinnerte mich an die Wirkungsstätte eines Begräbnisunternehmers, das Surren des hochmodernen Staubsaugers in einem leeren Büro ein Stockwerk tiefer an den Verbrennungsofen im Krematorium. Das Klirren meiner Schlüssel, als ich den Büroschlüssel rausschüttelte, war lächerlich laut.

Ein Metallkolben von arktischer Kälte traf auf den feinnervigen Knochen hinter meinem rechten Ohr und verursachte einen dumpfen Schmerzstoß, der mir bekannt vorkam, in meinem Schädel. Gleichzeitig griff eine Hand unter mein Sakko und zog die Beretta aus dem Gürtel.

»Macht sich doch bezahlt, mit den Hühnern aufzustehen, was?« schnarrte Hubert Darlings Stimme dicht hinter mir. »Gehen wir, Schläger. Der Colonel hat nich den ganzen Tag Zeit.«

28

Er dirigierte mich nach unten und zur Tür raus. Vor dem Gebäude stand ein dunkelblauer Chrysler im Halteverbot, der mir schon zweimal untergekommen war. Huberts Kanone bohrte sich in mein Steißbein. »Einsteigen, Meister.«

Ich gehorchte. Rechts auf dem Rücksitz saß ein Mann. Er war größer und häßlicher als Hubert. Aknenarben und ein riesiger Zinken schmückten sein Gesicht, und sein Knastschnitt paßte bestens zu dem fahlgrauen Teint. Über einem ungewaschenen Netzhemd trug er eine blaue Windjacke. Es war lange her, aber ich erkannte ihn.

»Hallo, Jerry«, sagte ich. »Dein Bruder hat mir erzählt, du wärst noch in Jackson.«

Mit einer Sekunde Verzögerung zeigte er mir eine Reihe großer, gelber pferdeähnlicher Zähne. »Arbeitsurlaub. Ich hab den letzten Bus verpaßt.«

»War das vor oder nachdem du mich mit Hubert auf dem Gelände schlafen geschickt hast?«

»Hab mir schon gedacht, daß du nicht die ganze Zeit geträumt hast.«

Hubert machte die Fahrertür auf und rutschte ans Steuer. Jerry richtete seine ausdruckslosen blauen Darling-Augen auf ihn. »Haste ihn durchsucht?«

»Ich hab die hier.« Er hielt die Beretta hoch.

»Ob du ihn *durchsucht* hast?«

»War nicht nötig. Hat rausgestanden wie –«

Jerry verpaßte ihm von hinten eine Kopfnuß. »Arschkeks. Auf die Knie, mit dem Gesicht zu mir, Walker. Hube, leg auf ihn an.«

Als ich mich umdrehte, nahm ich die kleine Browning aus der Seitentasche und steckte sie zwischen die Polster, verdeckte sie mit dem Körper. Dann kniete ich mich mit dem Rücken zur Frontscheibe und den Händen auf den Kopfstützen auf den Sitz. Jerry beugte sich vor, tastete alle Taschen, die Achselhöhlen und die Innenseite der Schenkel ab. Auch die Knöchel ließ er nicht aus. Dann setzte er sich zurück. »Alles klar, Hube.«

Als ich mich wieder umgedreht hatte, hielt mir Hubert eine

schwarze Sonnenbrille mit weichen Bügeln hin. Ich setzte sie auf. Die Gläser waren innen mit Alufolie zugeklebt, so daß kein Licht durchdrang. Hubert legte mir den Sicherheitsgurt über die Arme. »Nur zu deinem Besten, Schläger«, sagte er. »Wenn du's vergißt und sie aufmachst, müssen wir dich umlegen.«

Jerry sagte: »Halt's Maul, und fahr los.«

Der Motor sprang weich an, und wir setzten uns in Bewegung. Ich versuchte eine Weile, mich an Kurven zu orientieren, aber Hubert hatte einen Fahrstil wie beim Autoscooter; nachdem wir zweimal im Kreis gefahren waren, hörte ich auf, mitzuzählen. Hören fiel auch aus, weil er einen Hillbilly-Sender auf volle Lautstärke eingestellt hatte. Seit dem Fernseher in Sturdys Zimmer war mir wohl bekannt, daß er es gerne laut hatte.

Wir schienen stundenlang unterwegs zu sein; in Grand-Ole-Opry-Zeit gemessen achtzehn Morde, zweiundzwanzig Seitensprünge, elf Honky-tonks und neun Verhaftungen lang. Vermutlich war es eher eine Dreiviertelstunde. Als der Straßenbelag unter den Rädern glatter wurde, wußte ich, daß wir uns von den Rollsplittstraßen auf den Expressway bewegt hatten, was die Möglichkeiten in der näheren Umgebung auf sieben begrenzte. Ich registrierte auch, als wir von Asphalt auf Schotter kamen. Da blieben wir lange Zeit, dann bogen wir auf einen Privatweg ein, wie mein Magen und meine Füllungen mir kundtaten, wenn wir über Steine und Äste holperten. Kurz darauf kamen wir zum Halten.

Jemand machte meine Tür auf und löste den Gurt. Ich stolperte beim Aussteigen, griff zwischen die Polster, packte die kleine Automatik und steckte sie in meine Seitentasche zurück, wobei ich die Aktion mit meinem Körper deckte. Ich spürte Gras unter den Füßen. Der feuchte Geruch von frischem Mist drang mir in die Nase. Mir war jetzt ziemlich klar, wo ich mich befand.

Wir gingen ins Haus, durch einige Zimmer und eine Treppe mit dickem Teppichboden hinunter. Obwohl niemand etwas sagte, war ich ziemlich sicher, daß wir Gesellschaft bekommen hatten. Die Luft fühlte sich dichter an, und ich roch ein neues After Shave. Dann hielten wir an. Hinter uns schloß sich die Tür.

»Sie können sie abnehmen.«

Das war eine neue, aber nicht unbekannte Stimme. Jemand nahm mir die Brille ab, bevor ich mich rühren konnte, und ich blinzelte ins Licht. Es war künstliches Licht, das einen Raum beleuchtete, der mit Nußholzplatten, deren Maserung sich voneinander abhob, getäfelt, und mit einem langflorigen orangebraunen Teppichboden ausgelegt war. Ein paar Stühle aus Stahlrohr und geschmolzenem Plastik und eine Standuhr, die seit etwa achtzig Jahren die Stunden schlug, bildeten das Mobiliar; aber wie man einen Kellerraum auch ausstattet, man erkennt ihn immer. Ich hatte je einen Darling zur Seite, und drei weitere Männer befanden sich in dem Raum. Zwei trugen schwarze Hosen und Marine-Rollkragenpullover aus dünnem Material, die aber dennoch zu warm waren für die Jahreszeit. Die Hosen steckten in blankgeputzten Kampfstiefeln. Ihre Gesichter waren glatt und fast identisch, wie immer, wenn sie nicht mehr als zwanzig Jahre auf dem Buckel haben und von einem Armeefriseur bearbeitet wurden. Auf ihrem Kopf saßen im selben akkuraten Winkel olivgrüne Käppis, und ihre M-16 hielten sie wie Wachposten quer vor dem Bauch.

Der dritte Mann wurde von ihnen flankiert und stand mir mit gespreizten Beinen und den Händen auf dem Rücken gegenüber. Er war aus demselben Holz geschnitzt, allerdings nicht mehr so taufrisch. Er war knapp eins neunzig und mit einem Khakianzug im Uniformstil mit aufgesetzten Taschen und glänzenden schwarzen Knöpfen sowie einer schwarzen Strickkrawatte auf einem sandfarbenen Hemd angetan. Im Gesicht saß ihm eine Brille mit einem schweren schwarzen Gestell. Die Gläser reflektierten das Licht wie saubere Fensterscheiben; sie dienten lediglich dazu, die Falten um seine Augen zu kaschieren. Er mußte um die Fünfzig sein.

Hinter mir ging die Tür auf. Ich schaute zurück und erblickte einen weiteren jungen Mann in derselben Aufmachung wie die anderen. Er schloß die Tür und stellte sich, M-16 schräg vor der Brust, davor.

Ich drehte mich wieder um. »Ich bin gefährlicher, als ich dachte.«

Der Mann im Khakianzug schaute die Darlings an. »Habt ihr ihn nach Waffen durchsucht?«

»Yeah.« Hubert trat vor, zog die Beretta aus seinem Hosenbund und gab sie ihm.

Der Mann beförderte das Magazin raus, steckte es ein und

schob den Schlitten zurück. Die Patrone in der Kammer glitt heraus und landete geräuschlos auf dem Teppich. Dann zog er den Lauf rasch über Huberts Gesicht. Das Stahlvisier ließ seine Backe aufplatzen wie eine reife Orange. Er heulte auf und stolperte zwei Schritte zurück. Sein Bruder trat vor, blieb aber stehen.

»Es heißt ›Yes, Sir‹«, sagte der Mann im Khakianzug.

Jerry sagte: »Wir gehören nicht zu Ihrer beschissenen Armee.«

Der Mann im Khakianzug bewegte leicht den Kopf. Von hinten kam ein leichtes Rascheln, dann hörte ich neben mir ein ekelerregendes dumpfes Geräusch, und Jerry sackte zu einem Häufchen zusammen. Der junge Mann von der Tür stand, das Sturmgewehr mit dem Lauf nach unten, über ihm.

»Ich will es hören«, verlangte der Mann im Khakianzug von Hubert.

»Yes, Sir.« Er hielt sich ein blutiges Taschentuch an die Backe und schaute zu seinem bewußtlosen Bruder.

Colonel Seabrook – er mußte es sein, trotz der täuschend jugendlichen Stimme vom Telefon – bewunderte die Beretta. »Eine hervorragende Pistole, obwohl ich aus ästhetischen Gründen die alte 45er bevorzuge. Aber man kann den nächsten Krieg nicht mit den Waffen des letzten führen. Sie waren in Vietnam, nicht wahr, Walker?«

»Yes, Sir.«

»Sie müssen das nicht sagen. Es wäre mir sogar lieber, Sie täten es nicht. Sie sagen das auf eine Art, die mir nicht behagt.«

»Mir gefällt's auch nicht sonderlich.«

»Ich war selbstverständlich auch dort. Lieutenant, Erstes Bataillon, Neuntes Marineinfanterieregiment. Wenn wenig los war, gingen wir bei Quang Tri auf Tigerjagd. Das war noch ein besserer Sport, als Schlitzaugen hetzen. Wenn ein Tiger Dorfbewohner frißt, heißt das, daß er zu alt ist, um andres Wild zu jagen, aber er ist schlauer als die anderen, denn in einem Land, in dem es vor bewaffneten Männern wimmelt, wird ein dummer Tiger nicht alt, die Schlauen machen sich jedenfalls nicht an angepflockte Ziegen ran. Wir haben Dorfbewohner benutzt.«

»Haben Sie viele gekriegt?«

»Ich habe zwölf Felle nach Hause geschickt.«

»Ich meine Dorfbewohner.«

Jerry Darling kam wieder zu sich und stöhnte. Seabrook beachtete ihn nicht. »Sie wissen doch, wie es war. Solange den Reisfeldern nichts geschah, war es ihnen einerlei, wer siegte, und sie kämpften für beide Seiten, wenn sie damit den Krieg beenden konnten. Das ist hier doch nicht anders. Der wahre Soldat aber kämpft um des Kämpfens willen. Bestimmt nicht für sein Heimatland oder für den Präsidenten, die es lieber hätten, daß er dort sterben würde, wenn alles erledigt ist. Wenn sie den Krieg nicht mehr brauchen, können sie die Maschinerie nicht schnell genug wieder auflösen.«

»Nette Ansprache. Ihre Pimpfe hier können sicher gar nicht genug davon kriegen.«

»Ich habe diese Männer selbst ausgebildet. Am Anfang war nicht viel da. Die heutige Generation ist nur daran interessiert, Geld zu machen, damit sie sich Spielzeug davon kaufen kann. Da waren mir fast diese flennenden Schwächlinge noch lieber, die vor zwanzig Jahren die Fahnen anzündeten; die hatten zumindest Geist. Aber ich bin froh darüber, was aus diesen Männern geworden ist.«

»Sie sind so schlau wie jede Räuberhorde, der ich bisher begegnet bin«, sagte ich.

»Es sind Soldaten. Gerade Sie sollten das erkennen.«

»Ich bin kein Soldat.«

»Aber sicher sind Sie das.« Er hielt die Beretta hoch. »Jeder, der für jemand anderen, der das nicht kann oder will, eine Waffe anlegt, ist ein Soldat. Die Uniform spielt dabei keine Rolle.«

»Haben Sie deshalb bei den Lagerhäusern mit meinem Wagen Pearl Harbor gespielt?«

»Das war ein Versehen. Die Alliierten von den Feinden zu unterscheiden ist nicht mehr so einfach heutzutage.«

»Sturdy und Shooter würden das auch so sehen.«

»Geringfügige Verluste.«

»Ihnen fehlt ein Mann«, sagte ich. »Er packt wahrscheinlich jetzt gerade bei den Cops aus. Ich hab ihm noch ein bißchen Blut gelassen bei dem Vorfall auf Ma Chaneys Grundstück.«

»Er wird schweigen.«

Mir wurde schlagartig klar, daß er nicht einmal reden würde, wenn er überlebte und seine Strafe absaß. Ich änderte die Taktik. Es waren zu viele Maschinengewehre im Raum, um einen Gedanken an die kleine Pistole in meiner Tasche zu verschwenden.

»Sie schaden sich mit Ihrer Gründlichkeit, Colonel. Anfänglich wollte ich nur einen Hinweis auf Doyle juniors Aktivitäten im Waffenhandel, grade genug, um die Geschworenen davon zu überzeugen, daß seine Frau der Gesellschaft keinen großen Schaden zugefügt hat, indem sie ihn umbrachte. Wenn Sie mir nicht den Hinterhalt gelegt hätten, wäre ich nie auf die Idee gekommen, daß Sie in den Einbrüchen oder der anderen Sache drinhängen. Diesen Fehler haben Sie verschlimmert, indem Sie versucht haben, Ma Chaney aus dem Weg zu räumen. Ma plaudert, wenn sie wütend ist. Wahrscheinlich hat sie sich nie Ihrer Gehirnwäsche unterzogen.«

»Wer glaubt denn schon einer alten Schreckschraube, die als Schwerverbrecherin bekannt ist?«

»Keiner, bis Sie ihr Grund dafür gaben. Als Opfer eines Mordversuchs wirkt man viel glaubwürdiger.« Ich ließ ihn das verdauen. »Über Shooter halte ich Ihnen keinen Vortrag. Mit der halbgaren Aktion, ihn auf dem Gelände abzuservieren, wollte sich jemand bei Ihnen lieb Kind machen. Du hast bestimmt gedacht, wenn du dem Colonel mal zeigst, wie loyal du bist, vergißt er, wie schnell du Ma für ihn hast sitzenlassen, was, Hube?«

Hubert, der sich immer noch das Taschentuch ans Gesicht drückte, sagte: »Nur weiter so, Meister. Ich vergeß nich, was ich dir für den andern Tag noch schuldig bin.«

»Sogar ein mächtiger Häuptling kann nicht wissen, was alle seine Indianer treiben«, dozierte ich. »Aber wenn Ihre zackige Hitlerjugend mich statt des Autos durchlöchert hätte, wäre das alles nicht passiert.«

»Schnee von gestern. Ich verschwende nie Zeit, indem ich alte Schlachten schlage.« Er strich über die Beretta. »Tut mir leid, daß ich Sie nicht in Ihrem Büro treffen konnte. Sie hatten aufgelegt, bevor ich Ihnen mitteilen konnte, daß ich die Orte für Stelldicheins immer selbst bestimme.«

»Der hier ist klasse. Wer hätte schon an Mark Prousts Keller gedacht? Und das bei den bevorstehenden Wahlen.«

Jerry hatte sich in eine halbe Sitzposition gehievt und hielt den Kopf in den Händen. Der Mann, der ihn geschlagen hatte, war zu seinem Posten an der Tür zurückgekehrt. Für einen langen Moment war Jerrys gequältes Atmen das lauteste Geräusch im Raum.

Seabrook stierte Hubert an. »Ich habe Befehl gegeben, ihm die Augen zu verbinden, sobald er im Auto war.«

»Haben wir gemacht. Er hat auf dem ganzen Weg nichts gesehen.« Er klang ängstlich, was mich überraschte. Ich hatte ihn nicht für so schlau gehalten.

»Ihr hättet mir auch die Nase zubinden sollen«, sagte ich. »Ich war schon mal hier, wenn auch nicht im Keller. Ich bin nicht Elizabeth Taylor, aber wenn ich 'ne Pferdefarm rieche, erkenne ich sie.«

Der Colonel schüttelte traurig den Kopf. »Ich nehme meine Worte von vorhin zurück. Sie wären kein guter Soldat. Sie denken zuviel.«

»Das ist ein Problem von mir. Manchmal beneide ich Hubert und Jerry.«

»Die denken nicht genug. Aber sie sind nützlich, bis zu einem bestimmten Punkt.« Während er sprach, nahm der Colonel das Magazin aus der Tasche, rammte es in den Griff und beförderte eine Patrone in die Kammer. Er entsicherte und erschoß Hubert Darling. Die Kugel durchbohrte seinen Nasenrücken und ließ seinen Hinterkopf wegplatzen.

Hubert brauchte einen Monat, bevor er fiel. Sein Kopf fuhr hoch, als hätte ihn jemand gerufen. Das riß seine geplatzte Backe von dem Taschentuch in seiner Hand weg, und im letzten bewußten Moment hob er die Hand, um es wieder dranzuhalten. Da kam sie nie an, weil mittlerweile seine Knie nachgaben und er sich drehte und quasi selbst in den Boden schraubte, bis sein Gleichgewicht aufgab, und er den Rest der Strecke fiel. Dann landete er mit einem Klatschen und lag so reglos da wie ein Sack Schlamm.

Jerry stöhnte. Ob wegen seinem Bruder oder seinem schmerzenden Kopf, war schwer zu sagen.

»Ich hätte das schon tun sollen, als er gegen meinen Befehl Shooter exekutierte«, sagte der Colonel und wischte gedankenverloren die Pistole an einem Hosenbein auf und ab. Im Nachhall des Schusses klang seine Stimme erstickt. »Spätestens nach Stoudenmire hätte ich es tun sollen. Aber so wird der Gerechtigkeit Genüge getan: Er hat mit Walkers Waffe Shooter erschossen, ich erschieße mit Walkers Waffe ihn.«

Ich erwog, ihn wissen zu lassen, daß es nicht meine Waffe war, aber es hätte ihn sicher verärgert. Was ich statt dessen sagte, war eher heiße Luft. Es roch nach Schwefel.

29

Jemand hämmerte an die Tür. Der Lärm brach in die pulsierende Stille, die nach dem Schuß und Colonel Seabrooks Worten eingetreten war. Der Blick des Colonels richtete sich über meine Schulter auf den Mann an der Tür. Er nickte. Die Tür ging auf.

»Was war das für ein Schuß?« Proust stapfte herein, erfaßte den sich auf den Teppich erbrechenden Jerry Darling und seinen Bruder, der ohne Hinterkopf auf dem Gesicht lag. Er schrak zurück. »Ich hab gesagt, keine Toten. Was haben Sie mir angetan?«

»Spielt keine Rolle«, sagte Seabrook. »Ich hab Ihnen gesagt, daß der Plan mit den verbundenen Augen nicht funktionieren würde. Walker hat erraten, wo er ist.«

Proust sah mich an, oder eher durch mich hindurch. Er trug ein kurzärmeliges kariertes Sporthemd und enge Jeans, die seine Wampe betonten. Sein Gesicht war grauer als sonst. »Ich wollte ihn nicht hier haben. Sie hätten ihn woanders hinbringen sollen.«

»Sie hätten mir einen Korb geben sollen, als ich Ihnen gemeinsame Sache anbot. Aber das haben Sie nicht getan, ich schon, und so ist nun die Lage. Ein guter Befehlshaber verschwendet keine Zeit, indem er sich bessere Zustände wünscht. Es fängt an zu stinken hier.« Er stolzierte zur Tür und trat dabei sorgfältig über die Blutlachen hinweg.

»Und was passiert mit ihm?« Proust schaute wieder zu Jerry, der nirgendwohin außer auf die Reste seines Frühstücks schaute.

»Ein Mann sollte bei seinem Bruder bleiben.« Auf dem Weg nach draußen warf Seabrook dem Mann an der Tür einen Blick zu.

Die zwei anderen Wachen lösten sich von der Wand. Ich drehte mich um und folgte dem Colonel nach draußen. Proust bildete willenlos das Schlußlicht. Hinter uns rülpste das M-16 des dritten Wachpostens kurz auf, wie ein Wagen mit kaputtem Anlasser. Kurz darauf schloß er sich uns an und zog die Tür hinter sich zu. Blauer Rauch kräuselte heraus.

Wir befanden uns in einem größeren Raum mit derselben Wandtäfelung, einem wie Schimmelkäse gesprenkelten Keramikboden und einem Ofen und einem Pooltisch in entgegengesetzten Ecken. Durch rechteckige Fenster an der Decke, die außen von

Gras umwachsen waren, drang Licht herein. Der Colonel baute sich am entfernten Ende des Pooltischs auf, die Hände auf den Ecken, die beiden ersten Wachen hinter ihm. Er hatte Ähnlichkeit mit Eisenhower beim Studieren der Normandie-Karten.

»Kommen wir zur Sache«, verkündete er. »Haben Sie's?«

»Wäre ich sonst hier?«

»Wenn meine Kundschafter ganze Arbeit geleistet haben, möglicherweise ja. Sie gehören zu der Sorte Männer, die wir bei den Marines als Draufgänger bezeichneten. Sie gehen allein vor und kämpfen nach ihren eigenen Regeln. Wenn der Draufgänger das Kommando hat, ist das von Vorteil; dann erringt er Siege und erobert Angriffsziele, auf die im Hauptquartier keiner gehofft hätte. Wenn er es nicht hat, wird er in den meisten Fällen wegen Gehorsamsverweigerung erschossen, falls er überhaupt zurück kommt. Heldenhaftigkeit ist gut für die zu Hause; es erleichtert die Rekrutierung. An der Front verdirbt es nur die Verlustlisten.«

»Ich bin kein Held«, sagte ich. »Nur neugierig. Wofür brauchen Sie es?«

»Warum sollte ich Ihnen das sagen?«

»Betrachten Sie's als letzten Wunsch.«

»Haben Sie vor, demnächst zu sterben?«

Ich lehnte mich, seine Pose imitierend, auf die andere Seite des Tischs. Die kleine Automatik in meiner Tasche verschob sich. »Sie haben Proust doch eben mehr oder weniger klar gesagt, daß ich hier nicht mehr lebend rauskomme«, sagte ich. »Die verbundenen Augen haben nichts genützt, und Sie wollten ihn ohnehin nur davon abhalten, sich wegen des Hauses zu sehr aufzuplustern. Spielt es eine Rolle, ob ich sterbe, bevor ich Ihnen das Zeug gebe, oder danach? Aber ich will nicht in Unwissenheit sterben.«

»Bis ich das spaltbare Material habe, sind Sie sicher. Danach sind Sie frei. Aber das waren Sie immer.«

»Spaltbares Material.«

Sein Gesicht zuckte. Das war das Maximum an Lächeln, zu dem er außer bei der Lektüre von Clausewitz fähig war. »Plutonium. Wollen Sie mir erzählen, Sie besitzen es und kennen nicht einmal die Terminologie?«

»Manchen Leuten können Sie 'ne Kanone geben, und sie schießen damit. Die müssen nicht wissen, wie sie gemacht ist. Was wollen Sie denn in die Luft jagen?«

»Das ist mein Geheimnis.«

»Genau wie der Ort, an dem ich das Plutonium versteckt habe.«

»Glauben Sie, ich kriege das nicht aus Ihnen raus?«

»Auf die Art hätten Sie's auch aus Sturdy rauskriegen können, aber er hat Sicherheitsmaßnahmen getroffen, wie er Ihnen sagte. Ich schätze, in Form eines versiegelten Umschlags, der von irgend jemand an die Polizei geschickt wird, falls er stirbt. Eine alte Nummer, aber immer noch wirkungsvoll.«

»Ich höre keine Sirenen.«

»Montags ist die Post langsam. Sie könnten anfangen, an meinen Fußnägeln zu ziehen, aber das braucht Zeit. Sie haben von Anfang an gegen einen Termin angearbeitet, sonst hätten Sie die Einbrüche nicht so kurz hintereinander durchgeführt. Sie brauchten schnell Geld, um Sturdy das Plutonium abkaufen zu können. Jetzt ist Sturdy seit vierundzwanzig Stunden tot, und Sie haben das Zeug immer noch nicht. Inzwischen ist das Totenbettgeständnis des Mannes, den Hubert vesehentlich ins Jenseits beförderte, unterwegs zu jemandem, den es interessiert. Wenn Zeit Benzin wäre, kämen Sie nicht mehr aus der Garage.«

Er richtete sich auf und verschränkte die Hände hinter dem Rücken. Er hatte eine Entscheidung getroffen.

»In Simbabwe gibt es einen Berg«, sagte er. »Die Eingeborenen, die dort waren, hatten danach Lehm an den Sandalen. Lehm mit Diamanten. Bis jetzt weiß niemand außer ein paar halbwilden Stammesangehörigen und einer Handvoll Regierungsmitglieder davon, die alle auf meiner Gehaltsliste stehen. An Weihnachten wird die ganze Welt davon wissen, denn bis dahin plane ich, das Land unter meiner Kontrolle zu haben.«

»Eine Atombombe ist ziemlich schweres Förderwerkzeug. Warum nehmen Sie nicht Pickel und Schaufeln?«

»Sie wird nicht bei dem Berg gezündet werden. Mit einer simplen Demonstration in der Kalahari-Wüste sollte die Regierung zu überzeugen sein, daß ich das ganze Land in den Atlantik schleudern kann, wenn sie mir nicht den gesamten Berg mit den Rechten an den Mineralien überschreibt.«

»Großer Gott.« Proust war in einen Polstersessel gesunken, dessen Polster für das obere Stockwerk zu abgenutzt war, und wischte sich das Gesicht mit einem Batisttaschentuch ab. Die Geste erinnerte mich an Hubert Darling. »Sie haben mir gesagt, Sie wollen mit dem Geld Waffen kaufen, um sie an afrikanische Revolutionäre weiterzuverkaufen.«

»Wenn ich Ihnen die Wahrheit gesagt hätte, hätten Sie mich nie von diesem sicheren Ort in Iroquois Heights operieren lassen. Ihr Kleinstadtgauner denkt immer in zu kleinen Dimensionen. Mit den Ressourcen dieses Bergs habe ich in fünf Jahren die Herrschaft über zwei Drittel von ganz Afrika; in zehn Jahren über den Persischen Golf. Vier Fünftel aller Ölquellen der Welt werden mir gehören. Und das alles dank einer Reihe längst vergessener Einbrüche in und um Detroit.«

Er hatte keinen Schaum vorm Mund und warf sich nicht auf den Boden, um auf allen vieren an den Beinen des Pooltischs zu nagen. Seine Stimme behielt ihre leichte Jugendlichkeit, und seine Augen hinter der Fensterglasbrille waren von einem leblosen Grau. Nun ja, ich hatte kein großes Drama erwartet. Sie sind keineswegs alle wie Hitler oder der Ayatollah, nur in den entscheidenden Punkten.

Ich sagte: »Haben Sie die Bombe?«

»Raketen, genauer gesagt. Ich habe vier Jupiter, alte Modelle, aber nach wie vor wirkungsvoll. Die Handhabung ist allgemein bekannt. Ich brauche nur noch den Saft.«

»Wer hat Sturdy gesagt, daß Sie ihn brauchen?«

»Er kam zu mir. Jeder in der Gegend hier weiß, daß man für eine solche Ware nur einen Abnehmer findet.«

»Sie unterschätzen ihn«, sagte ich. »Das haben alle getan. Er muß was gewittert haben, sonst hätte er nicht seinen Schwager drauf angesetzt, das Zeug in Fermi Two zu stehlen. Solche Diebstähle sind ziemlich schwierig, aber etwas einfacher, wenn man Chef der Werksicherheit ist. Myrtle war der Ansicht, daß er dem Betrieb, der seinen Krebs verursacht hatte, nichts schuldig sei. Deshalb willigte er ein, es zu versuchen.«

»Versuchen.«

Das war ein Fehler. Was ich dann sagte, war noch einer, aber ich redete weiter, um ihn vom Nachdenken abzubringen. »Wieviel hat Sturdy Ihnen abgeknöpft?«

»Sie waren sein Partner, Sie müßten das wissen. Oder waren Sie es vielleicht doch nicht?« Er nahm die Hände hinter dem Rükken hervor. In einer Hand befand sich die Beretta. Sie hatte unter seiner Khakijacke im Gürtel gesteckt. »Ich hatte recht, Sie sind ein

Draufgänger. Ich hätte Ihnen von Ihrer deprimierenden Überlebensstatistik berichten sollen.«

Ich richtete mich auf und ließ die Hände vom Tisch fallen. Mein rechter Daumen streifte die 25er in meiner Tasche. Bisher war sie mir so nützlich, als ob sie bei Constance Thayer in der Schublade liegen würde. Ich redete weiter.

»Als Sturdy den Sprung nach oben schaffte, war er wie ein Junge, der seinen ersten Schluck Whiskey probierte; er mochte das unbeschwerte Gefühl im Kopf und wollte mehr. Es reichte ihm nicht, daß er aus Ihnen alle Ersparnisse und das Geld von den Einbrüchen rausquetschen konnte. Er ging zu Doyle Thayer junior, der sammelwütig war und das nötige Kleingeld hatte, um Sie noch bis nächstes Jahr zu überbieten, zumindest solange er die Unterschrift seines Vaters auf den Schecks fälschen konnte. Dann hat einer Ihrer frischgebackenen Soldaten den Mund nicht halten können und Ma Chaney erzählt, daß Sturdys Uhr abgelaufen sei.

Aber er irrte sich. Er hieß nicht umsonst Sturdy, der Sture. Er würde immer noch unter uns weilen, wenn nicht sein Herz versagt hätte, als Hubert durch Tunken die Wahrheit aus ihm rauslocken wollte. Das geht auch auf mein Konto«, fügte ich hinzu. »Wenn ich Sie nicht zum Handeln gezwungen hätte, indem ich mich als sein Partner vorstellte, hätten Sie Hubert gar nicht auf ihn losgelassen. Ich ging davon aus, daß er sicher im Knast sitzt.«

Seabrook hörte nicht zu. »Sie sagten, Stoudenmires Schwager wollte versuchen, das Plutonium zu stehlen. Er hat es nicht bekommen, nicht wahr?«

Beiläufig – ich fühlte mich so staksig wie ein Schauspieler, der das erste Mal über die Bühne geht – steckte ich die Hände in meine Sakkotaschen. Das Unternehmen hatte die natürliche Unbefangenheit einer Feder, die durch den Sturm gewirbelt wird.

»Nein«, sagte ich. »Er war zu krank und mußte den Job aufgeben, bevor er an das Zeug rankam. Sturdy hat Sie die ganze Zeit reingelegt. Mich auch.«

Spannung trat in den Raum wie eine weitere Person. Die drei Wachen, fachgerecht verteilt mit gleichgroßen Feuerzonen, packten ihre Gewehre so fest, daß sie knirschten. Die Beretta lag schwer wie ein Stein in der Hand des Colonels.

Alle hatten ihre Position eingenommen, der Text war gesprochen. Einem blieb es überlassen, mit der Vorstellung zu beginnen.

Jerry Darling stahl ihm die Show. Die Tür zum anderen Raum klappte so heftig auf, daß er das Gleichgewicht verlor und auf die Seite stürzte. Er war in einem furchtbaren Zustand. Er blutete aus der Wunde am Kopf, die der Schaft der M-16 verursacht hatte, und das Blut war in einem gabelförmigen Muster an seinem Hals hinuntergelaufen, wo es sich auf seinem Netzhemd mit mehr Blut aus einer geraden Linie von Einschußwunden auf seiner Brust vereinte. Von dort aus strömte es zu seinen Handgelenken hinunter. Der Revolver mußte schlüpfrig gewesen sein. Als Jerry stürzte, ging er los, spuckte Feuer und eine Kugel, die mit einem Klacken und Donnern den Ofen traf. Es klang, als erzeuge ein Requisiteur mit einem Blechstück Theaterdonner.

Dann ging der Donner im Krachen dreier M-16 unter, die sich in schöner Einigkeit räusperten. Ihre Kammern rasselten, und die Patronenhülsen fielen klickend auf den Boden, und der Raum versank im Rauch, und Jerrys schwerer Körper zuckte und hüpfte, als hinge er an drei Fäden. Sein Mund klappte auf, seine Augen wurden weiß.

Der Colonel, der den Blick nicht von mir gewandt hatte, seit wir den Raum betreten hatten, war einen Moment abgelenkt. Ich riß die kleine Pistole aus der Tasche – 25er sind ohnehin schwachbrüstig, und vollkommen nutzlos, wenn man durch Stoff schießt –, aber noch als ich den Abzug drückte, wußte ich, daß ich zu langsam war. Er feuerte die Beretta schon in meine Richtung ab.

Dachte ich.

In dem Getümmel war mir natürlich entgangen, daß eine ganze Armee die Treppe hinter mir herunterpolterte, angeführt von einem grobknochigen schwarzen Inspector von der Detroit Police namens Alderdyce und einem schmalen kubanischen Lieutenant aus Iroquois Heights namens Romero und unterstützt von einem bulligen FBI-Mann, der aussah wie Wallace Beery und auf den Namen Horace Livingood hörte. Die Kugel aus der Beretta zerrte an meinem linken Ärmel und zerfetzte zwei Zentimeter neben Romeros rechtem Ohr das Treppengeländer, als er in die Hocke ging und aus seiner Dienstpistole mit Knochengriff das Feuer erwiderte. Ich schoß gleichzeitig, drückte dreimal ab, so schnell mein Abzugfinger ziehen und entspannen konnte. Angesichts des Lärms, den die kleine Automatik in dem dröhnenden Raum verursachte, hätte sie auch Marcel Marceau gehören können. Vier Kugeln, eine große, drei so klein wie Bleistiftradiergummis, schlugen schwarze Löcher in Colonel Seabrooks Khakianzug. Er trat zwei Schritte zurück, dann einen vor, und fiel mit dem Gesicht nach unten auf den Pooltisch. Die eine Hand hielt noch die Beretta, die Nägel der anderen kratzten fünf Linien in den grünen Filz, als er in die Knie sank. Dann war kein Platz mehr da zum Fallen, und er verharrte kniend zwischen der Wand und dem Tisch und träumte bestimmt, wenn noch Zeit zum Träumen blieb, von Eroberungen und Diamanten.

Die zwei hiesigen Cops hatten Verstärkung mitgebracht, und mit ihren Handfeuerwaffen und abgesägten Schrotflinten rissen sie die drei jungen Männer mit den Sturmgewehren auseinander wie Teddybären am Schießstand. Offenbar hatte sie der Colonel nicht in bewaffnetem Widerstand auf kleinem Raum unterwiesen, denn später wurden bei zwei der uniformierten Beamten kleinere Verletzungen behandelt und bei einem dritten ein zerschlagenes Handgelenk geflickt, wohingegen einer der Söldner noch vor Ort tot war und ein anderer auf dem Operationstisch im Detroit Receiving starb. Der dritte wurde in bedenklichem Zustand dort eingeliefert, und als er sich erholte, auf die Krankenstation des Zuchthauses verlegt.

Die Nußbaumtäfelung würde nie mehr die alte sein, ebensowenig wie die Trommelfelle sämtlicher Mitwirkenden.

Als die Schüsse verhallten, mußte jemand mit dem Flintenkolben ein Fenster durchstoßen, um den Rauch hinauszulassen. Als die Luft sich klärte, löste ein Uniformierter aus Detroit die Finger des bleich und zitternd hinter dem Polstersessel kauernden Mark Proust von der Lehne. Als er losließ, kippte der Stuhl zu der Seite, wo man ihm ein Bein abgeschossen hatte. Eine Feder sprang durch das zersiebte Material.

»*Caramba*«, sagte Romero, der zwischen den verstreuten, verrenkten Leichen stand. »Das hätte ich auch in Havanna haben können.«

30

Ernest Krells großes, durch gelbe Paneele statt Fenster beleuchtetes Wohnzimmer wirkte dämmerig und schwebend, wie ein ägyptisches Grab, das unangetastet das Römische Reich, das Leben Christi, das Mittelalter, zwei Weltkriege und die gesamte Laufbahn von Mason Reese überstanden hat. Die Wände waren noch immer mit naturlasiertem Nußbaumholz getäfelt, was ich zu übersehen versuchte, weil es mich an die Täfelung in Mark Prousts Keller erinnerte. Krells Korea-Krieg-Porträt blickte über das Ganze hinweg, eine stolze Flagge auf einem Schiff im Trokkendock.

Leslie Dorrance saß auf der kalkfarbenen Couch und las meinen Bericht. Sein Pferdegesicht wirkte tröstend, wie das einer lieben alten Tante, wenn man von zu viel Stadtgelichter und falschen Blondinen nach Hause zurückkehrt. Seine überkreuzten Beine steckten in teuren braunen Hosen mit Nadelstreifen, darunter befanden sich gerippte Socken und die unvermeidlichen Slipper mit dicken Sohlen und Trotteln. Krell stand in einem seiner schwarzen Anzüge am Kamin, diesmal mit orangen Streifen, die zu seiner mit dem kleinen Stück Schrapnell gehaltenen sonnenballfarbenen Krawatte paßten. Die Falten in seinem Gesicht waren so scharf, daß es aussah wie aus fahlen Metallplatten zusammengesetzt. Er blieb wieder stehen. Ich kam zu dem Schluß, daß ihm entweder seine alte Hüftverletzung beim Sitzen zu schaffen machte, oder daß er gern auf einen Blick mit dem Bild gesehen wurde.

Constance Thayer saß mir mit übergeschlagenen Beinen in einem zur Couch passenden Sessel gegenüber. Sie trug ein luftiges grünes Sommerkleid und weiße Pumps, und ihr Haar wirkte braun in diesem Licht. Sie sah aus, als hätte sie genug Zeit für Schönheitsschlaf gehabt. Ich ebenfalls: vierzehn Stunden, nachdem ich den gesamten Montag und ein Gutteil der Nacht auf Dienstag mit den Cops zugebracht hatte. Heute war Mittwoch.

Dorrance las die letzte Seite, blätterte ein paar zurück, las etwas ein zweites Mal, schloß dann die Mappe. Seine Augen leuchteten. »Das kann alles durch Beweise erhärtet werden?«

Ich nickte. »Der Polizei liegt ein Geständnis des jungen Mannes vor, der im Receiving gestorben ist, und der Mann, den ich auf dem Grundstück von Ma Chaney angeschossen habe, hat eingewilligt, als Kronzeuge aufzutreten, um Proust und die anderen schuldigen Beamten aus Iroquois Heights hinter Gitter zu bringen. Jetzt, wo der Colonel tot ist, brauchen sie keinem mehr die Treue zu halten.«

»Selbstverständlich billige ich das nicht«, sagte Dorrance. »Viele Anwälte hätten den Fall abgegeben, wenn sie erfahren hätten, daß ihr Klient hinter ihrem Rücken zweimal nacheinander einen Detektiv angestellt hat. Aber ich muß sagen, daß ich mir zum ersten Mal im Leben wünsche, wir hätten unseren Gerichtstermin schneller. Ich will das den Geschworenen anbieten, solange sie noch die Berichterstattung im Kopf haben.«

»Das vergessen die nicht so schnell. Die Atomsache jagt den Leuten riesige Angst ein. Auch wenn Doyle junior nur am Rande darin verwickelt war, die Tatsache, daß er Plutonium kaufen wollte, um damit sein Raketenspielzeug auszurüsten, macht seinen Mörder fast zum Wohltäter, wer auch immer es war.« Ich schaute Constance an, während ich das sagte. Sie war damit beschäftigt, sich eine Zigarette anzuzünden.

Krell räusperte sich. Das Geräusch erinnerte mich an ein M-16. Er steckte eine Hand in die Tasche, und auch das erinnerte mich an ein M-16. Mir dröhnten immer noch die Ohren.

»Ich war mit Seabrook bekannt«, sagte er. »Alte Soldaten, wissen Sie. Er schien mir immer sehr vernunftbestimmt zu sein. Ich kann einfach nicht glauben, daß er wirklich an diesem Plan festhalten wollte.«

Ich bewegte eine Schulter. »Wie ich schon sagte, wenn es um Atomwaffen geht, setzt bei den Leuten das Denken aus. Er war wie ein Kind, das vorm Fernseher sitzt und meint, es könnte jeden zu allem zwingen, wenn es mit 'ner Knarre wedelt. Wenn es erst mal soweit ist, daß einer Regierungen erpreßt, gibt es keine zwei Wege mehr. Irgend etwas wäre sowieso passiert. Das werden die Leute, die sich wegen dem Ozonloch und der Überbevölkerung und der Atombombe aufregen, nie verstehen: Irgendwas passiert immer.«

»In diesem Fall waren Sie es«, sagte Dorrance.

»Wenn nicht ich, dann was anderes. Diesen Dingen wohnt eine natürliche Ordnung inne.«

Der Anwalt rollte gedankenverloren den Bericht zusammen. »Meinen Sie, diese Chaney würde aussagen, daß Thayer bei ihr die Polaris gekauft hat? Diese Verbindung muß betont werden.«

»Wenn Sie sich auf ihren Preis einlassen.«

»Ich bin sicher, daß ich Immunität für sie erreichen kann.«

»Die hat sie schon. Macomb County hatte nichts mehr gegen sie in der Hand, nachdem ihre Leute die ganzen Waffen und den Sprengstoff unter der Nase vom Sheriff aus diesem Farmhaus rausgezaubert haben.«

»Werden *Sie* aussagen?«

»Ich hab's doch nur aus zweiter Hand. Ich unterschreibe eine eidesstattliche Versicherung, wenn Sie wollen, aber ich werde nicht vor Gericht auftreten.«

»Warum nicht?«

»Laß ihn, Leslie«, sagte Constance. »Mr. Walker hat sich entschieden.«

»Ich wüßte ja ganz gerne, was hier vorgeht.«

»Wenn Sie's wüßten, wären Sie anderer Meinung«, sagte ich.

Mir war nach Abgang, aber Mrs. Krell kam mit einer Schale Zitronenkekse herein und stellte sie auf den Tisch. Ausnahmsweise hatte ich keinen Appetit darauf. Sie erinnerten mich an die M-16s.

Als sie draußen war, sagte Krell: »Ich werde mich wohl auch besser zurückziehen. Ich möchte weiterhin mit Thayer Industries arbeiten und sollte deshalb etwaigen Konflikten aus dem Weg gehen.«

Ich sagte: »Der Alte hat Ihnen eingeheizt, wie?«

Er bekam Farbe. »Ich habe einen Betrieb zu erhalten. Ich kann nicht von einem Klienten zum anderen hüpfen, wie Sie.«

»Ersparen Sie mir die Einzelheiten. Ich hab mich mehr korrumpieren lassen als Sie.« Ich stand auf. »Viel Glück vor Gericht, Mr. Dorrance.«

Er erhob sich und schüttelte mir die Hand. »Sie schicken mir eine Rechnung?«

»Ist bereits bezahlt.‹

Ich ging. Constance Thayer und ich hatten kein einziges Wort gewechselt.

Es war ein sonnendurchtränkter Morgen, der schon schwül wurde. Süßer Blütenduft und Pollen hingen schwer in der feuchten Luft. Mein dumpfer Kopfschmerz wurde davon nicht besser.

Lieutenant Romero lehnte an dem Mercury. Heute trug er beige Popeline, dazu eine rotweiße Seidenkrawatte auf einem weißen Hemd und in einem schwungvollen Winkel, der genug Raum für den dicken Verband an seinem rechten Ohr ließ, den kakaofarbenen Strohhut. Ich hatte gehört, daß sie ihm genug Splitter rausgezogen hatten, um daraus das Geländer in Prousts Keller zu erneuern.

»Ihr Telefondienst sagte mir, Sie seien hier«, sagte er. »Sie sehen aus, wie mein Ohr sich anfühlt.«

»Ich fühle mich, wie Ihr Ohr aussieht. Wie geht's Pollard?«

»Sitzt Schreibtischdienst ab, bis sein Arm heilt, und hat eine Stinklaune. Hinter 'nem Stapel Verhaftungsberichte kann man schlecht Schädel einschlagen.«

Pollard war unter den bei der Schießerei verwundeten Beamten gewesen. »Wie haben Sie ihn dazu gekriegt, an 'nem Angriff auf Prousts Anwesen teilzunehmen?« fragte ich.

»Anfangs wußten wir natürlich nicht, daß es darauf rauslaufen würde. Als wir dann dort waren, habe ich versichert, daß ich ihn sofort erschieße, wenn er nicht mit reinkommt. Er hat mir geglaubt. Muß mein hitziges Blut gemacht haben.«

»Er hat's geglaubt, weil es Ihnen ernst war.«

»Vielleicht. Ich bin aber kein Colonel Seabrook.«

»Sie waren zuerst in meinem Büro?«

»Wir warteten in dem leeren nebenan, als Hubert – so hieß er doch? – sich reinstahl. Wir hätten ihn natürlich schnappen können, aber wo ich herkomme, wartet man auf den großen Fisch. Außerdem war es eine Frage der Zuständigkeit, ganz abgesehen davon, daß wir nichts gegen ihn gehabt hätten außer unerlaubtem Eindringen in ein leeres Büro, und das hatten wir selbst zu verantworten. Ich habe den anderen eine Nachricht an der Tür hinterlassen, als wir Ihnen gefolgt sind. Ich wußte, daß noch jemand kommen würde«, fügte er mit unbewegtem Gesicht hinzu.

»Gut, daß Sie auf die gewartet haben, bevor Sie losstürmten.«

»Wie gesagt, ich war nicht zuständig.« Er entnahm der Lackschachtel eine lange Zigarre.

Ich gab ihm Feuer. »Was passiert jetzt?«

»Proust ist zurückgetreten, um sich ganz seiner Verteidigung zu widmen. Staatsanwalt Fish hat Chief of Detectives Frank Knowles als Polizeichef eingesetzt, bis ein endgültiger Nachfolger gefunden ist. Nach Iroquois-Heights-Maßstäben ist Knowles ein guter Polizist. Man muß ihn wirklich lange kennen, um zu wissen, daß er ein Halunke ist.«

»Sie meinen, stellvertretender Polizeichef.«

»Der Polizeichef ist in den Ruhestand gegangen. Die Jungs vom dritten Stock erzählen, vorher hätte er noch Proust in sein Haus eingeladen, und dort habe er seine Dienstwaffe und die Rücktrittserklärung aus dem Bademantel gezogen und gesagt, entweder Proust unterschreibt, oder er verteilt sein Hirn auf dem Blatt.«

Ich grinste. »Klasse Geschichte.«

»Wär schön, wenn's so gewesen wäre.«

»Wer ist denn der neue Chief of Detectives?«

»Ich nicht. Man hört, daß es Lieutenant Reuben Zorn sein soll.« Er sah meinen veränderten Gesichtsausdruck. »Kennen Sie ihn?«

»Ich kannte ihn, als er noch Sergeant war. Ich war sicher, daß sie den über kurz oder lang zur Rede stellen würden, aber da wußte ich noch nicht, wie übel es in Iroquois Heights zugeht. Halten Sie die Stellung?«

»Einer muß ja. Wenn es mir gelingt, ehrlich zu bleiben, werde ich vielleicht nach ein paar Umbesetzungen noch Chef.«

»Bestimmt.«

»Chef werden?«

»Ehrlich bleiben.«

Er zeigte mir kurz seine weißen Zähne. Wir gaben uns die Hand und stiegen in unsere Autos.

Ich fuhr zum Büro zurück. Ich schloß die Tür auf und sagte einem Schildermaler guten Tag, der DR. W. W. JOHNSTONE, ASTROLOGISCHE PROJEKTIONEN an die Tür gegenüber pinselte. An Kunden kam ich nicht vorbei. Es war zu früh für einen Drink, also füllte ich mir am Waschbecken im Klo ein Glas Leitungswasser und trank es in einem Zug leer. Dann ließ ich mich nieder und meldete mich bei meinem Dienst. Eine Nachricht war von einem gewissen Mr. Livingood. Ich rief ihn an.

»Gut geschossen da oben in den Heights.« Er klang heiter. »Ich hab allerdings Schnepfen lieber. Fordert einem mehr ab.«

»Ich bin froh, daß Sie aufgetaucht sind.«

»Wissen Sie, wir wollten ihn lieber lebend. Möchten Sie vielleicht mal raten, wo er das ganze Zeug von dem Gelände verbuddelt hat? Seinen Handlangern hat er's nicht erzählt.«

»Es wird zum Vorschein kommen.«

»Das befürchte ich ja grade. Na ja, was soll's. Von dem Zeug gibt's noch mehr, und es ist besser, als ihm bis ins Jahr zweitausendsoundsoviel dabei zuzuschauen, wie er Revision einlegt. Obwohl mich 'ne Verhaftung hier natürlich auf den Chefsessel gehievt hätte. Mit furchtlosen Sturmangriffen können sie in D. C. nicht soviel anfangen.«

»Wollen Sie denn 'nen Chefsessel?«

»Ach, zum Teufel, nein. Ich hab nie einen Hehl draus gemacht, daß ich hauptsächlich Wasser trete bis zur Pensionierung. Ich wollte Ihnen nur sagen, daß wir quitt sind. Klingt nach altem Film, wie?«

»Danke. Ich weiß es zu schätzen.«

»Nur nicht grübeln. Die Welt hat ein Arschloch weniger.«

»Von denen gibt's noch mehr«, sagte ich.

»Hatten Sie erwartet, daß die alle abtreten?«

»Ich hab gar nichts erwartet.«

»Das ist die richtige Einstellung.« Er hängte ein.

Ich betrachtete Custer. Er verlor immer noch. Und er würde jedesmal verlieren, wenn ich das Bild anschaute. Aber er sah gut dabei aus. Das mußte ich ihm lassen.